前 言

　　作为个性解放思潮在文学领域的一种折射和反映，浪漫抒情派小说在"五四"之后的一段时间里具有广泛的社会性，隶属于文学研究会并创造社的滕固（1901—1941），其创作倾向自然更接近于浪漫抒情流派。

　　滕固，字若渠，1901 年出生在江苏省宝山县的一户书香门第，自幼随父辈习古文、学古诗，奠定了其日后丰厚的古典文学修养。少年时考入上海美专学习美术，毕业后留学日本。受创造社的影响，在《创造季刊》上发表早期代表作《壁画》。后加入文学研究会，回国组织狮吼社，并继续从事小说创作。二十年代中期任教于美专之后，致力于中国古代美术史研究，有专著《中国美术小史》、《唐宋绘画史》问世，影响颇大。1928 年滕固弃文从政，并赴德留学，回国后多从事美术方面的研究、领导工作。这也决定了他在美术研究上取得了较新小说创作更大的成就。

　　滕固的小说均创作于二十年代，并深受英国唯美主义文学的影响。他认为唯美运动是浪漫运动的"惊异之再生"，因而自觉奉行新浪漫主义的创作方法，侧重对内在心灵世界的开掘。小说集《迷宫》便是这种创作倾向的产物。他这时的小说往往致力于描绘心灵深处的"纯美"，但又难容于现实世界的污浊，因而人物内心中充满了追求、幻灭和烦恼的交杂。《壁画》描写一个美术青年单恋破灭的凄惨经历，最后他饮酒呕血，手蘸鲜血在壁上涂抹出一个女子站在僵卧者的腹上跳舞的图画，发泄自己失恋的悲哀。这种创作理念的进一步发展便是走到颓废、病态的路上，而滕固的某些作品也正好浮泛着颓废主义、享乐主义的沉渣。作者在热衷于对变态心理、阴森梦境的描写的同时，也在艺术表现形式上探索着象征主义的新方法。中篇小说《银杏之果》便是其中的代表。小说题目本身就是一种象征，通过银杏开花，转瞬即灭的寓意来表现作者对幸福的追求和幸福的刹那而逝。由对一个青年的恋爱悲剧的描写，控诉了封建礼教对青年男女自由恋爱的摧残。小说是带有自叙传色彩的爱情悲剧，炽热的情感中开始包蕴着一种难得的冷静，落笔竟有了些写实的味道。真正使滕固的新浪漫主义创作方法有所变易并出现现实主义萌芽的，是 1928 年出版的短篇集《外遇》。集子中的大部分小说文笔质朴平实，视角趋于外射，社会批判性也有明显的加强。可惜作者此后放弃了文学创作转向学术研究，文学才华没能得到更深远的发挥。

　　滕固的小说数目不多，但大都精炼而不失变化。本书收录的滕固小说篇目，相信有兴趣的读者可以从中获益。

中国现代小说经典文库

腾　固 （上）

主编：黄勇

汕頭大學出版社

图书在版编目（CIP）数据

中国现代小说经典文库. 滕固：全 2 册／黄勇主编. —汕头：汕头大学出版社，2014.3（2016.4 重印）

ISBN 978-7-5658-1199-9

Ⅰ. ①中… Ⅱ. ①黄… Ⅲ. ①小说集-中国-现代 Ⅳ. ①I246

中国版本图书馆 CIP 数据核字（2014）第 031737 号

滕 固 TENGGU

总 策 划：赵 坚

主 编：黄 勇

责任编辑：宋倩倩

责任技编：黄东生

装帧设计：袁 野

出版发行：汕头大学出版社

　　　　　广东省汕头市汕头大学内 邮编：515063

电 话：0754-82904613

印 刷：北京富达印务有限公司

开 本：695mm×940mm 1/16

印 张：20

字 数：240 千字

版 次：2014 年 3 月第 1 版

印 次：2016 年 4 月第 2 次印刷

定 价：59.60 元

ISBN 978-7-5658-1199-9

发行／广州发行中心 通讯邮购地址／广州市越秀区水荫路 56 号 3 栋 9A 室 邮编／510075

电话／020-37613848 传真／020-37637050

目 录

上册

下册

银杏之果

一

冷清清的街角，西接田舍；秦舟的家人，有的在街后乘凉。月色入户，尤其显出惨淡的寂寞的景象。这是一九一三年夏天的一夜。

他们都平心静气地听上海制造局的炮声，街上稀少的足声。他们暗地思想：邻人们避难去的，已是十室九空了；风声何等的紧急，可想而知。只因秦舟的父亲呻吟病床间，没法可想。好譬诸天命罢！他们依旧没有声息。

这时秦舟从街上回来，力竭气短地告诉家人说："我们快些儿进去罢，南兵从官路上渐渐地赶下了。"他们听得这个消息，连忙走进一处高大的旧式的房屋；把后门关住了静听着。果然杂沓的足声，一忽儿在街道上连一连二地来了。

秦舟父亲的病室，靠着街道的一面，他们都团聚在这里；灯光半明半暗地替他们担忧，替病人危险。病人还在说些死生由命的话，告诉他们镇静，别心烦意乱。他们一面虽是安慰病人，一面都在啜泣。只有秦舟漠不关心，呆呆地坐在他父亲的床前，他并不想起父亲的病很利害，要来日大难了。他只想到久久不得 H 小姐教他算学，暑假开学，又要被先生责备了。他不由得也滴下几点眼泪。

这一年秦舟长到十三岁了，什么世道，什么人情，一点都不知道。而且他很欢喜父亲有病，那末天天不会逼着他做《通鉴》札记，他可以自由了。他平常很牵记 H 小姐，她是他的姑母家的亲戚。他前年在初小读书的时候，寄膳在他的姑母家里，又是和 H 小姐同学。他因为从私塾转到学校，不曾习过算学，所以 H 小姐常常教他的，因此非常亲昵。去年他考进高小之后，寄宿到学校里，便不能与 H 小姐常在一块儿习算学了。他自己也不知道为了什么，记起 H 小姐，便发出一种不可思议的悲哀。

过了一天，太阳从东方射出一道红光；路边的一带豆荚，都横倒了，显然经过了兵灾似的。露水还凝在豆叶上，发出珍珠的光。秦舟一个人在路边，手里拿着许多逃兵遗失的枪弹，肩上背了一把热水壶，还在田间寻觅。此时他显出一副欢喜的傲慢的脸儿，弯着腰儿只向前进。他好像一位考古学家，发掘古墓似的。

"喂，舟弟！你一个人在这里干些什么？"

他吃了一惊，回头一看，是他的表兄涟秋。

"涟哥哥，昨夜过兵，我们真是吓得魂儿出窍！你们怎样？好个运气，我今天拾得许多枪弹和一个热水壶呢！"

"这有何用呢？我要问你，舅舅的病怎样了？"

"还是不见起色呢！"

"我是来问舅舅的病，你同我一块到你那边去吧！"

他们说了便牵着手，回到秦舟的家里去。

病床对面的庭柱上，半明半暗的灯依然装置着。秦舟的父亲，没精打采地斜靠在高枕上，涟秋坐在床前，秦舟站在涟秋的旁边。几个女的看护者都避到别处。秦舟见了他的父亲，很忌惮地一声不发。

"舅舅！今天我见你的气色，比较前几天好得多呢！"

"咳！那未必，我二十多年没尝药的滋味了，此次算是拼凑二十多年的债务，我要一齐还清呀！还有什么二次革命初次革命，总是我们近上海的人们的不幸，听说昨夜此地经过兵士不少。"

"正是，我的妈妈为了这事情替舅舅担忧呢！她劝你迁到别处去休养，舅舅的意思怎样？"

"我以为不必，死生由命，是逃不掉的；况且他们革命是有他们的仇敌，与我们毫无关系。要知道此回革命，不是洪杨之乱的那年，决不致杀人虏货的，你放心吧！"

"是的，我的意思也以为不必搬动；倘是中道遇了风寒，反而没有好处。不过妈妈胆细年老，她很想迁避，所以今天下午打发到 K 县的亲戚家，暂时躲避一下；平定后就归家的。"

"你们一家都去么？还有别家同去吗？"

"我送妈妈和几个孩子去后，便回来的；其他不过 H 小姐的母女俩；我以为舟弟可以同去。"

"他在家里一天玩到晚，一点不懂规矩，怎能上场面，到客气的地方呢？"

"他年纪还小，当然这样的；聪明的孩子都不肯用功的，舟弟比较算用功的了。"

"哼！我病了后，他的《通鉴》札记就此也病了。还说他用功吗？"向秦舟，"你要去，跟涟哥哥去也好；省得在家里闹个不清；出外去看看，人家的孩子都是端静有礼有仪的。……"

"我跟涟哥哥一同去。"秦舟低倒了头对他的父亲说后，心里感到非常的愉快；因为 H 小姐也去的，他趁此机会可以在 H 小姐前习些算学了。他想到这里更愉快了。他父亲续续讲的话，一点没有听得，只管自己胡乱地想去。

"喂！你耳朵在什么地方？教你到客气人家要处处留心。"他父亲声浪提高地对他说。

"噢！我留心的。"他听得父亲的话中有带一点怒了，便低低地答。

涟秋又到秦舟的母亲和嫡母前讲了些话。他的母亲和嫡母也都叮咛秦舟出门的种种规矩。最后涟秋便告别秦舟的父亲说：

"舅舅，那么我领舟弟去了；送他们到 K 县后，明天便可回来看你，你好好自珍。"

二

K 县在清朝的时候，出过多少状元，又是陆清献公做过县官的地方。人杰地灵，这是秦舟从小知道的。涟秋的亲戚家，在城外落乡的了。那边风景又是很好，秦舟来了多天，他到野外散步，每每遇到石人石马的大坟，庄严高大的家祠，尤其感到小时闻名的不虚。

阳光自丛林中透入，地上现出无数的圈纹，一耀一耀地波动着。秦舟在某家的墓围中拾些银杏果，觉得一个人孤寂而疲惫，便坐到石上歇息。他想到这几天来与 H 小姐食同桌，寝同室。H 小姐因为辈执的缘故，仍旧称秦舟叫做"舟叔叔"。H 小姐的年纪比秦舟大二年所以秦舟自小称她"H 姊姊"的。他觉得二人的称呼虽没改变，却不像习算学的那年。——还不到两年，H 小姐的一举一动，便拘束得像大人那样了。他出门的时候，为了父母叮咛过一番，觉得不好意思就放出平时顽皮的手段，也不愿意和不相知的亲戚们谈话，所以他时时走到古祠古墓的丛林间闲散。

"舟叔叔，你原来在这里，好教我寻的要命呢！"

他听得这些低声，抬起头来，见 H 小姐离开他坐的地位约莫十多步；他不知道用什么话回答是好，便一声不发，落下几滴眼泪。

"舟叔叔，你为什么哭？"她柔顺地问他。

"我想着我的爹爹妈妈。"

他说了这一句话，自以为能够随机应变，不由得又发笑了。

"舟叔叔回去罢！你又笑又哭的孩子气，还没有改去呢！"

"H姊姊，我实在不瞒你说，我走到这里都是坟墓，很是害怕。"

"谁教你一个人走到这里呢？"

"没有人伴我。"

"伴你到此地也没意思的，回去罢！太太教我来候你的；她在望着，恐怕你失了路。"

"你等一忽儿罢！太阳还没下山，让我多拾些银杏果。"

"那么我帮助你拾罢！我们快一点儿拾呢！"

他们俩回去后，进一间旧式的会客室中；壁间陈列些古书古画。秦舟的姑母和她亲戚的家人，H小姐的母女俩，都在这里，几乎充满一室了。秦舟靠在他姑母的旁边，姑母伸出一双慈爱的手，抚摩他的头颅。众人都注目到秦舟面上；一个老年人问了。

"舟舍儿在什么地方读书？他面清目秀，必是很聪明的。"

"他在本县高小里读书，去年才去的；他虽是聪明，但不很用功；他的爹爹至今逼他限几天内读完一部书，并要做札记。"他的姑母回答了后，依旧抚他的头颅，表示她对于秦舟将来，有无限希望似的。

"近来你的爹爹教你读那种书吗？"老年人问着秦舟说。

"爹爹教我读《资治通鉴》。"秦舟说了，低倒头有点羞涩。

"何以年纪轻轻，他的爹爹便教他读冗长的书籍？"老年人又问他的姑母说。

"他自小在家塾里读书，被他的爹爹逼着，读过许多书了。"他的姑母才说完，忽而有一个中年的妇人冲出来，问他的姑母说："他是不是秦先生的庶出子。"

……

秦舟觉得和不相知的亲戚们住在一块儿，非常不快；他从人丛中，逃到几天来住的一间寝室里去睡了。

夕阳映的寝室的窗上，无力的红光渐渐淡褪了。H 小姐开窗一望，附近的田野丛林，远处的高楼杰阁，不由得生出故乡无此好湖山的感想。她在望得出神，忽而听得一缕的鼻鼾声；她走到自己床前，揭开帐子一看，没有人在，便转身到对面的一座床前，缓缓地搴开帐子，见秦舟横卧其间，忙的下了帐子，轻轻地靠到窗前。

晚风由窗棂间吹入，床的帐子，一呼一吸地作有规则的动作。H 小姐忽有所思。便到自己床上，取出一幅绒毡，想去盖到秦舟的身上；帐子一揭，秦舟醒了。

"H 姊姊！快来帮助我呀！"他迷迷糊糊地说。

"我以为你睡得正浓，恐怕你受风寒；你说些什么？"

"我正在做一个梦呢！"

"怎样的梦？"

"小时候听得人家说：银杏树的开花，不使人间眼见的：常常在黎明时开的。开的时候也不见花，只见一闪银光，刹那间就灭了。如果人们偶然看见一闪银光，手里拿的东西都会变成金子的。我记得坐在墓石上，忽然看见一闪银光，手里的银杏果，都成金子的了。可不是一个好梦吗？"

"你的金的银杏果在哪里？"

"我紧紧地握在手里。有人来夺我，我喊你来帮我。怎知道就觉醒了呀！"

秦舟从怀中取出手帕，揩了眼儿，把衣服整了一回，斜倚在被褥上，显出很疲倦的无精彩的容颜，他又想睡了。

H 小姐便将绒毡，安放到自己的床上。夜色逼到有窗子的一方，几乎要暗了。她依旧靠窗，恋着远近的暮色；她是一个深于思虑的女子。玻璃窗的透明力消歇了，变成反射力；她照见自己的脸儿，他默默地想：“父亲早死，兄弟没有，形影相依，只有母亲……你我！”

她在玻璃上的影子，像对他这样说。风儿吹着蓬松的发髻，也在玻璃上摇动，没有什么声息，只有她的心房里一跳一跳的微音。她为了什么深思远虑，自己不解得。

轻轻的足声自远而至，她的母亲来了，对她说：“H儿！你还不下楼吗！快要到晚饭的时间了。”

她的母亲是一个中年的妇人，面上现出慈爱而憔悴的皱纹，好像她面上刻出了早年孤寡的记号。她听了母亲的话，便转身回答母亲说：“妈妈，我觉得住在别人家不惯。”

“你别愁，今天涟叔差人来教我们回去。听说乱事已平了。”

“那时候回去？”

“打算明天走，舟弟呢？”

“他睡觉了！”

“你去喊他起身，我们要吃晚饭了。”

她便喊了秦舟和她母亲一同下楼去。

三

练川的水，清可鉴人，雨峰芦荻，犹等待着秋来开花。秦舟的姑母们的归舟，趁练川入海的急流，次第拜别那岸柳长桥而去了。舟中秦舟的姑母，和H小姐的母亲，并肩而坐，谈些琐屑的事情，都不能入秦舟与H小姐的耳。他们在船的后方，望望野外的景物，天空的飞鸟，流水声，欸乃声，和他们低细的谈话声，一唱一和，也不辨是天籁，是人籁了。

“H姊姊，我们行得多少路了？”

"今天晚上可到家，一共七十里路，你去用数学来算罢！"

"可是我的数学忘掉了。"

"别谈说，高小的二年级，命分比例都教过了。"

"说到命分比例，我只懂它的名词；虽是一位东洋留学生教我们的。我一点都不记得；因为再没有那时候你教我的有趣味了。"

"舟叔叔，你休笑我！我那里比得上东洋留学生的好呢！"

"我不是笑你，我不知道为什么？东洋留学生教我的算学，我不愿意去学习呢！"

"你真谎说，我决意不信实这些话。"

"谁来诳你！你不信也罢！况且上数学课的时候，我只在石板上画人画马，有时空想。若是你做了我们校里的数学先生，我无论如何细心去学习它。"

"舟叔叔，你还说不笑我吗？你的嘴巴，想不到有这样厉害呢！"

"这是真话，说我笑你，你冤枉我了，虽然白白地辩论也无用，你要知道我的心儿，是出于真的。"

"别多说罢！算了！算了！再道下去，我知道你又要赌神罚咒了！"

H小姐靠在船舱的一边，向下一看，碧绿的清水中，映着自己的脸儿；她一笑，影子也一笑；她一怒，影子也一怒。

"看啊！舟叔叔，我在水里呢！"

秦舟并上H小姐的右方，他注视水中H小姐的脸儿，她低倒了头，两边的刘海掩到她的眼儿，他说："呀！H姊姊！我也在水里，我们俩多在水里！"

他们俩的脸儿，被波纹的涌动，两相交颈，忽分忽合地摇曳着。于是H小姐起身，背窗而坐，又触动了她多情善感的生性，低倒头，看见木板上的条纹；抬起头，望那行云的来去，好像都有很深奥的哲理存在其间；她也像未来的哲学者，一双深碧的瞳子，仰观俯察，贯串到她的真挚的深远的心情；天地万物供给她去思索。秦舟望在水里，不见了 H 小姐影子，也罢兴而起。

"H 姊姊，你在想些什么？"

"我没想什么，你想吗？"

"我也不想什么。"

"天快要晚了，我们快到家了；舟叔叔，你有闲暇到我家里来玩。"

"我希望天光永远不要晚，船也永远不要到家。"

"为什么？"

"学校开学期近了，我到家后，不久就要上学去呢！"

"你学校里有许多同学，不是很热闹的吗？"

"我不欢喜那样的热闹，我情愿天天在船上和你一起。"

"你要知道：我们在船上来去是避难，不是玩呢！"

"所以我很愿意常常有难，常常避难；可不是最得当吗？"

"啊！你倒愿意常常有难，也不害怕吗？"

"我们会避去，所以不害怕的。"

H 小姐还没有回话，听得秦舟的姑母在喊他们了。

"你们不怕夜风吗？快到家了，进来罢！"

他们俩便走进舱中，H 小姐靠他的母亲一方坐下，秦舟坐在他的姑母旁边。二个三四岁孩子躺在褥子上，他们在另一个世界中讨趣。秦舟的姑母和 H 小姐的母亲，仍旧谈些世故人情的话。只有秦舟的两眼与 H 小姐的两眼，对视成双直线。秦舟一闭目间，H 小姐的影子仍在他的前面。

"舟弟，你不要睡，快要到家了。"

H 小姐的母亲见秦舟闭目，她向他这样说。

"不是睡，不是睡。"

秦舟虽是这样说，但很不愿意听这"快要到家了"的话。他想：

"H 小姐的母亲真不是知己，她婉顺地告诉我快到了，那知道我的心里说不出悲哀。"他看看 H 小姐一言不发，尤其显出此别意何如的疑问；忽而 H 小姐转身一望，说道："唉！香火桥到了。"

秦舟听得到香火桥便已是离家百步，急得一身冷汗。

这最后五分钟，他味她的语气，似乎也很可惜。到了香火桥彼此显然抱着失望的心情，他恨不得他的家远隔几十里呢？越是想远，越是近岸了。有呼喊的声音，他辨出是表兄涟秋喊道："你们回来了，你们回来了。"

四

乱事既平，秦舟父亲的病也起床了，于是秦舟照例住到学校里去，他自己想："我不知道犯了怎样的罪恶，坐这长期的监禁，使我不能和心中人常在一块儿呢？"每星期总有七八小时数学的功课；他临到数学课，尤其一心致念 H 小姐。一本商务印书馆出版的《笔算》教科书教到几章几节，他也记不得了；先生在教台上指手画脚，几乎喊哑喉咙，他也一点都不听得。他只想："倘使那位东洋留学生换了 H 小姐，我何等的高兴，何等的热烈的习那命分比例呢！"他又想："她果然做数学教习，又不是单教我一人，她对我的一团真挚，平分到大众，那也太不值得。"他虽是这样想，也不管事实上有所不可能的呢！

他逢到放假回家，很想去望望 H 小姐，但她是姑母的亲戚，照例是很疏远的，并且是很客气的；无事无端怎样闯进。两家虽是相去不远，但咫尺天涯之感，也不能免了。有时在姑母家中一见，只觉得分别一次，加上了一层疏远；于是他像得了忧郁而不可命名的异症。

一九二四年的新年，他因年假回家，将近一个月了，他预想了许多法儿，和 H 小姐会会，不料他微微地从别人那边听到一个奇怪的消息：他的表兄涟秋曾经和他的母亲嫡母说过，将 H 小姐和他订上婚约，就让涟春作媒；他的母亲非常同意，而他的嫡母大不赞成。他的嫡母以为照辈执上讲，她是小辈，他是长一辈的，不能订婚；照俗例上讲，要女小于男，如今她长他二年。也不能订婚，于是这件事便搁起了。秦舟听得了后，打算去望 H 小姐的热心，打得冰冷似的；一面却怨表兄何以多事；一面又怨他的嫡母不能谅解他的心儿，便贸然拒绝了。他是从小嫡母抚育的，关于他的一切事情，自己的母亲不能参加意见；他从此面子上服事嫡母很周到，实是心里很怀怨她呢！

这个年假中，他的父亲逼他每日临《长乐王造像》一遍。读《史记》的本纪数页。开学期到了，他将《〈长乐王造像〉临本》一厚册，《〈史记〉札记》一小册，送到他的父亲前面，他要安排上学了。这是在元宵灯节的后一日。

"舟儿，到这里来！"

书室中灯火煌煌，照见七八架破零破落的旧书。秦舟的父亲坐在书桌前，从桌上的乱书堆中，隐隐见他稀少的，黑白相间的蓬发；他在批阅秦舟的《〈史记〉札记》，看到三数页，便喊秦舟。秦舟听得父亲带怒的声音喊他，知有不测的祸；既不敢违命，便从内室踱出，到父亲前面。

"这是什么意思，你解给我听？"

他的父亲指着札记的眉端，有几句："时不利兮笔不驰，笔不驰兮可奈何，H 兮 H 兮奈若何？"的话问他。

其实他写这些话也忘掉了，想不到落到他父亲的手里。又是明明白白地写着 H 的名字。一声不发，脸儿飞红，眼泪一滴滴不断地落下，专候父亲的判罚；门外还听得他的弟弟嘲笑他的声音。

"哥哥给爹爹打了十下手心。"

他的弟弟冲到母亲前面对她说。母亲连忙推门而进，只听得秦舟的浩浩的大哭声。

他这一次到学校里，他的父亲交给一部吕新吾的《呻吟语》，教他每天诵读；下次回家要背诵的。他偶尔翻看，觉得远不如《红楼梦》那样的有趣，抛在床脚下不去管了。他在家里曾经私下翻出《香屑集》、《板桥杂记》一类书，都有他的父亲的硃点眉批；怪道人家说他十年前做幕官的时候，常常逛窑子的。他又想："我何以有二个母亲？"于是他对于父亲的信仰心也渐渐淡薄了。

五

赤赤红的木牌楼，高耸在冷落的街道上；一进大门，便是甬道，两旁的广地上有山有水，有草有木，一个幽静的园子。这是二十年前江南参将的故衙，现在是秦舟读书的一个校舍。红叶满园，似乎报告深秋到了。一天傍晚，秦舟在六角亭中与同学谈天，正是兴高采烈，忽而一位学监先生闯进来喊他："秦舟你家中有人来找你回去。"

"太太有病，教你回去。"一个秦舟家里的仆人，跟在学监先生的后面，一见秦舟便开头说这句话。秦舟点点头说："那么我们去罢！"

他告辞了学监先生，和仆人出红门而西去。十多里的路程，他坐在仆人推的人力车上，盘问仆人："母亲什么病？"仆人没有说出，单说："教你快点回去。"他怀着疑团，闷声不发地坐在车子上，默数到家的路程，过一次念一次。不一刻到了。

他的母亲的寝室中，看护者外，亲戚邻人多塞满了。他们连忙让开了路，待秦舟进来；他知道不是平常的病了。他跪到他母亲的床前，只见母亲还时时吐出鲜红的血；母亲的面色已成灰白，眼睁睁地望着秦舟欲言而力不逮言；长时间地一呼一吸。秦舟叫她几声，她只现出如喜如悲的容貌。这时秦舟哭倒床前，已不能自主了。

"我……我死无……无恨，舟儿的婚姻，将来待他自决。"

他的母亲用力说了，声气都绝，慢慢地闭目而长逝了。满屋子是呼声、哭声，惊天动地！她再也不理他们了。秦舟昏迷无措，两足乱踏，亲戚们抱他到别的一室中，他又迎上迎下地和亲戚们对敌，恍惚亲戚们夺了他母亲似的。

书室后面的暖房里，点了三支白礼氏的洋烛，秦舟沙沙哑了喉咙半意识地哭着。他的弟弟还不到十岁，也喉喉地无意识地哭着。亲戚们抚慰他们俩，百般引臂，也不见什么效力，于是互相悲叹。有母亲的想到要死的，没有母亲回想母死之惨，也不由得泪雨纷纷，伴这一对孤儿洒出神圣的眼泪。

堂房的伯叔和亲戚们，便各各议身后安排的事情，便命秦舟抱母亲的头，转尸首到客厅的西壁。他摸到母亲的头，冰冰冷的，亲见面白如纸两目双陷的死颜，拍手拍足地痛哭。他的母亲依旧不理他，他只是守在尸首的旁边。

隔了一天，吊客连一连二地来了，有的来安慰秦舟说些他的母亲生前的贤惠，待人如何好，处家如何贤，没有一个不可惜她死的。秦舟更是悲不自胜。这一天便是他的母亲入殓的一天，他亲见 H 小姐和她的母亲，素服素装，走到灵柩前幽幽扬扬地哭了半天；这种哭声简直把秦舟的心肝一片一片地切断了。他一年不见 H 小姐，觉得长了多么大了；他又是感激她，又是悲悼自己不幸，恨不得和母亲一块儿去。

"舟叔叔，死者不复生，你要保重自己的身子呢！" H 小姐临去时，揩了眼泪，对秦舟这样说。

鸭舌坞的流水，不断地呜呜咽咽，凭吊人间的代谢。岸上有一座黑色的砖坑，就是秦舟的母亲的幽宫。从此秦舟只见黑苍苍的砖坑，永不见他的母亲了。

十五年前，秦舟的父亲在长江的北方，做幕官时，遇见一个十七岁的寡妇，他便娶了做侧室；不久告归，第二年生秦舟。秦舟的家乡与他母亲的家乡离去很远，所以来了十五年，不曾归到故乡一次。他的母亲平时对他说："他将来读书成名，我和你到故乡去走一回。"他的母亲死后，他想到这句话尤其悲痛。这话深深地刻在他的心儿上，明知悔也不及，但总是一个大大的刺戟。他刻意要改去从前轻浮的举动，一心一念要用功读书了。这一年他由高小毕业，考取上海的 N 中学。

N 中学在上海的西郊，向来很有名望的。里边功课很严，教员有外国人有西洋留学生；秦舟进学后，渐渐知道求学问的要紧；他寄宿到学校里，回家的时间很少：知识的欲望渐渐发达，而 H 小姐的影印便慢慢地模糊了。

N 中学最注重的学科，是英文数学国文；比较地国文最不重要。秦舟在中学里，国文一科算表表的；英文也不坏，他在高小时，有个英国留学生在 W 镇交通部所立的商船学校做教员，因为爱好高小的屋宇宽敞，风景美好，便住在高小里兼授英文。这位留英学生教英文很严，课课要背诵的。秦舟也受过他的英文教育，所以入 N 中学也能赶得上。他知道数学程度相差很远，不得不忘命地用功，第一年居然过班了。

秦舟在 N 中学的第二年，功课除国文以外，都用英文课本；他的书桌放着几本洋装皮脊的书，什么 Wentworth 的《代数学》，《几何学》，什么 Millikan and Gale 的《物理学》，McPherson and Hendemon 的《化学》等等。学年考试近了，他还没翻过；人家的书上用铅笔七画八画，他的书和新买时一样。他虽是没有翻过，回家时常带着这几本书在火车上装样的，车中注目他，他越是得意。这一年考试结果，数学不合格，又加上平时替人代做文章，被先生察出。操行也不及格，他于是留级了。

他是一个多血质的少年，非常怕羞的。他留了级，同学们虽知道他数学不好，却时时请他作文的。虽然不讥笑，但他总觉得难受，对于数学的兴味更加薄弱了，应该升三年级的，他仍在二年级。为他们代作文章的同学们，都升上了，又是羡慕又是羞愧。而同级的同学们，去年新进来时，他以老学生资格对待他们的，如今降到他们一样，免不掉他们的暗笑呢！他这样想，心灰意冷，便和一位最知己的同学 C 君——一同留级——商量同时转到别的学校里去读书。

六

一九一七年的夏天，这时秦舟在 N 中学退学出来，他趁这暑假的闲暇，归到故乡。他的父亲问他的"读书札记""国文课作""临碑"等等，他一点成绩都没有，他的父亲愤愤地骂了他一顿。由是他出门的时候，叮嘱了他好多次，读什么书？临什么碑？做什么文章？限他每月分做二次寄归；如果不寄归，便停止供给用费。他的父亲有位老朋友姓江的，是一个旧文学者，写的字也好，做的诗词也好，在上海某署里当秘书。他的父亲教秦舟写的字做的东西时时送到江先生去看。这样办了，也不必寄回，让江先生通知他的父亲。任凭秦舟从那一条路。此时他已插入 M 专门学校了，功课果然比较中学时代宽一点；什么物理化学代数几何都没有了。他的用费为了求给于父亲，所以不得不抽出些时间来写字读书，又大做其诗词。

秦舟住在 M 专门学校的宿舍里，早上他推开窗来，同室的同学们还没起身；他靠窗磨墨，临七屈八裒的"右门铭"。每天开窗的时候，对面的一家，有个穿紫色衣服的女子，也在这时开窗；中间只隔一条狭狭的胡同。他起初不以为意。他写字的时候，那个女子靠窗看他，待他一抬了头，她便转身隐匿了。这不是一次，差不多天天碰到这样田地的，因此他有了一个深刻的印象了。

M 专门学校在上海 Z 桥附近，周围有四五个女子中学，有二处是基督教创立的。每天下午四时以后，Z 桥的一带，人来人往，都是男女学生们的足迹。秦舟也约了几位朋友，换了新衣，戴起眼镜，梳头，擦皮鞋，忙子一回，便到 Z 桥一带凑热闹去。"那位女学生真好，那位女学生不好。"他们用了洋泾浜的英语，在大发议论呢！

一天新秋的下午，秦舟和二三个同学，从寺院的大门里出来；左方是一个基督教的 B 女中学的校门，也有几位女学生出来。秦舟在注意那个着紫色衣服的女生。他正望得出神，他的同学拍他肩儿说："喂，你望呆了！"

"不是，我正研究她的衣服的色彩。"秦舟胡乱地答了，却想到那位女生，便是他寄宿舍对面的一家的人，每天看他写字的。他无意之间查出她是 B 女中学的学生，心里有说不出的愉快。他很不愿被同行者察出，于是假装无事。他归到寄宿舍后，这一夜神经剧动，竟没有睡觉。半夜里，听得狭胡同里有咯咯咯的声音，他便起身，点上蜡烛，开窗一看，是一副馄饨担子。他很想吃一碗馄饨，想出了一个奇异的法子，从窗口里受授。他喊了卖馄饨的人，问他有否桶子。卖馄饨的人备的。他便在榻下寻出一条铺盖索。从窗口垂下一端，拉住别一端，教他做五十只馄饨装一碗，放在桶子里，缚在铺盖索垂下的一端上。他便吊起来吃了，摸出五枚铜元，连碗放在桶子里，借绳索力量还给了他。

过了二个月以后，星期日的一天，Z 桥礼拜堂的钟声敲过十二响了。堂中做礼拜的人们，先后出堂，一群男女的中间，可以认出二个人：一个是穿紫衣服的 B 女中学的女生，一个是秦舟，秦舟并不是基督教徒，他近来很有兴致到 Z 桥礼拜堂里，跟上众信徒唱赞美上帝的诗歌。他平时不谈基督，对于信教的同学们笑他们是愚者。他们几次在教堂里碰见秦舟没有一个不说奇怪的；他的秘密，不久被他们猜破了。

有一天，秦舟走进休息室，向来信处眼睁睁地一看：一个英文信封上写着"Mr, Ching Chou"，他的面色立刻变红。他知道是对窗紫色衣服的女子回信来了，拆开一看，果然署 Y 打头的一位女士的回信。室中一个人也没有，他恐怕别人要来，便向怀中一塞，比小窃儿偷东西都防得周到。当夜他到商务印书馆去买了二本英文尺牍，天天翻看；可是无济于事。又从箱子里拿出中学里读的一本 Lamb 的 Tales from Shakespeare（《莎士比亚戏剧故事》），和一本 Cold—smith 的 Vicar of Wakefield（《威克菲尔德的牧师》）；也天天温读，也没什么效力。有时在洋纸上习练些纯熟而齐整的英文字；连这一点都高兴了。

耶稣圣诞节前的一个星期日下午，B 女中学的会客室中有三个人；二个中国人，是秦舟与 Y 女士；一个外国妇人，近四十岁，戴了架鼻眼镜，很诚恳地和秦舟用流畅的中国话谈话，Y 女士静听着。

"Y 女士说秦先生的画非常好，我们很钦佩！"

"不敢当，我是乱涂一抛子罢了。"

"那里的话！我们想和秦先生商量一件事情，不知道秦先生能够允许吗？"

"我如其力量来得，岂有不允许的！"

"我们学校里的学生，在耶稣圣诞节试演新剧，想请先生画些简单的布景，秦先生许我们吗？"

"那是很愿效力！"

"感谢之至那么我们将剧本、用器，明天送到秦先生那边。"

"我望着的呢！请夫人早送来！"

他们又谈了些应酬话，壁上时计已敲四下，秦舟便告别 Y 女士与外国夫人，归到寄宿舍去。

他和 Y 女士进行的成绩，已到这个地步了。

七

秦舟的父亲，近来几次得到江先生的信，说秦舟写的字做的诗词很有点小聪明，再加上学力，不难成家。又说到秦舟年纪还轻，写的字也老到，做的诗词也清丽，没有一点儿俗气，这是不可多得的。所以秦舟此次年假回家，他的父亲对待他不十分严厉。他也处处留心，得他父亲的欢心。开学的时候，他的父亲欣欣然探开书室中书橱的锁，翻出几部向不示人的殿本，及家刻本给秦舟并且教他看时要再三地留意。秦舟也恭恭敬敬地藏在行箧里，拜别他的父亲。

这时候他的表兄涟秋在上海的某机关里做外国人手下的职员。秦舟很知道自己的英文程度，还够不上 Y 女士，他常做些短文，送到涟秋地方教他改削；一面因用费仰给于父亲的缘故，又将《柳柳州文集》和《元遗山诗集》，不时翻读；虽还不觉讨厌，总比不上用功英文的要紧。

端午节的前一天，秦舟从静安寺回到学校，得到父亲的快信，拆开一看，说是姑母病得厉害，赶速回家。他一看钟点，连忙跳上电车，到了北车站，天色已晚，微雨霏霏。他在火车里心焦气辣，坐也不好，立也不好；短时间的路程似乎有几万里。他下车后，天又昏黑，雨势又大，趁上十多里路的人力车，到姑母家里，衣服完全湿透了。

满堂的哭声，闹得耳朵要聋了。他看见他的姑母直僵僵地横在西壁之下；抱住了涟秋相对哭泣；又想到自己母亲死时的情形，格外悲痛。亲戚们劝他换了衣服去睡觉，他还强执不肯。这时没有一个人不感动到落泪的，但那一个知道他的心儿呢！

　　第二天，他又看见姑母青灰色的死颜，下到棺中，他觉得人生的归宿总是这样的；不自然的恐怖，冒上心头，昏迷失措，没有辨出 H 小姐在他的左方。

　　"舟叔叔，你也回来了！"她含着一包眼泪说。

　　"我是昨天回来的，H 姊姊！"

　　"好不惨苦呀！太太去了！"

　　"啊！爱我的母亲和姑母先后去了！这是我的不幸啊！"

　　"天下最不幸的人们，是无父无母！"她说到此地，哭不成声，便也联想到自己无父的人，也是不幸中的一个，掩着脸儿，走向她母亲去了。

　　这一次秦舟碰见 H 小姐，两人的别绪离情，都被哀痛驱逐出了；不久秦舟回到学校，不十分放在心上。

　　这一年的暑假，秦舟在 M 专算毕业了，他也不愿意再进学校，也不愿意担任职业，便住到江先生的家里。他的父亲也很赞成，以为可以多多领略江先生的大教。他因此认识了许多做小说吃饭的朋友；他也曾跟着他们，做些情致缠绵的小说，译过些欧洲的侦探小说。朋友们看他年纪很轻，有骗钱的技能，也很佩服他。但他的初意，并不为了骗钱，想做一位赫赫有名的时髦作家，在 Y 女士前更可体面一点了。

　　他出了 M 专后，久久不得 Y 女士的信息，便做了许多哀感动人的诗词，在报纸的末一张上登载，希望 Y 女士见了后，恢复旧时那样的时常通信。

八

一九一九年的春天，虎丘山一带，有三个少年，中间夹着一位忧郁而深思的秦舟，他的唇儿微微地动着，他在念自己做的诗：

……

"春风十里山塘水，恨不能消我热狂！"

远处的山色，隐隐如图画。秦舟站在山塘的堤畔，有意无意地望四周景色。像这样的山明水秀，大好风光，只缺少一个美女子。他想到这里，他的脸儿火赤赤的，显然有一种早熟的狂热。他没有意思久留在这里，便拉着同伴离去。

他从苏州回来，神经昏乱；有时与朋友们住到旅馆，过一二天自由生活，他觉得江先生那边有点拘束，不想回去。有一夜，他在浙江路的一家旅馆里；不知道为了什么，一夜没有睡觉，便做了一首诗：

"枕边飞上瓜州曲，彻夜相思不肯休！如此青衫余涕泪。问天长倚最高楼。"

近来江先生批评他做的东西，有词胜于诗，诗胜于文的话，他又很高兴做词。

一间精致的客室中，灯烛辉煌。七八个少年围着桌子坐下，秦舟也在。这里役妇连一连二送上山珍海味，啤酒黄酒，每人旁边都有一位很漂亮的女子，尖锐的胡琴声，像要刺人似的呼喊着，秦舟摇头微笑，听那旁边的一位歌女尖锐歌声和胡琴声。他不会喝酒，他听她的歌声醉了似的，脸儿飞红，心儿乱跳。她唱完了，握住了他的手，叙些恩情的话。

三马路一带有几条胡同，门外挂着用"花""红""情""绿"

"珠""玉""金""银"等字做名字的牌子。秦舟时时和几位少年，在这几条胡同里来往，到了深夜，垂头丧气地回到寓里。第二天十时起身，便出外看朋友；什么写字读书，都忘掉了。他因为母亲姑母都死了，没有爱他的人，也不愿意时时回到家里。可是年底快到了，他不得不回去一次，望望父亲嫡母和弟妹们。

这时他在家里了。

"舟儿你来看。"

他的父亲在书室里喊他。他走到父亲前面，父亲将手里的信稿给他。他一看是江先生的手笔，内中说秦舟做的东西，比较从前进步得多；近来欢喜到外边去逛窑子，虽说名士风流，在所不忌的，可是他的年纪还轻，配不上做这种事情。……后面附着三首词：

"芍药兰前，水晶帘底，频来替我梳头！却惺惺相惜，着意温柔。几处笙箫彻夜，仔细听：婉转歌喉，消魂够。佩环微响，梦转香浮。休休，才人落魄，走马遍长安无分封侯！想昨宵情绪，月上帘钩；人倚碧纱窗下，还记否，薄怒佯羞？相逢巧，重来杜牧小小勾留。"（《凤凰台上忆吹箫》）

"已凉天气未寒时，香满小荷池；草堂夜雨人归后，万般事，万种相思。正是黄昏过了，零星一梦谁知？海红帘底语丝丝，依旧细论诗；含情欲问情何物：未言情，情自难持！清夜悠悠若苦，如今月又来迟。"（《风入松》）

"别来争奈病缠绵，困人天，写红笺，心事悠悠仔细诉君前。相见时难翻易别，言不尽，万千千。此情如水更如烟。去无边，又丝连；君有他心，银烛别家筵。约指金环君使欲，宁复惜此戋戋！"（《双调江城子》）

他看了想到这是我二月前做的词，请江先生改削，不料他寄来父亲前了，真是否运否运！

"我叫你读《呻吟语》的那年，还记得吗？读了十年书，全无规矩。第一桩千叮万嘱，教你交好朋友：如今却交些浮荡的一辈子。乳臭没有干净，不在书本上用切实工夫，倒在酒地花天去作孽；不做圣人净言的文章，做些秽亵的靡靡之音；混账东西，不可教矣！……"

他的父亲声色俱厉，拍着桌子对他说了一套话。他想父亲少年也曾流连声色的地方，至今嫡母也还讲起的。那一年在苏州州考什么样的；那一年在扬州任事什么样的。幸亏他还有"父命父训"挂记在心上，究竟是弱者，不敢和他父亲反抗，便认罪了罢。

"以后我决不敢，……求爹爹恕我！……"

他泪汪汪地认差了，对壁站着，只听得门外他的弟弟的嘲笑声。

九

秦舟在家里混过了新年，又到上海于是他决意改去去年的行为，由江先生介绍到某公会中担任文牍。他初入公会，同事的人以为他年轻人，很看不起他。他也傲慢成性，不去理那八字须的老前辈。他们将重要的笔墨，都推他一个人身上；他幸而在江先生处学过公文法式的，倒也不见破绽。他因此看出老前辈有意玩他，便也更加看不起老前辈了。不久他因为意见不合辞去了，他觉得住江先生家里，总有点不舒服，也没心绪用功读书；不用功，那么对不起江先生的谆谆指导。他天天有口无心地翻读书籍，送去虚空的时日。

上海的南境有个半淞园亭台花木，雅趣横生。在这污浊的地方，算这个花园最雅致的了。春天的阳光，唤醒了许多游人；男男女女，在这个园子里，忙地穿进穿出。秦舟一个人在江上草堂碰到多位朋友。他们有的带着夫人，有的领了妓女。他近来忧郁不乐，不愿和他们同玩；又一见妖艳迫人的妓女，想到父亲的呵责，不由得悲痛直上心头；他一个人在人迹稀少的地方坐着，更显出孤独而沉闷的样子。

"Mr 秦，我们久不见了，你来多少时候了？"

他抬头一看，是一位 N 中学的旧同学，同时留级同时退学的 C 君，他喜出望外，握住他的手请他同坐。

"C 君，我久久要看你；不知道你住在什么地方？"

"我住在闸北 R 路的银光里请过来玩！"

"你仍在卢家湾的 F 大学吗？"

"我侥幸去年年底毕业了；你也毕业了吗？"

"我名义也算毕业了；你近来赶什么事？"

"我正预备到法国留学，此刻所以很忙；你呢？"

"我很羡慕你呀！说到我，堕落到极点了；从前的希望，完全打消了。"

"为什么呢？"

"说来话长，我也不愿意说；我们此次一会，或是最后的一次；以后我也不知道是活是死！"

"你说罢，我可以帮助你的，总当尽力帮助！"

"在这短时间，我不能说出；最好我们约一天在很静的地方谈罢！你以为怎样？"

"也好；你住在什么地方？"

"我住在一个父辈江先生家里，很拘束的，我也不常在家。"

"那你可搬到我的地方同住。我住的房主人姓罗，我们带一点亲戚的。我一个人住一间侧厢，很觉寂寞。"

"那是很好，我过几天便当搬来。"

……

闸北 R 路的银光里是新造的房屋；罗家住的在里的尽处。秦舟与 C 君住在楼下西侧厢。罗家用的仆人，他们也可指使的；秦舟觉得比江先生处适意得多。C 君因为预备赴法的事情，天天奔走在外。秦舟在这里读书，不常出外，也觉得有点沉寂。

秦舟与 C 君同住后，他常常听一种声音，好像这里娇嫩的声音，似乎他从前听得很熟悉的。有一天，他偶尔向东侧厢的楼上一看，有一位少妇装扮的也在看他。她急急引避。她的脸儿也很面熟，秦舟觉得奇怪极了，他想自身除非在梦中，或者已死了；如果尚在人间，那么人间真不可思议的了。

"噢！想到了！想到了！她是……她像是 Y 女士！"

秦舟掩了自己的口，说给自己听了；闭了眼儿，以前的种种，一一现到他眼前。"这是梦中，这是冥府，决不是人间！"他面色灰白，靠在椅子上这样想，愈想愈难受了。

过了一个星期，有一夜，电灯熄了，西侧厢的后房，对面排两只榻。C 君与秦舟都躺在榻上，还谈些白天里做的事情。

"C 君，今天我们四人打麻雀，两个都罗家的媳妇吗？"

"是的，那位年轻的，做罗的媳妇才两个月哩！"

"所以还不脱处女的面目；她的本家在什么地方？"

"听说从 Z 桥娶来的。"

秦舟听得 C 君的话，尤其决定她是 Y 女士了。Y 女士还有位嫂子，是 C 君的表姊；她的丈夫跟着父亲，天天到公司中办事，晚上才回家。Y 女士的嫂子，时时请 C 君秦舟和 Y 女士一同打麻雀消遣的。Y 女士的心中，也很知道 C 君的朋友是秦舟但是面上都没有露出前已相识的记号。

不久 C 君因经费问题，回到家里。秦舟更感寂寞：恰又沾染了时疫，一个人呻吟床褥，忽热忽冷；但他也不以为意，他很希望一病不起，了却许多烦恼：他觉得活在世界上，真没意思啊！

"秦先生要保重身体才好，请你尝点药儿！"

罗家的婢女，送上一包药，提了一壶开水到秦舟那边来，殷勤地劝秦舟进药。秦舟受了药，看看包纸上，有铅笔写的一个英文字"Heart"，他不由得落下两点眼泪。

"谢你！我是时疫，不关紧的；谁教你送药来？"

"新奶奶教我送来的；因为 C 先生回去后，你一个人没有商量的地方，所以教我服事你。"

"你替我谢新奶奶，我真感激她！"

"秦先生，不必客气，我冲给你饮罢！"

"不必！你把开水放在桌子上，让我自己冲饮罢！"

"那么我去了，你别心焦呢！"

"谢你！谢你的新奶奶！"

十

他的病好了以后，整天地坐在室中，天天望 C 君回来，可是连信息都没有。他偶然从箱子里翻出从前写的字，以为这是很可纪念的东西；虽是注视在纸上，其实他的心里在回想以前。这时 Y 女士忽然推进门来。

"秦先生，你写的字给我看看呢！"

"这都是从前的，没有一点可取。"

"你的笔致很秀丽，像女子写的。……我尤欢喜你临的小字。这种什么碑？"

"这是高湛墓志；本来很圆秀的，可惜我临得不好。"

"不必客气，但我却不欢喜那一种。"

"那种是造像字，呆笨可笑，一看便不是女性所欢喜的。"

"……今天谁都出门了，留我守家；趁此机会和你谈谈罢？"

"这是我非常愿意的，——前年写给你的信，你收到吗？"

"正要说呢！你的信我都见过；只是我自小父亲卖我到这里。我听得他们要娶我了，我什么都不高兴，便也不把回信给你；这是我很对你不起的。"

"哪里的话！你到此地不久吗？"

"还不到两个月，我很感激你找寻到此地呢！"

"不，我一点都没有知道你在这里。C君教我和他同住，便搬来的。"

"是的吗？那是凑巧极了！"

"你的丈夫想是很和善的罢！"

"他……他……我是没奈何！"她说后，泪汪汪地向窗外望了一望，她再也忍不住了，用手帕掩她的面。

"你何必这样呢！你已有安身之地；像我这种人永远飘浪，朝不保暮。"他说后也抬头不起了。

……

他们声朗低低地又讲了许多话，沉默了一回，后刷去泪渍，装出无事的样子。

"秦先生，这十天中我要到家里走一次。"

"那我更加寂寞了。"

"我便要回来的。"

"我们在外边可会一会吗？"

"有机会时，没有不可以的。"

……

一星期后，有一辆马车，从黄浦滩远远里来，过外白渡桥，车中有二个人的笑语声。

"Mr. 秦，我不欢喜方板桥喜的C影戏园，你知道吗？"

"不知道；什么缘故？"

"那地方我的旧同学常常去看的，可不好意思吗？"

"那我们到虹口的 A 影戏园也不妨；这地方最适当，我也没有朋友，你也没有朋友。"

他们的马车就虹口 H 路的 A 影戏园的门前停下，他们手牵手地走进园子，步上楼梯，肩碰肩地坐在特等里。

电灯熄了，看客们都静悄悄地不发一声；秦舟与 Y 女士也没有说话，只是各人默念英文的说明书。影片里都是神出鬼没的事情，时而杀人盗货，时而山崩城陷，吓得 Y 女士靠在秦舟的怀中，作急促的呼吸。秦舟眼看影片，但他的灵魂，早已经飞到天空海阔去了；他的身体微微地颤动，觉得有种种平生从未有过的感觉，四肢软化的了。

"陈皮梅……鸭肫肝……西瓜子、花生米。"

小贩的呼声，似乎有乐谱的，有腔有调，渐渐地高喊了。电灯也亮了。Y 女士才觉察自己不是在战场上，也不是在盗贼窟；打了一个欠伸，似乎很吃力的，她的心儿仍旧勃勃地跳着。

"这是休息的时间吗？"

"是的。"

四围的看客，有的很注目秦舟与 Y 女士，他们也不很奇怪。有的当他们俩是夫妇；有的虽不一定当他们是夫妇，也许是临时的夫妇；这是上海地方惯有的事情，并不超出于人情之外的。一忽儿电灯又熄了。

"秦先生，你听，钟声敲十二响了。"

"我们再坐一回罢！"

"不，那种烈烈轰轰怕死人的影片，我真不愿意看了。"

"他们就会换爱情影片了；你看目录上，可不是做完这卷便要换吗？"

"换的是《半夜私语》。"

"那便是爱情剧。"

两个男子爱一个女子，大家不平均，便决斗了一场。这些滑稽的爱情短剧片刻就完了。

"Mr. 秦，回去罢。"她推了他的肩儿说。

"回到什么地方去？"他低低地笑着说。

"我是回到家里。"

"回到 R 路吗？"

"是的。"

"这样的迟晚，怕他们有疑心罢。"

"那么我回到 Z 桥的母家。"

"你刚才说：今天从母家到男家，又怎样到母家呢？"

……

与 A 影戏园成十字路的一条街上，有一座三层高的洋楼；黄浦江的船中人，还能望这洋楼的塔尖；横装的招牌都用英文写的。门口有一行□□旅馆的字；第二层的壁上，有英法大菜四个字。秦舟与女士，从远远地走近来，向三层洋楼的大门里进去了。

十一

有一天，罗家西侧厢的后房，C 君与秦舟都靠在自己的榻上。C君赴法船票也买好了，专待出发；这时与秦舟谈些别离的话。

"C 君我对你说的事情，你别要告诉人家。"

"你幸而告诉我了；我想了许多时候，我觉得还有许多话要告诉你的。"

"什么话？你讲罢！"

"我等你心气和平的时候讲给你听。"

"你说好了；我是性急人，你还不知道吗？"

"你也该知道：她是有夫之妇！"

……

"我老实说罢，我们以后不知道何时再会；我尽朋友的忠告，也不怕招怪的。你那种事情不是人做的，更不是学生做的。我不问你别的，只问你自己的良心；良心说的话，便是我要忠告你的话。我也没有别的话；如其你有疑问，便问你的良心。"

秦舟两手捧住脸儿，一句话都答不来，他又呜呜咽咽地哭了。他听了 C 君的话，似乎触雷似的，把他的血都收吸干了；伏在被褥上闷声不发，细嚼 C 君的话。

"秦舟兄，我愿意你恨我，我是你的仇敌；不过我快要出发哩！最后的一句话：你刻刻要把我的话放在心上；要报复仇敌。我不愿意你忘记我的话，忘记你的仇敌！"

C 君又续续说了一大篇话，把秦舟的心撕碎了，他没有话可以回答，他的心痛极了。

从这一次谈话之后，隔了二天，C 君便上船去了。秦舟觉得长在这里是不妥的，决意搬出。他也觉得近来无所事事，年纪未曾长大，当然还该用功。他想到这里，又很悲伤自己荒废了学业，做游荡的少年；将爱他的先母先姑母的希望都消失了；父母嫡母的教训也违背了：没有面目再见朋友。想到这儿，他不愿再活到世界上了。

他没有别的法子，便搬到他的表兄的寓里同住；晚上继续到 B 氏英文专修学校去上课。他的心气虽是平顺，但是他的忧郁一天天地增加了。他的表兄问他：

"我看你的面色很不好，你别太用功呀！"

"不，我觉得住在上海讨厌了，很想到别地方去。"

"什么地方去？"

"我想请涟哥哥写信给爹爹，说我要到美国去留学。"

"恐怕舅舅不会允许罢！"

"你婉转地告诉他说，我决定要出洋，你也赞成的。爹爹很信实你的话，决不致推绝；如果我自己请求，他决不会允许的。"

"舅舅和舅母年纪老了，必然不愿你走远路呢！"

"那无妨的；现在的世界，远路近路可不是一样的吗！"

"我是很赞成呢！写信怕也没有什么效力罢！"

"你且试一试罢！没有效力再商量。"

秦舟的父亲得到涟秋的信后，对于秦舟出洋求学的提议，也很同意，但不愿意秦舟到美国因为路程太远，往来不便，信札也迟；他只允许秦舟到日本。秦舟又请涟秋去再三商量要到美国，但他的父亲决不放他到美国，秦舟无可如何，也就打算到日本去，摒挡一切行装，预备走了。

一九一九年的新秋，秦舟搭上山城丸从吴淞出口到东海去了。他从来没有行过远路，生长近上海交通便利的地方，不曾出过省界呢！他在船上，时时跳上甲板，望那海景，"壮哉！壮哉！"他想读万卷书，不如行万里路的话尤其颠扑不破。轮船到日本的境内，四面山色，更显出自然的绵美。他这时万虑都消，对着山水表十二分的敬意。山和水也像劝告他说："秦舟，秦舟，你再不要提起你的从前，你来安心求学！"

秦舟到了神户上岸，变了哑子似的，人家讲的话一点都不懂，他也不能和人家讲话。幸而有几个同行的朋友，都是老留学生；便跟了他们东也东，西也西。这一夜又搭上火车到东京。他真手足无所措了，不由得生起了异国的情怀。

他平生有两种嗜好，爱书爱画。他到了日本以后，住在一家旅馆四席半的屋子里，用中国尺计算不过二十方尺大小。他买了许多书，堆满了壁根；买了几张印刷的名画，粘在壁上。他意志薄弱的生性，中了心病似的常常发着悲痛；有时硬把读书去忘掉悲痛，但书中有更可使他的悲痛增高。他曾进过神田的预备学校，不上一个月便废学了。他自己读了些日用的语言，渐渐地能够讲了；又得到些新朋友，他们的品格都高人一等的，于是他求知的欲望也就兴发了。

他临行时，他的父亲教他学法律经济。因为他的父亲很熟悉《大清律例》博得几次的幕员，想教秦舟传他旧业；或比他更厉害，希望做个正印官。但他决不愿意枉道徇人，便立定主意学欢喜的东西。

人家说日本话很容易学的，但他同时与德文并学，才觉得日本话与德文一样的难易。他学了十个月了，读些剧本，又老起脸皮与日本人讲话，还是不纯熟。第二年春天，他勉强考进文科大学 T 大学的第三部。

十二

有一天，他在 T 大学的园子里，坐在樱花树下石上，远远地一位教文化史的教授进来。他看这位教授的面上，忽而有梁启超三个字出现，他想：除非这教授的话痛快淋漓，犹如梁启超的文章；但也未必。他用力地想下：这位教授与梁启超究竟有什么关系？直到第二个星期，连续听讲埃及古代文化，讲到金字塔，才想到他在高等小学时，读一篇梁启超的什么老年人少年人的文章，他第一次晓得埃及有金字塔。

他近来往往有这种漠不相关的联络想象，有人说他是忧郁病的症候，他自己很恐惧。他在梦中有时会见未知的爱人，作性的调和。他问过许多朋友，他们也常常犯的；又问过一位研究精神病理的朋友，他说："生理上的作用，无关紧要；像你那样面有血色，精神健旺，决不是病理的。"他就此安慰了。

他为了到学校近便的缘故，便搬住到白山植物园的后面。没有课的时候，拿了一二本英文诗集，到植物园躺在草地上，朗读几首心爱的诗；和孩子们笑谈一阵，一面自己悲伤小时候的无忧无虑的时代过去了，一面又替孩子们，远虑到十年后也要到烦闷的地步。这里和圣公会很近，他有位女朋友要学英文，他便介绍给 E 牧师的夫人前学习。E 牧师很殷勤地劝他时时来做礼拜。他并不欢喜宗教，从前也曾到过 Z 桥的礼拜堂做过几次；他想到污浊神圣，不由得心痛复发。他不能推却 E 牧师的盛情，有时也到圣公会做礼拜，乘此忏悔旧过。他觉得 E 牧师很有趣，从前也曾交过些外国人，但从未碰见这样奇异的外国人

I am very glad that you have improved so much in your spirit. （我很欢喜你的灵魂有这样多的进步。）

他连做了三次礼拜，E 牧师便用商业招徕的手段，引诱他信教；目光灼灼，笑意满面地对他说这句话。

What it is to be, I don't learn. （我不明白那些。）

I am sorry fou You. （我替你担忧。）

E 牧师听得秦舟的回答，慢慢地也说了一句无根据的话；似乎一半可惜秦舟的梦梦不醒，一半可惜自己手段的无效。秦舟尤其看出宗教的虚伪，牧师的卑鄙，打定主意不受他们的愚弄了。

"求神不如求己。"

他才想到这里，自己认为异端者，做了几首忏悔的诗，要受"自我"的洗礼求"自我"安慰！

将我昏乱的脑髓，

漂洗得洁白！

将我污浊的血液，

蒸滤得清澈！

忘掉我是败北者，

重上人生的战线。

这是他忏悔诗里祷告"自我"的话。他决意与颓丧绝交，振作精神，譬如死了又活的样子；但他的意志薄弱，究竟战不胜过去的回想。

第一年的暑假他没有回去，第二年的暑假又到了，他不想回国，他的父亲屡次写给信他说："父母老，弟弟小，回来望望我们！"他于是想到亡母待他自决的一个问题，又突然想到无父的 H 小姐自己又二十一岁了。"回去罢，回去罢，他们望眼欲穿，都等待着呢了便搭上归舟，对日本山水说："去了，再见！"

山和水像在唱着 John H·Payne（约翰·班扬）《归去来兮》Home！home！sweel home！的歌声，送他回去。

舟中很热，他坐在吊床上看书，Geoge Moore（乔治·莫尔）的 Drama in Maslin（《面包里的戏剧》）的书页上。滴了满纸的汗。

半夜里，月明如水，凉风袭人。他独自登上甲板，挽住栏杆背诵 Wilcox（威尔科克斯）的《月与海》Moon and Sea 诗句。

You are the moon，dear love，and I the sea：（亲爱的，你是月亮，而我是海：）

The tide of hope swellts high within my breast，（希望的潮水在我胸中高高涨起，）

And hides the rough dark rocks of life's unrest（又退隐到动荡的人生粗糙黑暗的岩石后面）

When your food eyes smile near in pergee.（每当你热切的双眼在海潮的最低点微笑。）

But when that loving face is turned from me（而当你可爱的面容离我而去）

Low falls the tide，and the grim rocks appear，（潮水落下，怪石露出，）

And earth's dim coast—line seems a thing to fear. （地球上昏暗的海岸线显得多么可怕。）

You are the moom, dear one, and I'm the sea. （亲爱的，你是月亮，我就是海。）

轮船到上海了，他在船上，精神上很能抵敌肉体上的不安。到了岸上，他欣喜地去望了几个朋友。晚上，他无意之间，踱到闸北的 R 路。他走到银光里的前面，站住了。又绕来绕去地经过了几次，他像看见 Y 女士的黑影，伫立在银光里的胡同里，像在怨恨他；于是急急回到旅馆去。

他在上海接触了二三天污浊的空气，回到家里病了。

十三

秦舟回到家里，发了几次寒热病，精神疲乏极了，有时到野外去散步。那时涟秋也回家了，他便与涟秋时时谈些心事；觉得家里有点寂寞，便住到涟秋的家里。

一间高旷而狭长的屋子，靠窗有两座榻，秦舟与涟秋对床睡了，还说不尽许多的话。微小的灯光，静悄悄地听着。

"舟弟，你知道吗？H 小姐快要嫁了；十月十日结婚，还有二个月了。"

"嫁给谁呢？"他发问到这里，颤栗得不成样子了。

"嫁给南乡的 F 君。"

"可不是在县署里当书记的吗？"

"不差，你相识的罢！"

"我和他见过一面，他是一位很漂亮的少年，H 小姐一定得意的。"

“这是她的母亲的主意，她并不见有意于F君呢！”

“唉！……”

“实在她等待你呢！”

“涟哥哥，你再不要提起那种话了，我的心儿痛极了。”

“那也没有法子想，我是怪你的自己不好。你前年在上海逛窑子时，H小姐的母亲听得后，对于你也淡的了。”

“涟哥哥，我是现在变了一个半身不遂的人，不愿意H小姐跟我受累；我很愿意H小姐和F君的爱好，得到无量的幸福。”

“舟弟，你今年二十一岁，正是有为的时代；何必为了这件事自咒自怨呢！”

“不，你不知道我的心儿呢！”

秦舟在床上转侧不安，不愿意把哭的声音送到涟秋的耳朵，用一条单被掩住他的面，使他不出声音。

H小姐的住家，和涟秋的家离开不远。有一天，秦舟去看朋友，务必经过她的门前，远远地见H小姐立在门前。他想回去，而H小姐看见了。他不住地颤动地走过去，料H小姐回避他的，可是她也不避。秦舟低倒头想：“招呼的好呢？不招呼的好？”便假装不见，走过她的门前。可奈朋友不在家里，他退回来，H小姐依旧立在门前。

“舟叔叔，你那时候回来的？”

“噢！H姊姊我没有见你，恕我！我是回来十多天了。”他不好意思地站住了回答她。

“进来请坐一歇罢！”

“谢你，我还有人等着呢！你的妈妈很好吗？”

“谢你，她很好。”

“那么我去了，再会罢！”

他看H小姐长得又大了，素朴的服装，宛然一位未来的，治家有序的贤妇。

他从涟秋的家里回家，弯过鸭舌坞，他走不前了；这是他的母的墓地。夕阳在山，柳树的影儿增长数倍，横卧在地上；黑苍苍的砖坑，经风雨的剥蚀，似乎数百年的古物了。他对了砖坑，洒出许多眼泪。

"母亲啊！你望我读书成名，我竟违背了你教训了。你抚育我到这地位，我但使你失望；料你不会瞑目呢！像我这样的儿子，还活在世界上做什么，你快来领我去罢。"他挥着眼泪，对砖坑说了，听得有招呼他：

"舟弟，你真有孝心，你的母亲在天上，何等快乐！你何必悲伤？天晚了，快回去罢！"一位邻妇在田间种作，望见他在墓前挥泪，特地来安慰他。

他回到家里一个月多了，有一天在书室里，他的父亲掩了佛经，支颐而坐；他的嫡母站在旁边。他的弟弟在帮他整理书籍行装。

"明年早点儿回来！"嫡母说。

"我不想回来，日本山水很好，明年暑假想去旅行。"他回答。

"你明年回来罢！你的父母年纪老了，你还想不到吗？"他的父亲说。

"哥哥明年早点回来，我要你教英文。"他的弟弟说。

"我在外边也很舒服，无庸你们的挂念。"他说。

"还说舒服！日本饭菜，二条生鱼，三片萝卜。你要回来。我望着的呢！"他的嫡母说。

"父母对你说话不差的。你想旅行要紧？还是望父母要紧？"他的父亲说。

"哥哥不回来，我要哭哩！"他的弟弟说。

他离家二年，回来后，家人待他像亲戚一样。但是不到二个月，他又预备回东京了。这便是他和家人分别的一天，涟秋伴他到上海搭上轮船，半夜里从吴淞出口了。

他的病还没有全好，上船后受了风浪，又复发作，时发时愈；路上虽感到无限的苦痛，也算勉强到东京了。

十四

秦舟回到东京仍住在白山植物园的后面一家小楼上。他到学校里去上了几天功课，他的病又发作了。医生说他是疟疾，一种流行感冒。他想医生不能知道他疟疾之外，别有所病呢！这是自病自得知了。他天天裹了绒毡躺在席子上；高兴的时候，抽出几本爱读的书乱读一阵，或翻出图集碑版鉴赏一下；不高兴的时候，闭了眼儿，听窗外秋天的雨声。

病里的光阴，他这样一天一天地度过去。他想再没有知心的爱人，送给药来了。买来的药包上，只有某某制药会社，再也寻不到Heat一个字了。而Y女士的影子，立刻现到他的眼前。

“你没有罪，我引诱你的；这是我一个人的罪！我无面再见你了，我可杀！可杀！”

他自言自语了一回，他又翻开图集碑版，抽出爱读的书，翻来覆去，精神上不安到极点了。

“老朋友们，你们快来救我，不要使我回想到从前；从前的我死了，现在的我是另外一个了。”

没有朋友在他的旁边，只有图集碑版书籍是他的老朋友；他读书读图，当和朋友闲谈一般的。

他再不愿回想从前，可巧得至青年会的报告书说：十月十日民国十年的国庆纪念，行怎样的典礼。他屈指一算，还有三天，便是H小姐和F君结婚，也剩三天了。他又回想到十年前与H小姐初恋的时代，一五一十，算到现在失恋的时代。

"国恩家庆！祝祖国平和！祝 H 小姐与 F 君幸福！"

十月十日的一天，他不能出门，口里念着这三句话，想象到 H 小姐与 F 君结婚盛况，宾客的欢呼，当局者的愉快；又想到结婚后的家庭生活，他很愿意天天为他们祝福。

十月十日过了，他的病还没有好，天天念着替 H 小姐与 F 君祝福的话。有一天晚上，他读 Carlyle（卡莱尔）的《许勒的生涯》，Life of Schiller，当一七八七年，许勒（今通译作席勒——编者按）旅行到 Rudols tadt，由一位同学介绍访问 Lengefeld 主妇，是他的同学的亲戚。Lengefeld 主妇有位次女，年二十一岁，真挚多情，又是诗画的爱好者。山林的僻处，有这样可爱的天使，许勒何等的惊喜！这位次女早年失父，恋人身隶军籍，久久不得音信，遇见许勒也是一个失恋者，便发生恋爱了。次年许勒想到结婚的事情，他说：

That shares our sorrows and our joys, than responds to our feelngs, that moulds herself so pliantly, so closely to our humours ; repsing on be-calm and warm affection, to relax our spirit from a thousand distractions, a thousand wild wishes and tumultuous passions; to dream away all the bitterness of fortune, in the bosom of domestic enjoyment; this is the true deliqht of life.

（婚姻分摊了我们的悲辛和欢悦，它应和着我们情感的波动，它是那样柔顺地塑造自己，是那样贴紧我们一时的心境；……它使我们的精神从万般的烦乱、万般的野蛮的希冀以及骚动不宁的激情中解脱出来；在家庭的快乐的怀抱中，它使我们忘记命运的苦涩滋味；这才是人生的真趣。）

秦丹将这段话抄到日记上，注了二句说："人生的真趣 the true delight of life 啊！我早失掉了！祝 H 小姐和 F 君 得到人生的真趣。"他又将《许勒的生涯》读下，读到许勒与 Lengefeld 的次女结婚后，与爱人的生活，似乎 Carlyle 替 H 小姐和 F 君写照；字里行间，都露齿地嘲笑他，他再没有心绪读下了。

一位朋友来望他的病，送给他一本 Storm（斯托姆）的《茵梦湖》Immensee，教他消遣消遣。他一页页地读下，不住地挥出眼泪。他便随手用铅笔将 Etisabeth（伊丽萨白）改做"H 小姐"，将 Reinhard（莱茵哈特）改做"秦舟"将 Erich 改做"F 君"他又联想到从前读过英国大诗人 Tennyson（丁尼生）的一本牧歌叫做《意奴克亚亭》Enoch Arden 也从书堆中翻出了，将 Annie 改做"H 小姐"将 Philip 改做"F 君"将 Enoch 改做"秦舟"。

"唉，东方没有 Storm，也没有 Tennyson，谁把我的心事，做成了小说，做成了诗！我将主人公改换了罢！也许可以安慰我呢!"

他改了后，似乎很叹息遇不到这二位大作家，替他做成小说做成诗，使世界上的人读了，发生同情来怜悯他。他以后读这二部著作，不读著者所定主人公的名氏，读自己改换的名氏了。他的病好了后，他来来往往，总是带着这二部著作，无论在公园，在朋友的客室，郊外的路上，翻开来少至读二三句，多至二三页；行间划了许多红铅笔的痕迹，他以为像他这样的人，西洋早有过了；不妨在东方开其例端，待东方未来的作家，写出他的心事。

他病后心气很和平，每天早上六时起身，临《爨龙颜碑》大字六十个，临 Y 女士所爱的《高湛墓志》寸楷一百个；然后上学。归后又读些爱好的名诗；兴致高的时候，画几张写意画；星期日带了一支 Conte（炭精画笔），一块面包，一本 Sketch Book（写生簿），走到郊外去写风景人物。断绝朋友的应酬，辞去同乡会的职务，他觉得心无挂碍，身体也一天天地增健了；或者以后长在宁静的生涯中，可度过岁月，也不得而知了。

十五

他近来过这宁静的生涯，若有意若无意，很想努力做去，总为了失去了侣伴，孑然一身，徒然向上。

一九二二年的春天，学校放假了。K府有位朋友写信来，教他到K府去旅行。他素来闻名K府山水也好，人物也秀，又得到家里汇来一笔用款，打定主意，就搭上火车到K府了。

K府是日本的旧都，四面围着青山，他和朋友，就近游过几次名胜的地方。御殿，离宫，寺院，处处可以见帝王与宗教的一种威权。他曾带着爱读的书数种，Sketch Book 一本，到处画些素钩，读些田园作家的诗文；觉得K府的感情不坏，深悔不到K府来进学校。

远近的山光，浓淡分得很明，他在长桥上画了一幅暮光的山景，随口念道：

"青山之眼，

她看透了，她看透了，

我的更深的忧郁！"

后来他跟朋友到音羽山。山上有一座很壮丽的寺院，善男子善女人们，都在寺院里拜菩萨；山坳中有一条瀑布冲下，水晶那样明澈，水上面也装了一位菩萨。

"这是日本人称做灵水的，凡人有了罪过，到这位菩萨的前面跪下，将所有的罪恶倾吐给菩萨听，然后赤身裸体到瀑布下去浇一下，罪恶就此消除！"

一位朋友，对他说这些瀑布的本事，他很感动，暗暗地想：不妨赤身裸体地到瀑布上浇一下子。

“求神不如求己。……我的理性啊！”

他又想到了这是第二种基督愚人的话，离去罢！一时的感动，就此打消了。

他预定十天离去 K 府，这是最后的一天，早上，他和朋友到圆山，人迹很是稀少；他们走上半山的深处，没有别的人。山上有一座小的寺院，他们俩坐寺院前的小桥上，桥下是无底的深渊，由山地分裂而成的。他抬头一看，有几株高大的银杏树，和他十年前在 K 县的古墓上见过的，枝叶一样的圆满。

“此一时，彼一时！”

银杏的微风，吹来一阵啾啾的颤音，使他昏迷失措。他站起来向桥下的深渊一望，郁黑空洞，有无限的神秘。

“那边有黄金的银杏果，那边有黄金的银杏果，我去找寻罢！”

他很愉快地说了，便向深渊一跃而入，他的朋友莫名其妙，只是声嘶力竭地喊道：“快来救他呀！快来救他呀！”

　　　　　一九二二，四，二七，初稿于东京御殿之墟

壁 画

　　崔太始近来住的地方他的朋友们都不很知道了。他在留学生中资格不算旧，到东京不过五年。今年是他在美术学校最后的一年了。他虽是学了五年的画，从来没有画完工过一幅。以前他住的房间里装着一叠画架，至多成就一半又涂了去，或是仅仅钩了些轮廓罢了。但从这些半途而止东鳞西爪的画里，他的结构他的笔致，在在可以看出他有伟大的艺术的天才。

　　他有位朋友 T 君，住在白山的近傍，还是他国内的同窗，所以很算知己。有一天午后，他忽然现在 T 君的房中。

　　六叠席的房间，四壁都是乱七八糟的书籍。崔太始与 T 君面对面席地而坐。席上一盘热勃勃的清茶。T 君敬了他一杯，看他一喝而尽，将杯子向盘中一顿，呵了一口气，从烟袋里挖出一支烟来乱吸。T 君看他那头发有二寸多长，胡子不消说，制服的两袖和胸次都涂了红红绿绿的颜色，白的硬领也抹了一层污黑的脂肪，他不由得暗暗地笑了。

　　"太始，你住在甚么地方了？"

"我住在日本桥我亲戚的银行里，我借了一间光线很适宜的房间，雇了一位姑娘作 Model（模特儿），想在这一月内，努力完成一张卒业制作。"

"那好极了。我希望你此次的成功。"

"T君，我倒有一重心事告你，你替我做首诗发泄一下，怎么样？"他摇摇头，眉目都皱在一块，弹去烟灰。向丁君说。

"那怎能办到！我做诗都是自动的，自己感触的，自己要说的。你的心事我何从知道？"

"我讲给你听罢。我今天到你这边来，经过小石川教堂。今天是特别传道口，有一群女学生分道发布传单。过路的人都受领女学生们鞠躬和一张传单。独有我经过时，她们不来理我，我很忧郁，你把我的忧郁写出来罢。"

"什么大不了的心事，原来就是这一点。你有了夫人有了三岁的女儿，你还不知足，你每每讲起那些女人的事情，就好像垂涎万丈的样子，我劝你不要胡思乱想罢。"

"我们徒然的结了多年知己……唉！我最切齿痛恨的，就是说我有了妻女便不该再有别的念头。父母强迫我结婚，这是我有妻室的来历，一时性欲的冲动，这是我有女儿的来历。……T君！你是聪明人，我不以一般朋友看待你，你也苛责我，我真没有地方告诉了。"他说了，便断断续续地一呼一吸，他不禁滴下了一场眼泪。

"你不必悲伤。我明白了。你饶恕我的鲁莽。我一定勉力替你做一首诗。"T君被他的话感动了，不禁起了同情，便安慰了他几句，他只没精打采地吸着香烟。

"你在银行里，没有人和你一同画吗？"

"只有一位 L君同画。"

"他是到东京还不上两个月的那位 L君吗？"

"是的，便是那位。"

他们俩谈了些很平常的话，崔太始总觉得没甚意思，不久便与T君道别。T君也无从安慰他。T君听得崔太始近来和许多朋友们意见不合，连一连二地绝了交。他的朋友们往往讲他的性情大变。T君从这回子谈话里，也经验了。所以很失悔刚才说的话，怕因了这个缘故，损坏了多年的交情。

第二天崔太始到银行去，得到一封快信——他因为住的地方不告诉人家，一切信札都由银行转递——原来国内母校里的教授殷老先生带了两位女公子，到东京来游历，此刻住在神田的长安旅馆里。他欢喜得非常，以为有机会去招待殷老先生的二位女公子了。他再没有心绪作画，便一直到神田去找长安旅馆。

殷老先生的一室也不很宽大的。席子上铺了一条大棉被。殷老先生和他的二位女公子，此外T君L君和别的少年两位，都围着坐在大棉被上，鉴赏长女公子南白所作的画。殷老先生精神振起，讲他长女公子平日得的是某先生的指导，某先生的品评。T君L君和别的少年们都说了一堆恭维的话。

崔太始推进门来，见殷老先生和他的二位女公子行了一个九十度的鞠躬礼，然后叙些应酬话。此时他也盘坐在L君T君的中间，别的二位少年，背地里望崔太始那种特别的动作发笑。崔太始虽是和殷老先生很有精神地谈话，但是一面他很失望。他想殷老先生在东京的门徒不止他一个，在座T君L君和别的二位少年，也曾受过殷老先生教育的，和他的二位女公子同一是师兄妹的情谊，于是他预算不能独尽招待的义务，他的热望冰消了一半。

殷老先生的长女公子南白，十九岁，她得到名师的指导，她的国画创作，在国内已有名望的了，次女公子北白，不过十四岁，还在小学校里读书。他们这回子东来唯一的目的，想开一个展览会，陈列南白创作，使东邦人士也知道中国有位闺秀画家南白女士的作品。

殷老先生和他在座的门人，规划了半天。展览会的事情也就有个端倪了。五位门人中大家推 T 君到日本画家协会去交涉，推 L 君担任编画件的号数，崔太始去没法借会场，别的二位印目录发传单。他们认定了，殷老先生和南白恳切地致谢他们。他们便与殷老先生们道别。

殷老先生不很信任别的门人，因为他们有的穿西装，有的穿制服，都很整洁而漂亮。独有崔太始衣服上有颜色痕迹，蓬头垢面，不加修饰，所以殷老先生很信任他，说他是最老实的一位青年，又说他对于筹备展览会的事情最出力。因此南白也很感激他，画了几幅画相送。

"支那闺秀画家殷南白女士，此次随尊人东来游历，所带作品百帧，于三月一二三日，假神田东亚俱乐部，由日本画家协会主任，举行作品展览会。……"

东京的新闻上都载着这一小段新闻。到了开会的那一天，殷老先生的五位门人都到会帮忙招待。东亚俱乐部在神田热闹的一带，所以参观者很多，而且都很颂扬南白的作品。东京的新闻记者又时来采访消息，招待的五位很有应接不暇的光景。

第三天，这是末一天了，殷老先生和他的二位女公子也到会。那时参观者新闻记者都由他的门人们招待着，在楼下的一室，殷老先生和参观者新闻记者们谈话，T 君当了翻译，楼上的一室，崔太始和南白北白坐在沙发上闲谈。

"你送给我的三幅画，我真感谢你呀！"崔太始柔顺地对南白说。

"那没有价值的，我是乱涂，请崔先生指正才是。"南白很谦虚地回答他说，北白低倒头没有话。

"这三幅画都很有意思，我尤其爱那幅"红叶题诗图"，你的笔法真可说超过石田呢！"

"唉，你不必见笑。你那样说，我真惭愧。"

楼梯上的足声响了，参观者连一连二地上楼，打断了崔太始和南白的谈话。他们站起，避到近壁的一隅，让参观者进行环绕的路径。

崔太始走下楼梯，在楼下的一室踱来踱去的，想起南白那种温柔可爱的性情，清高秀丽的画笔，又是恭敬她，又是爱她，她送给他的一幅"红叶题诗图"，在崔太始眼里看来，一定有深奥的寄托，断乎不是随便写的。他愈想愈高兴，摇摇头，自言自语。L君坐在入口的地方，偷看他的那种特别举动，莫名其妙，但只猜到殷老先生楼上赞了他几句罢了。

殷老先生和他的女公子门人送新闻记者参观者下楼揖别。壁上的时计刚敲五点钟。

"闭会罢。承诸位劳驾三天，心里很不安。今天预备在中华楼小叙，我们同去罢。"殷老先生对门人说。

"不必客气，我们便要回寓了。"门人们同声辞谢。

"不是我的客气，是你们的客气。太始君你为我邀请他们，你不应该也说客气的话。"殷老先生对崔太始说。

"我们不应该违背殷先生的命令，殷先生好意教我们去，我们也就去罢。"崔太始变了语调，得意扬扬地对同伴说，他以为有无上的光荣。殷老先生对他说那句"你也不该客气"的话，带有些橄榄的滋味，愈嚼愈甘。L君微微地拉了T君的衣角，T君便斜看崔太始的得意的示威。

他们从东亚俱乐部出来，走上街道，转了两处的街角，便到中华楼了。殷老先生早已定好了一间"兰室"。

圆桌子上殷老先生对门而坐，右方北白、南白，崔太始，别的二位L君T君顺次坐下。T君与殷老先生又并肩了。殷老先生与T君谈话。别的二位也乘机插了许多话头。他们谈的资料，不出展览会经过的情形。

崔太始用小刀去了三只大苹果的皮，又切成无数的小块，插上牙签，盛在盆子里，请同座的随意取吃。L君从眼角里偷望崔太始，他留下四块大的，分给南白北白，她们说一声"谢你"，他急忙留意同座的几位有望他的没有。L君装样没有看见，他才放心下来。于是他也参加殷老先生的谈话。

L君向T君做了一个眼风，T君立刻注意崔太始和殷老先生的谈话，崔太始谈锋尖利，说了一大批上下古今长话，殷老先生连声赞扬，说他有见识。

"太始君名不虚传，殷先生都佩服他呢。"T君插了这一句话。

"果然，十年前的地位，我是他的先生，十年后的地位，他是我的先生了。"殷老先生摇头说了，众人都笑起来，喧声大作。崔太始尤显现自己一脸的光荣。

他们从中华楼散了席后出门。门人们都向殷老先生们道谢，分道而别。但崔太始还瑟缩不前，他很想跟殷老先生们到长安旅馆，再去谈一歇子。

"再会！再会！"南白向崔太始辞别。崔太始听得她的辞别话，一面不好意思跟她们去；一面却想到南白不和别人道别，单向他致辞，他又格外得意，便也致辞而别。

第二天的下午五时，在东京站殷老先生和他的二女公子上车了。L君T君崔太始等等五位排列车窗外的月台上，各人右手里拿了帽儿，一扬一抑。殷老先生们在车窗里致了鞠躬。火车从此远了。

崔太始从车站回来。到早稻田找他的同乡陈君。陈君是早稻田大学法科的学生，一见崔太始那种神气，便连声说："艺术家！艺术家！"他说了后，向崔太始肩上一拍，笑了一笑。

"陈君，你不要胡闹！我正门正经有一件事情和你商量。"

"你和我商量的总不是好事情了。"

"那里的话！是一件重要的事情。我们在此地谈不便，到咖啡店去罢。"

"也好，也好。"

他们手牵手从陈君的寓所出来，走上冷落的街道，进一家招牌上有红茶咖啡牛乳名目的店子里去，向靠窗的小桌子上对面坐下。

"咖啡二杯。"崔太始大声对侍女说。

"嗳，嗳。"侍女走进内室，盛了二杯咖啡，分给他们。

"我们讲正经话罢。"

"你讲就是。"陈君用右手拿的匙子调咖啡。

"我前次对你说过的那位殷南白女士，今天我送她们回国去了。她对于我很有意思，她的父亲也很信任我，我想这种机会是不可失的。我想先把我的妻室离了婚，便可成就我们以后的幸福。"

"那很好，我劝你进行。"

"那么，请你在法律上查一下，离婚的手续怎么样。"陈君从衣袋里摸出一本袖珍的《帝国六法全书》，翻了一下，使用日本语读下。

"那是日本的法律，请你查中国的法律。"

"不关紧的，中国的法律原是抄日本的呀！"

侍女站在他们的旁边，听得陈君念离婚法律，不由得发出一种惊奇的笑声。陈君便将《六法全书》向衣袋里一塞。

"我要问你，你的夫人也愿意离婚吗？"

"她是乡下人，不懂新知识，断乎不愿意的。"

"那你也没有理由了！你的夫人愿意了才可成就。"

"她果然愿意了，我也不和你商量。为的她不愿意，才请你想个法子离去她。"

"这是一个人愿意，就没有理由的。我也没法。"陈君便又摸出《六法全书》翻到离婚的一章，递给他看，他接着书睁眼看了好久，摇摇头说："难极！难极！"他将《六法全书》还给陈君，从皮夹里挖出一角钱，放桌子上，向侍女致了一声道别，辞出门去。只听得侍女掩口的笑声。

过了一个月之后，T君在上野公园半已发蕊的樱花树下的石上坐着远远地看见崔太始背了画箱走来。T君招呼了他同坐。

"你从学校来的吗？崔君。"

"是的，你呢？"

"也是。你的卒业制作成就了没有？"

"还没成功。南白有信给你吗？"

"我那边没有信来。你那边一定有的？"

"哼！我那边一张明片都没有！我亲见L君那边有二三封信，她讲的什么，L君也不肯给我看，我也不要看，总之那种女子没有价值的。"崔太始愤愤不平地说了，连叹几声。

"何必，何必，不给你信，便骂她呢！"

"不必讲起，那真没有讲的价值。你还不知他们的内容。"

T君已熟悉崔太始的性情，所以也不谈了。拉着了他的手，在园径上慢慢地散走到广道上。

"崔君，我们到动物园去罢，这几天动物园很热闹。"

"赞成的，我们去。"

他们转身到左方动物园的大门口，T君买了二张入场券付给管门人，二人一直走进院子。

院子里男男女女老的小的加了鸟声兽声，所以嘈杂得了不得。他们俩牵住手走过几处的铁网铁栏，只见一群人围着猢狲住的铁网。崔太始拉住T君的手站停了。

"喂，有什么好看？"

"T君，你看，真好看呀！"

"嘻，凑什么热闹呢？"

"T君，我告诉你呢，你等一歇，你看那几只猢狲真享到好福呢。女子妇人们都把果饼掷给他们吃，我想真是冤枉，连猢狲都够不上，还活着做什么？我此刻恨不得变了猢狲，跳进铁网享受妇人女子们掷给我的定情物。"

"你又胡闹了！怪道别的朋友都说你是急色鬼！"

"他们都不是真知我，T君，难道你还不知我的心吗？"

T君紧紧地拉他离去铁网，坐到人迹稀少的那边露天椅上。他垂头丧气地摸出一支香烟燃上了乱吸，把画箱脱下，放在地上。

"T君，我还有一件事情告诉你，说来真是太息痛恨。就是我前次和L君雇了一位Model。她的身段面容还可以，但她衣服很褴褛，她若是待我好，我诚心送她上等的衣料。我看她可怜所以问问她的家庭怎样。她支吾不答。L君的日本话还没纯熟。她反而很有精神的和他谈话。这也不要讲。有一天我教她一同到银座去玩玩，她要什么东西，我可买给她。她拒绝我，我敬佩她，当她是一个清高的女子。但后来我亲见她和L君手牵手在银座一带走呢！真气死我！我便停止雇地，卒业制作也不画了。我停止了她，L君可说没有能力借某银行的画室，随他们到别处去罢。"

"我以为你卒业制作很要紧，你从来没画成一帧完全的作品，总为了一些小事停止的，你把你艺术的天才糟蹋了！"

"T君，说来真伤心，我的境遇，不使我完成艺术的天才。"

"你再雇一位别的Model，好好地画去才是。"

"喊，我真灰心了！你救我罢！"他靠到T君的肩上，作长时间的呼吸。T君觉得他那种呼吸里，有无限的悲凉。

"肚子里饿了，我们到菜馆去吃饭罢。"T君牵了他的手走出院子。

后来崔太始稍稍平静一点，觉得T君的话还不差，便和他的同学S君商量，另雇了一位Model在S的寓所里二人同时开始卒业制作。

　　S君和崔太始同学同乡，又是此次将同时卒业，他也住在白山，离T君不远。他的房间有八叠席，装置得很精美。他又是一位很有面子的少年，也很明白崔太始的脾气。他们雇了一位Model画过三个星期了。

　　有一天T君从学校里回来，到S君的寓所，看他们画，只见一位姑娘披了寝衣。露出上身雪白的肌体乳房：斜靠在藤椅上，目不他瞬地镇静着。崔太始与S君离开几步，装了画架，一心一意地调了颜色，进退瞄视，然后涂上颜色。他们见T君的学校已退课了，便也休息。

　　那姑娘脱下寝衣，披上自己的衣服，她拿了寝衣问崔太始说："崔先生，这样寝衣多少钱买的？"

　　"十二块钱。在三越吴服店买的。这是最时髦的巴黎式的寝衣。"崔太始很得意回答了S，一笑。

　　"我披了三个星期，很污的了。崔先生，你送给了我罢。"

　　"你要就拿去罢，我还去买一件新的才是。"崔太始很豪爽地应许送给她，她便说了几句感谢的话。他觉得非常快活，以为她很有意思对待他，不像那时和L君同雇那一位摆架子。

　　T君见他们休息够了，便也道别回去。

　　星期六的一天，T君得到崔太始发的一张明片。

　　"今天我约Model到帝国馆去看电影，你也同去罢。下午二时，在S君地方叙会。我们等候的呢。"

　　T君一看时计快到二时了，便换了新的制服，套上四角的制帽，到S君的寓所。崔君和那姑娘都在。S君也换了西装，打算出门的样子。崔太始见T君来了，便振起精神对那姑娘说："我们去罢。"

　　"崔先生，你饶恕我。我有别的事情，不能同你去了。"

　　"你应许同去，我如今约的朋友都来了。"

　　"崔先生，请你饶恕我这回子失约。"

"你不去也罢，我们二个人去罢。"崔太始觉得大失望，便拉了T君的手向S君道别，走到街道上的停车场站住了。

"我们俩也没趣，不必去罢。"T君说。

"我以为女子最贱，我的寝衣她欢喜的，我送了她。我教她去看电影，她应许了，又变计呢。今晚本是某银行宴会，我好好地辞去了他们的请宴，诚心领她去看电影，她真不受人看待的。"

"那你到银行去赴宴就是，何必多说呢？"

"T君，你看呀，真气死我呢！"

T君一看，S君与Model远远地也向停车场来，崔太始一转头装样不见。

"我去了！到银行去了！T君，对不起你！今天虚约了你。再会！"崔太始说后拉上电车去了，T君一个人离去停车场便也回去。

第二天在某银行的会客室里，崔太始的亲戚约摸四十岁，一望是很有经验的人。他坐在大菜桌的主位。T坐在宾位。崔太始的亲戚把一张英文报递给T君说："这是太始留给你的信。"

T君展开英文报一看，有几个半红半紫的大字写着。

"T兄：你把我的心事做一首诗罢！没有一个朋友知我的心，你是真知我者！太始留笔。"这一行字也不像用笔写的，像用指头写的；也不像用颜料写的，像用血写的。T君虽是有这种怀疑，但不敢直问。"那么，请先生把昨晚的事情讲给我听罢。"

"T先生。太始的脾气真莫名其妙，你也明白。昨夜我们行里春季小叙，找他来叙一下，他兴致很足。我们当然也很欢喜他。后来他就不对了！连喝数十大杯的酒，我们劝阻他，他也不肯听。自斟自喝，喝到喝不下了，吐了一地。这也不必说。他便躺在沙发上。教他到寝室去睡，他不肯。客人都散了。我们也要回寓的。不能照管他，便教一个仆人看管。仆人看他呼呼地睡着了，自己便也睡去，后来不知他吐了许多的血，写给你的东西，恐怕是用血写的呢。"

"我看正是用血写的呀!"

"今天仆人来告诉我这么样子,我吓得跳起来,我看他已经不省人事了,连忙送他到大学医院。"

"在这一间室子里吐的吗?"

"不是,在楼上的一间。还有许多血迹,我们去看看罢。"

崔太始的亲戚引导 T 君到楼上的那间屋子。T 君只沙发上的白绒上有许多血迹,靠沙发的壁上画了些粗乱的画,约略可以认出一个人,僵卧在地上,一个女子站在的腹上跳舞。上面有几个"崔太始卒业制作"的字样写着。

"那些怪画也是用血画的,大约他的神经昏乱极了。"

"我也这样想呢。"T 君回答了,他心里一阵寒栗,便与崔太始的亲戚下楼,辞别他说:

"再会罢!我到大学病院去看他。"

五,二一,作于白山

乡 愁

（一）

"谁给你的信，瑞？" L君刚从内室出来，左手拿着一顶草帽，右手搭纽他腰间的纽儿，开头问他的夫人这样说。

L夫人坐在靠窗的书桌的正面，只管看信，没有回答他，但支吾了一声。于是他随便把草帽往头上一戴，与头部成了人字形，就此弯转身来，将腕臂支撑住她坐的椅靠，低倒头，卜颔搁在夫人的肩上，他把夫人手里的信，一句一句地念下：

"……瑞儿，你嫁后只回来了一次，差不多有一年没见面了！你也时常想到你的母亲吗？母亲是孤零零的一个，自从你嫁了之后，更是无依无靠的了。这么的冷静生活，怎得过去呢？瑞儿，你是晓得的，我一到了夏天，饭也不能多吃，加上心焦气辣，我便要病了！无论如何，在这暑期中，你要回来一次。前次你来信说：你夫妇俩都不空闲；瑞儿，你不妨抽出一点时间来看看我，我在望着呢……"

"你母亲来的信，老是这样说的！" L君读到这里，夹了一句话，便整整衣冠，一望壁上的时计说：

"时间到了，今晚恐怕不能回来，瑞！"他告别了他的夫人。

"你看事做事罢!" L夫人抛了信,送他出门后,键住了门。

L夫人哎地伸了一次腰,塞上窗帷,开了电灯,还坐到原位;她把桌上的二幅信笺排好,平铺了一下,又从头至尾细细地读了一遍,再是一个一个字地相了好久。觉得在母亲言外,有好多思索的资料。

忽然,她抬起头来,屈着指儿暗算:

"有数的几位,代替我母亲写信;他们的笔迹,我总是一望而知,毋须一认再认。"她这样想;又沉注着信上,一个一个字的认了一遍。

"可是这回的信是谁写的?我猜不到这个人了!"她想不出来。只是东望望西望望的没趣。她握住了拳,增高勇气一般的,认真地注视信上;一忽儿像梦中呓语一般说:

"唉……唉!瑞字角上的山字,是斜写的;瑞字角上的山字。是写得斜的。……可怕!可怕!……谁写的,究竟是谁?"这时她全身的血脉一直流到眼儿里;她的眼儿花了。静歇着闭住眼儿。

不多时候,她擦擦眼儿,拿了信到楼上的房间里去。特地从箱笼里取出一个封护严密的小包;她一层层地拆开,这里是一捆旧信;她抽出五六封,一张一张地摊在桌子上;于是把她母亲的来信也并上去,站在旁边,不住地作比较的观察。

灯光映耀她的脸儿,一层红一层白,时时转变花样;她只是双手捧住下颔,眼光直注到信札上;口里嘶嘶地响着。像有多少惊惶的事情,在纸面上辉耀。

各封的信上,最显著的是上面都写着"瑞姐",下面都写着"秦舟";其他一行一行里疏密斜正是不等的。

她委曲地伏在桌上,似乎考验论理学的三段法;指着每一个"瑞字"便忖道:"瑞字角上的山字都是斜写的,一个证据。"她又找出"冷静生活,……心焦气辣,……病,无论如何,……望,"等等的几个字来,比了一下,忖道:

"笔迹有点相像,二个证据。但是他的字画是很瘦秀的,这信的字画是很粗肥的。又是一个疑问。"她想了许多，重复看了几遍，才收起这些信件；挑出母亲的来信，把其余的郑重地藏到箱　里。

她坐在一张床上，将二个枕子叠到被上，便横靠下去；一次长时间的呼吸之后，一重一重的思潮更奔膝而至了。

"我的猜度是失败了，我想决不是他写的；我母亲也决不会教他写的。况且他，……他是死了的呀。

"二年以前，我和L还没成婚；我在此地读书，与L的来往不过兼点亲戚和师生之谊。这时我和他有三年不见了，他在日本读书，也没有信息；忽然，——二年以前——L得到从日本东京的病院里来的一个电报，说他是死了。

"明明我亲见这一纸的电报。L和他是同学，又是很知己的，至少也晓得我们事情中的一部分。我也没有把悲哀放在表面上；只是心里明白罢。

"在他没有到日本的以前，他也劝我以后不要旧事重提；并且他托L安慰我，甚至他要成全我和L的前途。

"二个人活在世界上，不怕不成，我情愿等待着，等到老我也不懊悔的。偏偏他死了，我对不起他，他死后我的成见逐渐逐渐地打消了；固然我和L已成事实；我又对不起他，我们成了事实后也不很想念他了。"

她想到这里，眼泪一点点地落下；她伏在枕上靠着枕子的面庞，被眼泪浸湿了；她还不住地想下去：

"现在的境遇，几乎把以前的我转变了，不但是对他，对我可爱的抚育我的母亲，也冷淡了；不知为了什么？

"究竟我和他是从小要好的：不消说是小时候一同玩的地方，一同说话的时候，常常到我的梦里，就是后来我们玩的时间说话的时间少了，也是常常在梦中补足了的。

"奇怪，自从他死后，我不大梦到那些事；只是他在日本病院里死时的惨酷，倒也梦见的。夜间的梦，也不能保留得久远；到了白天干日常生活的一切时，那梦也忘记了。

"我现在的处境，正像白天里，干些干燥的日常生活一样。以前是一个梦，回头来一想我宁愿在梦里过去。

"他的母亲死后，我的母亲本来和他是表姊妹，很爱他的；他也当我的母就是他的。我没有兄弟，我们俩都和兄弟一样。但是他在上海读书的时候，人家说了他许多的坏话，我的母亲便不相信他了。如今我偶尔回到家乡，要听他死后的情形，一个人也没有谈起；我要开口问母亲，母亲是不欢喜的，更教我去问谁呢？

"我定要回去，不回去不成；我要打听他死后的消息，他的遗骸运回到家乡没有，如果他葬在家乡，我要到他坟上去走一回；也许可以给他在地下的一个安慰。如果没有运回来，那更可怜了。一个活泼泼的年轻人，孤零零地葬身在异国。……"

这时室内的空气，好像止歇住了；时计点点笃笃的声音，却比平时增高了数倍，直敲到她的心儿上，使她再不忍想下去了。只是心悸和时计声一唱一和，惊动了这沉默的长夜。

她有意无意地撑起身来，摸出一方手帕，抹去了脸上的一重泪渍，乌黑的瞳子，望见了对面的许多什器，好像一个个地在责备她；她解去了外衣，熄了灯，暗地里往生之乐园——梦境——中走去；这时候床前的一道月光，很殷勤地跑了来做她前程的引导。

（二）

有一天的晚饭后。L君坐在书室里，燃上一支纸烟，举起腕间的手表一望，还没到办事的时间，他静待着。

L夫人收拾好食具之后，就L君旁边的一张藤椅上，猛重地坐下；发了一口叹声。

"这几天我看你有点不称心罢！瑞！"

"是的，我很想回到家乡去一次；我很替母亲担忧。"

"那何必呢，母亲总是这样的。"

"不，我定要回去一次，或者与你同去。"

"那么等到我暑期学校功课完结了后去罢。"

"我等不到那时候，我想便要回去。"

"啊，你难道还是小时候吗？想到母亲，便要母亲在你眼前。"

"正为此，小时候想母亲，大了忘记母亲是不好的。"

"……我呢？"

"我打算好了，你吃饭暂时跑到学校里去吃，夜间，你可找一个知己的朋友，到这里来伴你。"

"你要走，我也不能阻止的，让我还想想看罢。"

L君办事的时间到了，匆忙地出门；L夫人靠近壁间，翻开日历一看："今天十六日，从这里到上海，上海到家乡，四天的路程；至多二十一日可以到家里了。"她这样想，忍不住起了一种无名的兴奋；无意之间，把二十一日那天的日历，折了一只角。

车站的电灯光中，人众的踉跄渐渐地安静了。汽笛"哝"的一声，站役一挥他的小旗子，庞然乌黑的火车就蠕动它的蛇足而游行了。L君立在月台上，高举他的草帽，向车窗里露出半身的夫人说：

"早一点回来，路上小心些呢！"她望不见了，扭转身来，整理了所带的东西。坐定后，靠窗一望，才觉得车子在黑夜里肆其阔步。她又望望车中有的与同伴闲谈，有的和她一样是孤单单的，东张西望；她于是从荷包里抽出了一本新小说来翻看。

第二天，她醒过来一望，在她的前面隔着五六个座位，有人对她挥手；她站起来，认真一看，是她五年前的女同学N女士。她想到那边去与N女士同坐，把东西搬了过去，N女士帮助她弄好，二个人便同坐。

"N姊，你也回去吗？我正苦寂寞呢！"

"我不是回去，我到南京去听讲，你是回去吗？"

"是的，唉，我们多时不见了！我听得你在女高师要毕业了。"

"真是说来惭愧，这回名义上是毕业了。"

"那么何以不回去呢？"

"我想在南京听讲完结后，便回家去。"

"你真用功，像我这样的人，是废物了。"

"那里说，你是一个贤惠的主妇呢！"

"别调我罢，N姊！这回听说你们到日本去过的吗？"

"是去过的。"

"那么请你讲些日本的风俗，给我听听呀！"

"我们去的时间很短促，也没有什么可讲。"

"那边我们K省的同乡很多吗？"

"总算不少，有二百多人；说起了同乡，那时我们K省同乡会，因为在文科大学里读书的一位同乡死了，开追悼会；听说他死后把尸体烧掉了！"

"啧啧啧！"L夫人突然显出一种意外的恐怖，舌子舐在上颚，发出这么的声音。

"　，在日本算不得什么稀奇！日本人死了，都是这样的。"

远远里听得嘈杂的人声，说是转车的地方到了。都会的风，吹断了L夫人未完成的惊惶；她们和坐众一样地匆匆地下车去了。

……

又过了一天的晚上，L夫人孤闷地坐在沪宁线的车子里。她想起N女士对她讲的，文科大学烧尸的事情。

"这怕是秦舟罢！……"

"不是，他是一年前死的；不过至少他死后也是这样办了的。……惨酷！"

她阖拢了眼儿，这样想，时时震颤她头部；没有睡觉的坐客，都注目她，以为她是着寒了，很替她担忧。她却还是不断地想："一个活泼而有为的少年，把他烧成灰，可怕啊！可怕啊！若是这样，我还想上他的墓地，怕是徒然的了。"

她睁开眼儿，向车窗一望；一片黑漆的大地，重重地包围窗子。车中人好像埋在地底，蚯蚓似的乱攒。

"我啊！我啊！恨不向窗外一跳，扑在黑漆的大地上，雨打也好！风吹也好！吹到吹到……混合成一团。"

"像他那样的人，可以这样子烧掉了；没有一点形迹留在这世界上。那么我还混在这里干什么？请教干什么？要我自己回答！"

她一夜没有回答出这个疑问；天明后，因为上海快车到了，她便想起所带的礼物，应如何送给邻近人家，把她这个疑问，暂时搁起了。从上海到她的家里，不到半天的路程。所以她急急乎，在预备到家的事了。

（三）

一处高大而半旧的房屋，高耸在一个小镇的市梢头。里边的厅堂只剩几张破旧的桌子和椅子，又薄薄地加上一层灰尘，显出败落的一种悲调。L夫人回到这所——长大于此的——房屋里已经三天了；厅堂右面的一间空室，光线很亮，后面的广场上，时时送进夏天的凉风；她们母女俩正在这里谈话。

"好麻烦啊！一到家里，便一家家地教我去吃饭。"

"噢！你已不记得了！你没有嫁的时候，他们不来教你去，你还去得快哩！"

"不知道为了什么？现在觉得客气了，他们更是客气呢！"

"那是当然的，今天你休息休息才是；我看你有什么不称心罢？"

"不，我路上不惯；几天闷在火车里，还没复元。"

"这回很好，难为你得到我的信，便动身回来了。"

"我本想回来呢，妈妈！这次的信谁写的？"

"我教舟弟写的。"

她忍不住问了这一声，听得她母亲答是"舟弟"二个字，她突然的，全身热度增高了几倍；忽尔眼前也暗了，额上滴出一颗一颗珍珠似的汗。她用尽气力地压下去，做出镇静，对她母亲望着。

"舟叔写的吗？"

"是呀，舟弟来，我顺便教他写的。"

她觉得更奇怪了，压了去的热度，又增上来；她的脸儿，慢慢地也红了；手里拿着的一把蒲扇，不住地挥，想扇凉这突然的热度；她继续又问下去："他可不是在日本三年多了吗？"

"是的，这回暑假他也回来了。"

她听到这里，真是难受极了；想把死的事情讲出来，又不好意思；又疑是在梦里。她母亲的眼光逼住她，只好敷衍下去："他还去吗？妈妈！"

"听说就要去的。"

"这二三天何以不来呢？"

"那天他替我写信后，回去便发寒热了。"

她听到这里，又不耐了；觉得一层层的痛苦围住她，立刻想和他一见：表白这久屈的心儿。她率心地对她母亲说："明天我想去望望舟叔，妈妈！"

"何必急呢！"

"不，他是和 L 很知己的老同学；况且 L 有话对他说。"

沉默了许久，她便找出些别的事情，和她母亲谈话；面子上露出没有事的一样。只觉得母亲，这回好像和秦舟的感情恢复了；不说他的坏话，也不阻止她去看他；这是很奇怪的。归根起来，究竟他那个人不差。但怎会有死的一回事，她总破不掉这个疑窦，愈疑又愈深了。

离 L 夫人母家有二百多步，是秦舟的住宅；在小镇的南弄里。要是在露台上，两家可以互相望得见的。

秦舟睡在后面的小楼上，听得下面有声音；他的嫡母接待一位亲戚的声音；这位亲戚的声音好像很熟悉的。他不由得心悸了，楼梯上的足音，一步逼近一步。秦舟的嫡母，引导 L 夫人，到这小楼上了。

"瑞姐，你请坐罢！横竖不客气的，我下去教他们倒些茶来。"秦舟的嫡母下楼去了。

"不必客气，亲妈！" L 夫人阻止她一声，觉得又为难了；用何种话和秦舟说呢？不待她沉思，她已站在秦舟的床前了。

"舟叔叔，舟叔叔。你有点不爽快吗？"她转身向秦舟发问。

"瑞姐吗？……噢，谢你，请坐罢！"秦舟勉强坐起来，用单被裹住身体，没精采地低倒头。

"舟叔叔。回国有几天了？"她就在旁的椅子上坐下。

"不到半个月罢。"他断断续续地回答。

L 夫人看他那种神气，暗里想：我今年二十四岁，他比我小两年；但是他头发长，面庞比从前更瘦削了；几乎像近三十岁的人了。薄薄的汗衫，更映出他的瘦骨嶙刚；语音也低微，一处一处都显出颓丧的病的气态。因此不由得起了一种悲痛的怜悯心。

一个婢女送了茶来，偷耽耽地向她望了一眼，便下楼去。

"瑞姐，你几时回来的？"秦舟用枕子托在背后，舒畅地问她。

"我回来有四天了！"

"L 兄好吗？替我问候他。"

"他还是那样，谢你!"

秦舟又低倒头不问下了，好像很疲乏的一般，吁了一口气。L夫人在室中一望，东壁装着三四架旧书；靠南窗下的桌子上，摊了一堆西装书籍。窗外可以望见田野，小丘丛林，寥落的村子，长浜的流水。"这是我多年前，时时与舟叔靠在南窗栏上顽玩的地方。蔚蓝的天空依旧衬出这些景物，可是……啊!"L夫人想到这里，以前的经历，又一重重地爆发了。她静待秦舟提起以前的事情，那么可以表白她抑屈在心里的一切。她想"秦舟是一个热情多感的人，少不得总要提起的；那么我不妨把我的怀抱，和急电报死的事情实说出来。"她想到这里，总是一个疑团，又未便实说。

但是秦舟还是没有话，L夫人更无聊了。"怕他怨我罢! 不，他所怨的是命运；那我怎样安慰他呢?"她千想万想，看看秦舟，那又是无力，又是冷淡；对她一点没有表示。她忍不住又问下去："舟叔你在东京的生活好吗?"

"说不定的，有时很快乐，有时很单调。"

"你何以这样长久的时间才回来?"

"我本想不回来的，我也想不到这回有和你会见的一天。"

"我自从得到妈妈的信，一认笔迹，是你写的；我所以赶急回来。"

"瑞姐啊! 我的字与从前大不相同了，就是我个人也与从前也不同了。到东京以前的我，我已经完全忘却；甚至当他死了。现在的我，是另一个；所以不很想回来，东京便是我的故乡。"

L夫人听得这些话，想要表白的，又被他打断了；并且也找不出一句适当的回话。秦舟仍旧低倒头，静歇着。

此时秦舟的嫡母上楼来了，L夫人和她谈些别的事情；冷寂的空气里，又加上一层温度了。秦舟欠伸了一次，把枕子叠过一边，倾斜地倚靠着；望 L 夫人的侧面。虽说他是心气和平，少不得也有今昔之感罢！

——五六年不相见了，她披在额上的刘海，已束了起来；于是她的处女时代，也告了一段结束。面庞瘦削了些，修长的眉毛，乌黑的瞳子，闪出一重沉默的情热。谈话时含有不自然的微笑。

——淡灰色丝织的上装，宽大适中；玄色的裙子，配合得素朴而庄静；这是贤明的少年主妇的象征！

这样子上上下下的，在秦舟眼里温过一遍；又听她那样和婉的声音，清朗的调子；也鼓动他病的兴奋了。但是他还是低头责备自己："关你什么事呢？"

L 夫人不好意思在这里多坐了，秦舟的嫡母也在，并且所要讲的话，也无从说起；便站起来告别。

"舟叔叔，你静养后就会好的；我去了！饶恕我扰你。"

"那里的话，谢你还来玩。"

"请你借几本书给我看罢！"

"我的书堆在桌子上，你不妨自己挑选。"

L 夫人站在桌子的旁边，随便一翻，都是外国文书，只有三册稿本，面上写的是"生涯的一片"，她问了：

"生涯的一片是什么？"

"那是我在东京的杂记。"

"我很想知道一点日本的风土人情，可以借给我看吗？"

"你带去看也好。"

她便带子这三册杂记下楼，秦舟的嫡母留她用点心，她也婉辞谢却了。她一路回去，一路想："秦舟从前是热烈的一个人，现在变了孤冷无生气的了。假使不变我当时的成见，或者不至于使他这样灰心罢！……但是……我呢，为一纸的电报误了！我来不及安慰他了。这一纸的电报，何从而来的哟？"她愈想愈恼了。

L夫人回到母家厅堂隔壁的一室里；母亲不在，她把三册日记放在桌子上，气疼疼地坐下。桌子上有一封信，她拿来一看署："L缄"，的；这"L缄"二字，又触着她悲愤的机旋，全身的炽焰，一齐冒上；她并不拆看，把这封信撕得粉碎，团了一团，向窗外一掷。咬紧了牙儿，猛猛地向自己膝上击了一拳！低低地自言自语：

"我还要看你无耻人的信吗？……你简直不是人，是——是禽兽！禽兽来的信，我还值得看吗？

"他死了？——明明他活着！难道我在梦里吗？不是，在白天里，实在他活着；——那么一纸的电报，怕不是你假造的罢？

"我假使不看见这张电报，至今可问心无愧；他也不致于消沉到这样地位；或者还有更好的现象。

"我知道了，你……你无非要我和你结婚；你无非要破坏我和他的感情，打断我思念他。啊！……啊！你的手腕太辣了。

"你还算得人吗？配得上做我的丈夫吗？……你到镜子里去照一照罢！你那出毛的脸儿。……"

她满面的痛苦与愤怒，一种被侮辱被欺诈的遗恨与反抗，横在她的脑中；她两手压住胸部，眉睫露出一层男性的狞恶，在内室里，又听得她母亲，指挥婢女弄晚饭；深怕惊动她的母亲，勉强支持她胸中重量的震荡。

地伸手取了三册的杂记，是第三第四第五；便舍去四五两册，先翻看第三册；她一页一页地默诵过去。

她默诵这册日记，不上三十页，她的身体颤动了；她再不翻过去，只是反反复复地默诵这三四页；她更颤动得厉害了，还不断地睁起眼儿，一个一个字地念下：

四月五日——在这春天的假期中；大好湖山，点缀着淡红色的樱花，青碧色的柳叶；和风暖日，气象一新。别人看来，总是千载一时，上天赏赐人们的一个游乐时期。他们有父，有母，有妻，有儿女，有知己的朋友，有美满的爱人；我呢！漂流在异国，除了我个活尸 Living Clay 以外，都是死的东西；这春温如褥的大地上，早不容我喘息匍匐的了。

古语说得好："人非木石，谁不动情！"触境怀人，也是情理中的事；所以我无日不想到瑞姐，料瑞姐也未必不想我，但是徒然的了。——她现在与 L 兄正是师弟；为瑞姐前途打算，我深望她与 L 兄成了好事。我横竖废弃的了！不要因了我，使瑞姐狐疑不决，总要使瑞姐置我于度外才好；这是很紧要的事，我天天在打量那最好的方法。

好！今天才想出来！我打了一个电报，给 L 兄说："你的朋友秦舟昨夜十一时死了，他的遗嘱教我们来通知你。"这是用了东方病院的名义发去的；瑞姐定会看见的，我深愿与我的理想反背，使她因此断念；与 L 兄的前途的进程，一点没有阻碍；那我才是安心的了！

今天——四月五日——我绝不会忘记的。我死后有人替我编年谱，也不要漏去了这一天。

她念完了，低倒头，两太阳埋在手掌里。想象秦舟写这段日记时的痛苦，与那种圣洁的绝望。秦舟的孤苦，旧情的奔裂，眼前的干燥。方才的愤恨，与对于 L 的误解，一件一件地直闯入她的胸中。升到脑里，好像有无数的蛆虫，拥挤在头中啄她的脑髓。

"啊！……啊！教我……怎样好呢？"

她发出这些被压迫而尖锐的低音，觉得头部沉重极了；不由得一放手来，伏在桌子的角上。

她的母亲急急从内室出来，惊惶地问道："为什么？瑞儿！……瑞儿！你为了什么？"

她伏在桌上，一声也没回答。

一九二二年，十一月二十四夜初稿

石像的复活

（一）

宗老是一个基督徒，他在 N 大学专攻神学的；他并不老，不过三十多岁罢？以前的经历，虽不知道；他到日本后的五六年来，撇开一切功名富贵妇人，只管研求道学，励行他所持的禁欲主义，他的朋友们因此都称呼他做"宗老"。

他虽然生活在都会里；白天到学校，晚上回到寓所；休假的时候，至多在寺院的庭前散步一歇。他的眼底，只留得看不见的"神"，看得见的几本旧书。其他的东西，从不值他顾盼的。

难得，今天几个朋友硬要同他到美术展览会；这是他平时痛恨为装饰的虚空的东西，他无可如何地，跟朋友去了一次。奇怪！回来的时候，他竟买了一张裸体雕刻的影片；朋友们都笑他是"和尚开戒"了！他却说是为了"夏娃"的像而买的。

他从不买这种画片，住的房子里，只挂着一帧基督的像，除书籍中的插画以外，再没有别的美术品了。今天他买了这张裸体雕刻的影片后：晚上睡觉的时候，还放在枕边鉴赏呢。

庄严灿烂的大庭中，白银的圆柱，反射出一道一道的洁光；每根圆柱的旁边，陈列着大理石的雕刻；望过去，正像有一种方锥形，包围着。几位看客，沉寂无声，都隐隐约约地若离若即。

宗老站在一处裸体雕刻的前面；凝眸地注视，她的地位，高不可攀；忽尔这座裸体的雕刻把一双紧靠在身的手臂，微微地举了起来，对着宗老沉重地点了一点头；宗老浑身的筋络，都紧张起来，嘴巴里的液沫也流了出来；他忍不住歌颂她了。

"……你甚美丽，你甚美丽。你的眼在帕子内、好像鸽子眼。你的头发，如同山羊群卧在基列山旁。你的牙齿，如新剪毛的一群羊，洗净上来，个个都有双生，没有一只丧掉的。你的唇好像一条朱红线，你的嘴也秀美。你的二太阳在帕子内，如同一块石榴。你的颈项，好像大卫建造收藏军器的高台；其上悬一千盾牌。都是勇士的盾牌。你的两乳，好像百合花中吃草的一对小鹿；就是母鹿双生的。……（《雅歌》第四章）

"……你的大腿，圆润好像美玉，是巧匠的手作成的；你的肚脐如圆杯，不缺调和的酒。你的腰如一堆的麦子，周围有百合花。你的二乳好像一对小鹿，就是母亲双生的。你的颈项如象牙台。你的眼目，像希实本巴特拉并门旁的水池。你的鼻子，仿佛朝大马色的利巴嫩塔。……"（《雅歌》第七章）

他五二连编地背诵了几章《圣经》；察察亮的灯光，慢慢地变成黄绿了，又慢慢地变成青碧了，又慢慢地变成深蓝了。

一个裸体的美人，弯下她苗条的身子，托出手来，重重地抱住宗老；宗老也伸出两手，抱住她的颈项。顿然觉得有种重量，压在他胸坎；他支持不牢了，砰磅的一声。这座裸体雕刻的大理石像，倒在地上粉碎了。灯光就此大放光明。

宗老吃了一次猛重的惊吓；开眼看时没有什么，睡在六张席铺的一间楼上；电灯没有熄，对面挂的基督像，正在对他发笑。

他全身埋在被窝里，只露出一个头；眼儿乌溜溜地望见室中的周围；浑身是汗，加上不住的心悸，他再不能睡了。撑起身来，披了衣坐在褥子上；只见枕边还留着一张裸体雕刻的影片；他随手拿了这张影片，对她相了好久；便自言自语地说："好像是她。哦！我懂得了，不能说话，就是她的长处。"

"她只是不能说话，但是一切一切都蕴藏在无言的沉默里。"

第二天，他照常到学校里，一位教授，正在讲耶稣降生的事，——马利亚感受圣灵怀孕的，说了许多学者的证明。他把教授讲的话，一句一字地抄在笔记簿上。

他抄完了，又读了一遍，总觉得将这些宝贵的光阴。消耗在虚空的、无谓的研究，未免怀疑了。别的功课，大多是这样的；他也有同样的怀疑。于是每到学校里，便每激动他一次厌恶的心情。

星期日，他混在众信徒里，听牧师说的信仰生活。他也觉得有点不自然，有点被束缚；仔细一想牧师的话，又觉得是武断，专制的，愚弄人们的。他信仰的热度也低降了。

他回到寓里，翻看神学的书籍，也是无味极了。口里念着，心里不由得起了种种非难；到底抛去了才舒畅。

他渐渐地不欢喜保守向来的生活，简直要反抗起来了。

（二）

一天早上，宗老觉得有一件紧要的事情；洗盥完毕，早饭也来不及吃了。套了外衣，匆匆地出门。跑到一处离开他所住的地方，有四五里远的"雪川"；他找到桥边的一所屋子，推门进去："这里是中村夫人的贵宅吗？"他问道。

"这里不是中村夫人的！"里面走出一位妇人，答应他说。

"那么，中村夫人住在什么地方？"

"中村夫人么？她从这屋子里搬出去二年多了，她住的地方我们不知道。"

"她临走的时候没有对你们说罢?"

"说是说了的,但是我们转去的信都退回来了。"

"那么请你把那个住址给我罢。"

"对不起,连那个住址也忘掉了;因为这些事也二年多了。"

宗老便也不再问下,告别了她出来。

他沿着"雪川"滨边的小路上回去;旁边大都是低小窄狭的贫民的草房,还停歇几辆粪车。在这恶浊的路上,他慢滔滔地踱过去,想起三年前的事了。

"三年前,我寄住在中村夫人的家里。

"她们只有母女俩,她的女儿苔子,从来不说话;她不能说话的,但是她时时对我点点头对我笑笑呢!

"有一天晚上,——在六月里——我从外边回来,我踱上楼梯,梯的右面是露台,左面是我的房间;我眼儿一霎,她正是浴后,束了一条短裙,在台上乘凉。她的头部,她的颈项,她的胸,她的乳,她的两条腿,都闯入我的眼儿了。只是一霎。她便避去了。从此以后,她送饭来,送茶来,比平时殷勤得多。

"我呢!不知道为了什么?有时候我对她说话,她不能回答;只是呆呆地望我,我也没法。时间的进程过分慢了,有别种的潜力,硬使我憎厌她的愚蠢;憎厌她的冥顽不灵;我于是搬了出来。临别那一天,她还是对我点了点头,笑了一笑。

"现在我方才认识,那种无言的沉默里,包藏无数的一切一切。啊!可是来不及了。

"我踏上人生的半路了;有了这一点浪漫的机运又随便给他错过了;N大学的研究室,教会的礼拜堂,是我的坟墓;书本里随体偌倔的蛀虫,把我青春的血都吸尽了。我在世界上,只剩一个骷髅,等于零的骷髅了。

"我要鼓起我的勇力,举起一双僵了的手。在这坟墓里挖一个空洞，逃出来。我不甘心长埋在黑暗无生气的地穴里；我要见见太阳光，我要找我的爱人。

"我的好朋友们！我的恩人！你们引诱我到太阳光里，拜见了有生命的大理石，使我的爱人再现，我要去找她了。她在一处地方，我知道的，我定去找她。"

宗老这样自言自语地回到家里。

他变换了平时的态度，把房间里所有的书籍，一齐撕破了。把基督的像也撤去了。装上一张裸体雕刻的影片，整天对着这张影片呆望；有时背诵《雅歌》里的话，有时一个人在房间里，好像有人在他的旁边；他说一大篇温和甜蜜的话，他说到高潮的时候，将室内任何的东西，搬到身边，和它接吻，挽着它并肩地绕行室内；甚至抱拥它，抚慰它，当它真是一个人；他刻意摹拟十年前在传奇小说里，读过的那种种的举动，委身供奉它。

他住的房间里，稀少的什器，十分错乱；不像从前的整洁了。撕掉的书页上面，写着浓厚真挚的情书，涂满了丝丝的破钢笔痕，这些书他从前是很宝贵的。

他又买一束美好的信封，把一页页的情书封好，上面写着"中村苔子亲展"，只写这六个字，投到邮筒里。隔了几天，又摹拟她的口吻，回信；也封好，写着自己的地址，自己的名字，投到邮筒里。邮差送来后，他拆开来轮流地朗诵。

N大学的研究室，教会的礼拜堂，从前他准时必到，丝毫不敢疏忽的，现在他早忘掉了。

（三）

雪川的境内有一所盲哑学校，这是三年前中村苔子读书的地方。女子部的门前，横躺着一条康庄大路；两旁排列了法兰西梧桐；幽静而严整，是雪川境内独有的。

下午四时至五时，里边的学生，排一排二地出来，总看见一位三十多岁的人；身材很长，带点驼背的；瘦削的面庞架上了一副近视眼镜；穿的是 N 大学半旧的制服，手里拿了二三封未寄的信。他站在校门前，向着一个个女学生痴望。

宗老每天在这里等候，差不多有二个月了。

女学生们，看他也面熟了；她们出门后，背着他，和几个同伴私下做出手势；用指头点到自己的面上，忽而胸上，忽而肩上，好像在讥笑他呢！但是他永不曾觉得。

天暗了，一个个女学生也走完了；他于是把信放在怀中，两手插入裤袋，耸起肩儿，一步一步地踱了回去。

过一天他又来这里，照常站在校门前。

阴沉严寒的一天，法兰西梧桐藏了它们的叶子，只露出几条枯枝，北风吹出沙沙呼呼的声响。宗老还站在门前，单薄的外衣的高领，围住颈项；两手交藏在袖子里，脸儿灰白，呼出几口热腾腾的蒸气。一群女学生，将走尽了；还不见中村苔子。最后有五六位女学生出来，他忍不住了，便郑重地对她们行了一个鞠躬礼，然后问她们：

"对不起，诸位！中村苔子还在贵校读书吗？"

她们不会说话的，只望着他，又对同伴做手势了。

宗老一肚子的热心，只换得失望和痛苦；滴下了几行眼泪。女学生们去得远了，他才没精采地回去。

此后他不到这地方了，在室内总是自言自语；或者写几封信，约他所思念的中村苔子，到他的寓所来。他投入邮筒后，回到寓所。一听外面阁阁咭咭的足音，他便说苔子来了！连忙出去接她。他不惮烦的，有过路人，总要开门去望望；而且屡次叮咛房主人说："有人访问我，我是在家。"

（四）

岛国的春天，充满了温暖的太和之气，青青的树叶，粉红的樱花，渲染这伪文明的都会，引诱人们到虚荣的市上去。

宗老也不能独守在孤室里，天天到热闹的地方；混迹在男男女女的一群中，攒进攒出，忙个不了；好像失掉了什么东西似的，在那边搜寻。

一天，他走到一家大公司的门前；他停住了。玻璃的壁厨里，装着一个女性的蜡人；和真的人一样，穿的很讲究的春衣；这是公司里表明有这种新造的服装。他注视好久，蜡人也无言无语地望着他。

一忽儿，这蜡人竟对宗老点一点头，笑了一笑；他用手掌拍着玻璃，动也不动；他就在路旁拾起一块三角大石子，叮嗒叮嗒地敲击这片大玻璃；不多时候，这片大玻璃砰嘭碎了！公司里的事务员，都出来查问；路人也围着看他。

一位警察扭住宗老，盘问他何故敲碎玻璃？他说：“他们把我的爱人藏在这里，费了我好许多时候才找到，他们是强盗，夺去我的爱人；我自然要打碎这片东西，领她回去。”

四围的观众都哄哄地大笑，愈聚愈多了。

警察便拘住他，扭到警署里去；一群好事者，也连一连二的跟着警察去，看我们的宗老了。

不久，听说宗老被锁在疯人院；朋友们去慰问他，他不相识了。

一九二二，一一，二六夜，初稿

二人之间

上

海边小小的一个市镇，大约有二三百家的人口；低小的房屋接连着排成一个世字形。一所宏敞的庙宇耸在市镇的后面，最算壮人观瞻的了。十年前公家把这所庙宇改做了小学校；这乡村里镇上的人们就有了他们的"洋学堂"了。

那是一年的新秋，小学校开学了；庭前四五株木犀，黄金般的发了花，周围充满了香雾，天气还是很热，七八个孩子在那边玩笑。他们围住了一个胸膛上戴红肚兜的孩子发笑着。

"吴明，你今天为什么戴这红的肚兜呢？那是女孩儿戴的罢。"一个孩子问他。

"可不是么！我的妈妈说：那边外国人造了一座高塔。……"吴明说了指点东北的方向；他们一望真有个塔尖挺在云霄里。

妈妈说："要有关碍的，所以戴这红肚兜避去灾难。"吴明接着说了。

"有什么关碍呢？"站在旁边一个孩子问他。

"要死的！"吴明振起了勇气，点一点头说。

"王彦，你回去教你母亲也做一个戴。"他们对着刚才发问的那个孩子，同声的鄙夷地说。王彦低倒头没有回话，只把他的指头咬在嘴巴里。

都会的文明闯进这小市镇来了。离市镇不远，新造了一所海底电线局，一座高塔就在这里。这种神工鬼斧的建筑，忽然飞到这荒僻的市镇来；不要说村里的人们，就是市民也大惊小怪，早有许多谣言传播的了。王彦听了吴明的话，怀着一层稀薄的恐怖；回到家里告诉了他母亲。第二天他上学，便也戴了一个红的肚兜，羞涩地跨进了校门。几个孩子正在庭前指天画地地讲话。

"啊，真的王彦也戴了红肚兜了！"吴明拍着一双小手，提高了声音喊了；别的孩子们一齐都注目王彦。他只闷声不发地站在旁边。

吴明向着孩子们把嘴巴撅了一撅，又做了一个眼角；他们一个个地跑到王彦的前面，将他戴的红肚兜扯了一下；他愤愤地说道："别胡闹罢！"

"油瓶！谁同你胡闹呢。"他们同声地骂他，他又没有话了。

（注：寡妇再嫁时，带前夫所生的儿子到后夫家去，就叫做油瓶。）

静默了一回，吴明盯了他一眼；装做正经地向着孩子们说："我们唱歌罢，……一……二……三。"吴明又做手势。

"油瓶碎！"孩子们趾高气扬地应了吴明的记号喊了；这样喊了四五次，王彦低倒头知道是说他，虽然暗里恨吴明，但是不敢放在面上。

"有一个孩子，他有两位爹爹；呀！呀！呀！"吴明抬起头向天喊了，又把他自己眼儿掩住。

"呀！呀！呀！两位爹爹。"孩子们又同声唱了，向着王彦做摊眼皮；王彦还是低倒头忍耐着。

"王彦的爹是吃耶稣教的。"一个孩子突然提出来告诉吴明这样说。

"呸！耶稣教里的人捉了小孩子，杀掉了煎药的。"吴明咬住齿儿慌张地说了；孩子们听了都有点抖颤。

"这还了得！王彦的爹爹也杀小孩子吗？"一个孩子问道。

"那会不杀呢，王彦的爹爹早晚要给官捉去哩！那时王彦也要给官杀掉了。"吴明偷看着王彦，故意这样说；王彦忍不住了，便号啕大哭，走出校门一路回去。吴明和孩子们望着他，还拾起小的瓦砾掷他。

过了一星期逢到作文课了，王彦从抽屉里翻出一本作文簿来；没有誊写的几页上，都涂着"油瓶"二个字。他认了笔迹料定是吴明写的；一肚子的怨气，把他小小的心核涨了起来；脸儿飞红了。他想告诉先生。先生把题目写出了，在课桌的周转踱来踱去，他的眼儿，便跟着先生的方向也来来去去个不住；他想站起来告诉，但是他的一双足沉重地好像有谁绊住他；他打量了一回，觉得告诉了后。吴明总是同伴多，便要报复的，反而不合算；一鼓勇气终于打消了。时间终了，先生在教坛上数卷子呢。

"王彦,，你的卷子为什么不缴来？"先生问他说，他立刻想把真情告诉出来；但是吴明和别的孩子们都望着他喃喃地私语；他的脸儿红涨得更厉害了，一句话也说不出来。

"你做不出来吗？你这不用功的孩子！"先生又对他说。他心儿上勃勃地跳着，不由滚下了几点眼泪；吴明更得意地望着他又对同伴做眼角。

"下次不能这样了，这回恕你，快去用功罢！"先生看他可怜泪人儿似的，宽恕了他。铃声响了，先生退出教室；他才举起右手用衣袖拭他的眼泪；益发忍不住了。呼吸也急促起来，几乎要伏在地上了。吴明和他的同伴早已逃到休息室去。

有一天清早，吴明和两三个孩子到学校里，先生还没有到；教员室紧锁着两扇黑漆的门。吴明颠起足根，撑在玻璃窗上探了一探；别个孩子在门上推了一推。

"啊，今天有数学的。"推门的孩子惊惶地说了。

"我还是算不出来，最讨厌是李先生的数学课。"吴明接着说了，独自走到教室里，在教坛上寻到半支粉笔，又回到教员室的门前，他用了粉笔在黑漆的门上写了"李先生吃粪"五个字。

"我们去罢，大家不要说穿。"吴明拉了同伴说了几遍。便一同走出校门去了。

过了一歇，吴明又同几个孩子到校里；王彦一个人靠在教室的走廊里。他们在庭前拾了些碗片，在那里括木犀树的皮儿；忽然听得皮鞋的声音，在走廊里来了；他们吃了一惊，把碗片往衣袋里一塞。

"李先生来了！"吴明低低地说，果然李先生经过了走廊，沿着教室前的阶石，向教员室去了。

"你们都进到这里来，我有话问你们。"李先生回到庭前，向孩子们说了；孩子们跟他到教员室的前面。

"这是谁写的？"李先生指着门上几个白字盘问他们。

"我们不知道。"孩子们同声回答了，李先生睁出猛狠狠的眼睛，望着他们一个一个。

"今天最先到的是谁？"李先生又问道。

"我来的时候，王彦已到了。"吴明这样说，别的孩子也一个个地照样说了。王彦知道祸根迁到自己的身上了，在抖颤着，一声也没回答。

"是你写的罢！"李先生向王彦点点头说。

"不……不是我……写的。"王彦连舌子都颤了，勉强回答；别的孩子们都发笑着。李先生从怀里摸出钥匙，开了门锁，拉着王彦推了进去。王彦面色青灰，毫无气力地站在先生的旁边。李先生拿了戒尺，把他的左手打了十板，又把他的右手打了十板。吴明和别的孩子都在玻璃窗外偷望着；吴明尤其显出得意的神气来。

王彦回到家里，好像患了重病，肢体不由得痉挛起来；他想到学校里的先生同学们，好像都是些夜叉，张开着嘴巴简直要把他吞下。父亲教他上学时，他扭紧了身子比寻死还要害怕了。后来他将一切的情由，告诉了他父亲。他的父亲是一个糖果的小贩，现下发了些小财；社会上因他操业低贱，所以都要欺侮他的。他早已信了基督教。此刻他也没有别的法子，便和一位牧师商量了一下；把王彦送到上海教会办的一个学校去读书了。

不久，吴明也转到城里的县立高等小学校去了。

下

吴明在上海英国人的一个公会里，当文牍员半年多了。这里正文牍长是英国人，副文牍长是吴明的中学校的老同学；所以办事也很称心。近来吴明的老同学，英国人很信用他，不久就要升迁到别处去办事了。他临走的时候，曾经对正文牍长说过，将吴明的位置维持下去。

一天的下午，吴明听得新任的副文牍长到会了；吴明便整了衣冠，到办公室去见他。推进门去一看时，他原是十年前小学校里的同学王彦。吴明立刻想退出来，但是已跨了进去，只得不安地向他行了一礼。

"啊，密司忒吴！你在这里办事，那很好，我们不会寂寞了。"王彦态度从容，又穿了新的洋服，俨然英国绅士式的气度了。他握住吴明的手，这样亲昵地说。

"密司忒王，以后总得你指教才是！"吴明审慎了许久，回答了这句话；脸儿微微地红涨了，心里刺刺似的不好意思。

"那里的话！我们是老同学。"王彦更亲切地说，可是吴明总觉得他的话虽是温柔，而带着许多锋芒似的；益发不安了。以后他们俩谈了些另别的话，各归办事室去了。

办了两个多月时，吴明觉得王彦虽是对他亲昵而和善；他自己当着王彦的面，总像一个死了的河豚，找不出应酬的话采敷衍，他并不恨他，也并不感激他；只是对着他，心里便发出一种不可思议的气韵，把自己的感官都失掉了。

一个晚上，他在寝室里正是纳闷；王彦推进门来，拿着他白天里所拟的一张公文稿，对他说：

"密司忒吴！你这里用的一个 Cost（花费）差了；应该用 Expense（用度）的。这二个字好像同意义的，其实也有分别的呢！你以为怎样？"

"那我重复看一遍后再说。"

"请你改正后，我便交给正文牍长去。"王彦说着去了。他将所拟的公文稿读了几遍，并没什么坏。他虽是晓得王彦是教会学校里出身的，英文比他强，就想照他的话改正；但是他又读了几遍，也觉得没有什么重大的关系：这些小地方他还用心，未免有意吹毛求疵。就算差了，宁使差去；他心里不愿意王彦来指出他的差处，更不愿意照王彦的话改去；于是他仍然把原稿交给了王彦。

王彦得到这张原稿后，又读了一遍那一个 Cost 没有改正；他想自己看差了，再读过一遍，总觉得不很妥当；就此交给正文牍长未免有点不郑重；他想大约吴明还没看出差处，没有改的；终于他把这个字改正，又为吴明重誊过一遍，交给正文牍长去了。

过了几天吴明患了热病，王彦时时去望他；最后王彦劝他进医院，他不信任王彦的话依旧耐着病体去办事。王彦又劝他休息，他更恨了！以为王彦或者因他的病而故意教他荒废职业；乘此可以告诉正文牍长吴明不忠于职务的话；但病一天重一天了，办事都勉强不来。王彦看他可怜，终于为了他雇了一辆马车，送他到王彦的朋友任院长的一个医院里。他心里果然不愿意去，但也没法；临去的时候他还托王彦，提出他所管一部分公文，每天教人送到医院去。

王彦看他这样热心职务，病里还要办事情，更是同情了。每天所有的事情，王彦抽出时间代他办完结了，不使人拿去扰他的病体。他进医院有一星期了。一天王彦去看他；王彦推进病室，看他那般枯憔的神气，料不会立刻起床；暗暗地为他忧虑。

"密司忒王！我请你把我所管的公文教仆人送来；你为甚不应许呢？"吴明抬头便问。

"啊！你须静养，不必挂念职务上的事情；你名下所办的事，我已为你代办了；你安心静养罢。"

"不，我自己要办的；无论如何你教人送来才是。"

"何必呢！密司忒吴，我还有空闲的时间。为你办了可不是一样的吗？你尽管放心罢。"

"我所办的事总须自己经手的；所以你要应许我呢！"他似乎更坚决了。王彦以为他的性情固执，百般地婉劝他也不中用，后来胡乱应许了，便辞了回去。

吴明很不自然地射出一线愤郁的眼光，送了王彦出去；他益痛恨王彦，以为王彦有意骗他；恐怕把他的公事搁起了，纵或为他代干，免不得要故意弄差些，正文牍长因此把他的职务辞掉了！他靠在病床上，两眼看着雪白的帐子；愈想愈难受，好像有数十支针，密密地刺在他的心窠里。他恨不得立刻到办公室，把几天的公事去办好；即使王彦为他代办了，他也恨不得立刻去审查一下。这样想去，他埋在被窝里的半身，转侧地乱翻，几乎把一架铁床要扭倒了。

静了一回，他又想到前次为了 Cost 与 Expense 一个字，没有改正交去的，如今正文牍长也没有话。这是显然王彦处处怀着鬼胎似的寻他的短处。他更想到王彦位置比他高，薪俸比他厚，觉得自己在别人家的指导之下，不由得悲感重重地压在他的胸上；呼吸万分的急促了。

"吴先生，请你尝药！"一个看护妇拿了一瓶药水，推进门来站在他的床前说。

"什么药？"他吞吐地说。

"这是昨天院长给你诊过后，照他方纸上配的药。"看护妇站在桌子的旁边，一头斟出药水一头说。

"你尝呢，吴先生！"看护妇端了杯子给他。

"我不要尝这种药。"他摇摇手说。

"那么你要尝什么药？"

"什么都不要。"

"吴先生那是不行的，你尝过这些药，你的病就会好呢！"

"不但不会好，我尝了这种药要死的！"他说到此地，看护妇暗里发笑，以为他神经昏乱，便把药杯放在桌上开门去了。

吴明伸出手来，拿了药看了一下；又望桌上一顿。他自言自语地说："院长的药这决不是好东西！我不要尝，我什么都明白的。院长和王彦是朋友，所以王彦要教我到这里来；哼！真料不到王彦这个人，他要杀我！他一定和院长商量过，用猛烈的药来杀我。用这样法子来杀我，他不会有罪名了；他多么厉害！我决不会中他的毒计。"

他愈想愈奇了，此后看护妇端上来的牛乳、牛肉、水果等类，也不敢尝了；无论一点小东西，好像都藏有杀人的能力。意外的恐怖，包围着他，他的病不见得好，住在这个医院更不安了。后来他写了一封信给他的朋友，转了别的一个医院，他才稍稍称心了。

不久吴明的病好了，仍然到公会里办事；他差不多有一个月不到会了，一切的事情，都是王彦为他代理。这一个月的俸给，王彦仍旧送了给他；他把这笔款项分偿医院去，先前的医院因为是王彦介绍的，院长免了他的费，仍把这些费用送还了他。

近来他的病虽是好了，可是神经还不很清楚，办事往往有差误的地方；王彦总是帮助他，他总不愿意王彦的帮助。有一天他失去了一张一千元的银行汇票；他记得没有交给会计部；在办事室中找了一下，又在寝室中找了一下；无论如何小的地方也找过，终没有得到。又问了会计部，也说没有交来；他更加着急了，办事室与寝室中，把一切东西都翻倒了，仍然不见。过了二天，毫无影迹；王彦听得这个消息，到他的寝室去望他；他正是坐在床口上呜咽地啜泣。

"密司忒吴！你不要这样，慢慢地总会寻到的。"王彦安慰他说。

"这还了得，明天就交付的。"

"你还仔细寻一下才是！"

"我什么地方也翻过了！"他更哭得厉害了。

"不妨事的，明天我到正文牍长处为你担保；你寻得后交出，寻不出来再想法子；此刻虽是着急也没有用的。"

吴明默不发声，只是哭泣；王彦又譬解了一番。

第二天到了，他也不请王彦去担保；恐怕王彦在正文牍长前说了坏话，反把这事弄糟。他没有法子了，便独自去告诉正文牍长。正文牍长是一位板方的外国人，听得他的话便不信任地；说他不细心，定要他赔偿，否则也要削去他的职务；他百般的请求，他终于不应许他；没有商量的余地了，他才退了出来。

他气闷闷地回到寝室。想到那两个条件。那有一千元去赔偿，他想只好休了职务罢。这时王彦从正文牍长处也听得了，忙的赶到吴明的寝室，他正在整理他的行李。

"密司忒吴，我对你说我可以担保的！你一个人去说，那便糟了。"正彦真诚地对他说。

“事情横竖到这样田地了，我不愿人家担保。”

“但是还有挽回的可能！我这里尚有一千元，可以借给你；你去赔偿罢！我这笔款你将来余裕后还我也好。”王彦说了，从衣袋里摸出一把钞票递给他。

“不必！不必！这笔款你自己收好罢；我本来不愿在此地办事。我决计不要你帮助。”他摇摇手也不接受他的钞票，一口拒绝了他；王彦以为他的脾气古怪，也就罢了。

过了一天，吴明的东西都搬出了；只有一辆黄包车等着吴明坐上，王彦一路送出吴明，顺便问他：

“密司忒吴，那么你前途有了事情吗？”

“没有地方去，只好饿死！”他像带着讥讽的神气说。

“这样我可以介绍你到工部局去办事，你愿意吗？”

“我不愿意去，并且不愿意你来介绍我；我情愿饿死的。其实你不必亲近我顾恤我；我不欢喜你的亲近，你的顾恤！你尽量地报复，我是早已预备你报复的。”

“我不懂你的意思，密司忒吴！你对我有甚么仇怨吗？以前的一切我都忘了。”

“我还没忘记，你怎会忘却的？不必说了，再见罢！”到了大门的阶段前了，吴明坚决地说后，坐上黄包车去了。

王彦怅惘地望他的车，出了甬道，便也没精打采地回到自己的室中。他靠在沙发上闭了眼儿，用全副的精神，想去解释这场疑剧：但他总想不出什么来，只隐隐地觉得有一层不透明的物体，介在他们二人之间。

　　　　　　　　十二年一月二十二日初稿于白山

水汪汪的眼

第一部　初恋

　　有一年的夏天，夕阳红得像鲜血般的在地平线上流淌。何本从一个小镇的市梢出来，急忙忙地向那不远的村子走去。他是一个九岁的孩子，在这暑假中天天出外顽耍，好像野马出了笼子似的；他的父母也漫不管他，任他所作所为的。他走近这村子了，于是沿着田陌，绕到村子的后面。这里一片草原上，一个和他年纪相仿的农家女儿，看守住一头绵羊，口里在唱歌；何本在她的背后轻轻地走上，她没有觉察，何本将她的辫儿拉了一拉。

　　"是谁？"她回转头来，"你吓死我了。，，我要告诉妈妈的。"她举起右手，掩住眼儿装做哭的样子。

　　"毛大，毛大，你别要哭！你哭我不和你要好了。"何本说了，心里有点惊慌；像石像似的动也不动，凝视看她。过了一歇，她放下了手，嘻嘻地笑了；他才放心，便一同坐在草地上说话。毛大对他说："何本，你总是骗我的！你说有个痧药瓶送给我，你带来了没有？"

　　"我带来了。"

　　"放在哪儿呢？"

"在我的袋里。"

"那么你送给我呀！"

"不，在这儿不送你，到一块地方去送你。"

"那一块地方呢？"

"那边竹园里。"

"那么教我的羊怎样呢？"

"我先去等在竹园里。你把你的羊牵了回去，马上就来。"

毛大动身，把她的羊牵走了；何本跟她进一个村子的后门。

天光渐渐地暗了。在几间破屋的后面，一处丛竹插满的林中，飒飒地摇出凉快的晚风，何本一个人，偷耽耽地穿过林子进去，找到一处乱柴堆；他就躺了，二足靠在二株竹上，口里咻……咻地叫着。一忽儿毛大来了，走近何本，他就拉着她说："你也坐下罢！"

她靠近何本的左边坐下，和他睡的姿态侧对着，她微笑地问他："你允许给我的那个痧药瓶呢？"

"因为你不和我要好，我不送给你了！"

"我和你要好的。"

"那么你和我一同睡在这里。"

——她便并着他的肩儿睡下，于是何本从袋里摸出一个方的小瓶授给她；她把这小瓶两手捧到眼前，借了日光已尽的余辉，注视了一下；好像得了什么奇珍似的抚弄着。这时何本抱住她许久许久了。

"毛大，你为甚还穿的开裆裤呢？"

"呀，呀，你别要摸我呢！人家怕痒的。"

"你痒不关我呢。"

"呀，呀，我要喊了。"

"好了，好了。"

"你还不放手吗？"

天光更加黑了，远远地有种声音在喊着：

"阿毛大！阿毛大！"他们俩吓得一声也不做，静静地听着；毛大推了何本的肩儿说："妈妈在喊我了，我要回去呢。"

"我也要回去了，门口有狗的，你送我到门外罢。"

隔了两三天，何本在街头又遇见毛大了。她提了一个筐子回去。何本跟在她的后面，渐渐离去市街。这是一个下午，太阳热烈地晒在他们俩的身上，汗流满面；他把右手的衣袖，一面揩汗，一面问她说："你们那边的田间，有白娘瓜吗？"

"有的。"

"那也有像买来的甜吗？"

"比买来的还甜呢。"

"我们同去采罢？"

"不，要被人家骂的。"

"不要被人家知道就是了。"

毛大走近自己的村子了，就不作声响；何本有点着急，便低低地问她说："你不和我一同去吗？"

"我要把筐子放到家里才得去呢。"

"那么我等在这儿。"

"是的。"

何本找到一处有树荫的，靠在篱笆上发呆，他看她从侧门里出来，站住了转了一个身子，像在找寻他。

"在这里！"何本说了，毛大便走近他；指着向西北的一条田陌上走去，不多时光，他们俩站住了，毛大怩着他说："这里王家伯伯的瓜田，定会有好东西呢！"说了指着不远的瓜棚给他看。

"去采罢！"他说了拉着毛大跨到田间，毛大还瑟缩地向四面望了一望，才一同走进；到了瓜棚的旁边，便一同蹲下去采拾。

他们俩的衣裤里，兜满了白娘瓜，露出惊慌的样子，踏上了一条小路，向着不远的别一个村子走去；跟跄跄地背后像有人追袭他们，他们也不敢回视。

村子的近旁，有许多成荫的大树；把银矢似的阳光遮盖住了。凉风吹到左面的一片河沟里，清清的水儿在微笑。他们就在这河边歇息，把白娘瓜堆在草地上；何本选拣了二个，走下河滩洗净了一下，用一双手捧住，大嚼了一阵。毛大也照他这们办了。一忽儿，八九个白娘瓜都到他们俩的肚子里了。

何本脱去了一双鞋儿，赤着足，坐在河滩上；二足升到水里，搅个不住。毛大站在他的旁边呆望着。

"喂！毛大，我们洗一个冷水浴罢？"

"那是不行的，要沉死在河里的呢。"

"没有这种事的，你看这里很浅，我一双足伸下去，就有泥浆泛上来。"

"你不怕落水鬼吗？"

"这里没有的，有了落水鬼它会变一双红鞋，或是一朵鲜花浮在河面的。你看这里没有这种东西。"他说完了，就把他的上衣下衣一齐解掉，跨下河去；他托出一双小小的腕臂，像翅膀似的泳上去，于是河水浸到他的颈项；他得意地对她说："毛大你也来吗？"

"不，不！"她站在河滩上，发出一种惊奇的神情观望他；又像替他担忧时时发着寒颤。过了一歇，他泳回到河滩来"喔"的一声，他一滑足半身横在泥土上，半身浸在水里。毛大忙的用了全力拉他的手，才上到滩来：一个赤裸裸的身子，背上和臂儿上腰里，都涂着泥土了；他不由得呱呱地哭起来了。

"教你不要下河去，你偏不听！"毛大带着怨声羞涩地说了，便解去自己污秽的一袭上衣，把他的泥涂处揩试干净；又柔顺地将何本的下衣，交给他穿上；而且替他穿上那件上衣。于是她赤露了上身，挟着自己污秽的上衣，催促他回去。

这时阳光渐变得很微弱。和他们俩同样显出扫兴的神气。

第二天早上，何本牵了他的母亲的衣角，站在大门前，候那副糖糕担。那些上市的人们，过了不少，却瞧不见一个卖糖糕的。有一个中年的农人，提了菜筐，慢慢儿走近他们了；他先和何本的母亲招呼了一声，然后从筐中拿出二块糖糕，含笑地送给何本。

"小弟弟，昨天你在洗冷水浴。这是动不得的，下次别要这么做！"他把糖糕送给后，劝告他这样说。

"真的吗，在哪儿？"他的母亲发出惊问。

"我的阿毛大的衣服，弄得一身污泥；但是，师母他不懂事的，不要去责备他。"他说了便辞别他们回去，这人就是毛大的父亲李正常，他历年替何本家里做工时，总带着毛大到何本家去吃饭的；他们二家是很熟很熟的宾主了。

自从这一次，何本被李正常揭破了罪状后，他的母亲便天天看管他，不许他一个人出门，他像犯了什么大的罪过，和住在监禁里一样。

第二部　不可思议的魔术

何本从小学校毕业后，考进了中学；他离去家乡，寄宿到上海快有五年了。今年他长到十六岁了。混在这个烦热的虚荣之市里，也不觉得甚么有异。有时他随着同学们 在几个著名的女学校前，徘徊不已；但他的心中还忘不掉毛大。

他想到近二三年来，暑假回去，偶然看见毛大，也一年长大一年了；就是在中途遇见，二人都含着羞涩的神气，过路人似的不招呼了；李正常虽是还来做工，可是不带她来吃饭了。

他又忘不掉的，遇见她时，她总不敢正视；而一双水汪汪的眼儿，流转得非常神秘，使他的心情也流荡不息。她的一双水汪汪的眼儿，套上了一副椭圆形的面架；如果加以美丽的装饰，穿了贵重的衣服，也是一个繁华场中的尤物，何致委在蓬蒿之间呢。

春天张着她的催眠的罗网，处处使人疲惫，无力；他对于学校里的功课，漠不关心，整天地发些无谓的空想。

有一天，他和几位同学。在四马路的一带书店里闲逛；他们买了许多新出的杂志小说，何本也无意之间买了一册《秘术一百种》。这一天是星期日，他回到学校的寄宿舍里，坐在床上把那本《秘术一百种》翻看。

他突然注意在目录上的一条："梦中与所思人相会"。于是他认了页数，平心静气地躺下去，随后翻到这一页上，这里说：

"用四方的白纸一方，将天竹枝的根，和自己剪下的头发，包拢来藏在枕边；不使别人知道。夜间就会与所思人在梦中相会。"

他看了这一段话，便反覆沉思；他以为这个方法并不烦难的，心中跃跃欲试了。于是他乘着他们晚饭的时候，一个人到校长室前面的花坛下，掘了些天竹枝的根；忙的归到寄宿舍，照书上的一个方法弄妥了。他虽是牺牲了一顿晚饭。觉得毫没有损失的样子。

他心里怀着一种欢喜，又躁急，又不安，弄得坐也不好，立也不好；甚至像手足无所措的样子。睡眠的钟声响了，他才安闲，好像解去了一件重大的心事；他忙的摊了被褥，垂下帐子；他在帐中还注意同室的人觊觎他没有？像是帐中藏了一件无价的奇珍。灯光熄了以后，他稍稍清净一点；轻轻地在枕边探索一下，那个纸包没有逃去。于是他的头搁在枕上，动也不动，心里一刻不停地默念着："今夜梦中与毛大相会！"念了又念，念了又念，差不多快念过五更了。

这时他觉得有些疲倦了，便朦胧地睡去。忽然他好像在故乡的一处庙宇的广场上玩，看见毛大在前面走过，他忙的喊她："毛大，毛大！"

"哦，你几时回来的？"她回转身来走近他。

"前天回来的。"

他觉得毛大一点没有变更，还是五六年前的样子；于是他拉了她的手，进到一所高大的殿堂里；又走到里天井，进一间藏柴槁的小屋子；他们俩坐在柴槁上，发现了许多吃的东西：什么饼干呀、蜜糕呀，什么水梨呀、苹果呀，堆了一大堆。他们俩欢喜极了，不管是谁的东西，拿来任意大嚼。

这时他的一双眼儿，红赤赤地痴望着毛大；显露出一种性的饥荒，生理上的机能也突然奋发了。他一看对面的毛大，眉儿眼儿什么多美；她像会到何本的意思，也露出种种的媚态，于是他像奔牛似的扑上去。……砰的一声，把他惊醒了，他依旧在寄宿舍里；日光浸到窗上了，他忙的换了衣服起身。

他到洗漱处去，几个同寝室的人，正在谈论他昨夜怎样梦呓，怎样呼喊。他像负了重病似的，没有气力和他们争论；心里只是藏着一个秘密，始终惊异那本秘术书上的神奇。

以后他的早熟的心情中，生起了一种无名的烦闷，把他的胸坎圆满地占据住了；他昏昏然醉酒般的不能自主，他的纤细的神经，和以前大不相同了。

第三部　死与热病

何本在上海的一个中学里毕业后，他又考取了北京的 N 大学。在北京混过了五年，好像昨天的事。今年在 N 大学毕业了，他的年纪也长到二十一岁了。自从他到北京去后，这回暑假毕业回来，算是第一次归到故乡。

天气烦热，他也不想往外，只是在家中看书消遣；就是亲戚朋友们来问候他，他也觉得乏味极了。他虽是二十一岁的年轻人，但是几年来经过都会的豪华，一切希望尽付乌有了；回想起来只有些悲欢离合的薄影，现在的情怀，较中年人都平淡，几乎成枯寂的老僧了。他觉得在家乡住在与市声隔绝的老屋里，非常称意呢！

　　一天下午，他挟了一册外国文的杂志：在走廊里赤着足，靠在藤椅上休息。历年替他家里做工的那位李正常来了，走近他招呼了一声，手里提着什么东西似的，往内室去；一忽儿他回出来，欣欣然问何本说："小先生，你才回来的吗？"

　　"是的。"

　　"多年不见了，你长得这样大，我听说你要做官了？"

　　"那有这样话。"

　　"你别瞒我，你小时候我常常抱你买糕饼给你吃的；现今你做了官，你要荐我做一个管门人呢。"

　　"像我这不懂事的人，哪会做官呢！"

　　"不，你看那方言馆出身的人，都做官了；你别客气。"

　　"小先生，我听说你的妈妈选了 H 乡桂翰林的小姐，给你订婚了。"

　　"不，不，……不！"

　　他一句话答不出来，他的胸中千情万绪，乱丝般的缠扰着；李正常看他没有神思，便辞别退下。他稍稍镇静了一点，他想到李正常的额上，刻着一条条深刻的皱纹，露出他的劳苦一年年增进的特征；不由得起了深的同情。他的话多少带些应酬味，然而对于何本的热爱、期望，一种淳朴而深厚的高谊，使何本感激无地了。

　　这几天来，何本每天听得像李正常那样的话；尤其今天他起了一种特异的感情，自言自语地说："忠厚的长者们哟！像我这样一件废弃的东西，不配你们的厚爱，也不配你们的期望。啊，啊，我恨不得把十年来的无聊、放浪，尽情地告诉了你们，你们定会拍案大呼，把我骂得鲜血淋漓。然而我那有勇气来告诉你们，惊动你们淳朴的精神；使你们为我抱着失望、愤恨、不平、怜惜。我也没有这个忍心，你们也不要挂记我这无益于你们，也无益于世的破东西哟。"

他说完了，又要到订婚的话，立刻联想起，那位李正常的女儿毛大好像站在他的前面，一双水汪汪的眼儿，对他凝望着；他昏醉得不成样子，像是浑身汨没在她的一双水汪汪的眼儿里了。啪的一声。他手里拿的一本外国杂志落下了，惊醒了他的一刹那间的迷幻；他觉得仍是一个人坐在藤椅上。

这时他的母亲移了一个凳子来，坐在他近旁；他装做没有事的样子接待她。她是一个中年的仁慈妇人，对他望了一望，心里觉得异常欢喜；便问他说：

"本本，你身体舒服吗？"

"我觉得回来了很好。"

"一个人第一件幸福，是没有毛病。"

"是呀！"

"你回来的半个月以前，这里时疫毛病流行得很厉害。"

"没有人家遭难吗？"

"有的，邻近的王伯章也死了，张师父也死了；西村的杨阿二也死了；就是刚才来的李正常的女儿也死了。"

"那个女儿也死了吗？"他听到这里，非常紧张，像是一件大不了的事情。

"是的，也是死在时疫里的。"她的母亲说完了，就有仆人来喊他们去晚饭，把这个谈话折断了。

他一个人，睡在一间空旷的寝室里，明月照在对床的纸窗上，银灰色的，惨白色的，好像幻了一双水汪汪的眼儿对他瞭望。窗外的夏虫声，唧唧地，哜哜地，好像幽魂的哭泣。他想到死去了的毛大，不由得悲感并来。

"唉，你这活泼泼的处女，瞑目长眠了！你这无罪的处女，竟会瞑目长眠了！啊，啊，举世都是行尸走肉们，扮出了男女老少，热闹地演那怪丑的喜剧。天啊！天啊！你还留着我做旁观者吗？可是我看厌了，听厌了；你快来引导我到所爱的人前。……"他默默地自语了一回，左右转侧，通夜没有睡觉。

第二天清早，他穿了衣服，一直踱到门外，沿着市梢西往；走了二百步的光景，西村——毛大的村子涌在他的眼前了。他十年前时时和她在这条路上来往的；道路没有改变，他的伴侣已成陈死人了。他站在路旁神经迟钝，忘记到这儿来干什么事了。离他不远有两三处新封土的坟墓，送到他的眼前；他才想到来找一个毛大的坟墓。他想：这两三处的新坟。不知道那一个是毛大的？满贮着一腔眼泪，洒到何处？他忍不住了，一滴滴地落下来，顺了风儿，低低地说道："像你那样的人会死吗？真是天道逆行，无所忌惮，怎不令人切齿痛恨呢！

"你死了，我才觉得有许多对不起你的地方；我在这里对你忏悔罢。我自从离去故乡，起初几年我还把你的影儿藏在心坎里；刻刻不忘；后来不知道为了什么缘故，渐渐地淡下去了。我在一个大都会里，一时被妖艳的妇人戏弄玩狎的时候，你定在空房哭泣啊，我还有怎样的面目来见你呢？

"如果我不离去故乡，不进学校，我想我现在也是一个少年农人；我娶了你，何等美满，何等甜蜜，你也不会死，我也不会漂流到这样田地。啊，学问有何用？徒然扩大了人的空虚的奢望，把一切美好机缘投在枯井里了。

"求你饶恕我罢！求你饶恕我罢！……"他说到这里，有几个上市的人，在这路上经过。他止住了声息，欠伸了一回，装做深呼吸的样子；村子的矮屋浓荫，背后衬托着一片无涯的田野，一丝丝的田陌网罗般地呈在他的眼前；他喝了一服自然的清凉剂，似乎清醒了一大半。远处一个年轻的女人，慢慢地走来；穿的素色的上衣，乌黑的裙子；她一双圆活的眼儿，上下莫定，时时注望他；走近了他，便低倒头看在她自己一双高高的乳房上，害羞地绕道过去，进这村子的前门。他呆呆地目送她进去，至于不见；他发着寒颤又是自言自语地说："依旧一双水汪汪的眼！……她是毛大；……是了，她没有死。……她明明死了，除非……除非我见鬼了。……不，不，白天里那会……"他断断续续地说了一番，交着二腕抱住什么东西似的，一双脚也笨重不灵；他心里起了一层无名的恐怖，鼓出残余的勇气，走回家去。

他的母亲正是候在门外，教他去吃早饭；看见他这副神情，有点奇异，便问他："老清早你到什么地方去的？"

"我去散步的。"

"你觉得冷吗？"

"不，不，我今天见鬼了！那个李正常的毛大，在我面前走过。"

"那里是鬼呢？"

"你昨天说她死了。"

"不，毛大没有死，毛大的妹子死了。"

"她没有妹子的罢？"

"你出门了多年，当然不知道她有妹子的；毛大今年春天出嫁的。她的妹子也有六岁了，恐怕你完全不知道呢。"

"是吗。是吗？"

你听得这番话，心里放宽了一些；但是神经麻木，只是发出不自然的干笑声。一忽儿全身的血液，都聚在他的脑髓里，一步紧一步地震荡着；他的眼前暗了。

当夜他发了热病，直挺挺地躺在床上；闭了眼儿，任那急促的呼吸，安排他的腹部运动。他的深红的嘴唇，半开半闭地时时颤动着。在这模模糊糊的灯光里，他只见眼前，周围，充满了无数的小的大的水汪汪的眼儿；那些水汪汪的眼儿，又像变变地飞来飞去，无孔不入。他在静候着这一场妖异的究竟。

十二年八月稿

百足虫

一

纪恺在淞沪站下了车。混在人众里溜出来；他站住了，无意识地将他的手表向着壁钟对照了一下——时间还早——他这样想。第一去拜望新交的女朋友迈贞，第二去访问多年阔别的老同学淡甘；这二件使命同时涌上他的心头，于是他转身走了。

他怀着幸运似的心里装满了稀有的欢喜；沿着铁栏栅朝东，盛夏的太阳一步一步地逼着他，他一点不挂在心头。

——但是不好意思罢！对于她的母亲，她的弟弟妹妹们当怎样应接，使得他们欢迎我常去，倒是一个很难的问题，他想到这里心中未免蒙了一层稀薄的不安。但他仍然前进，宝山路过了，靶子路来了。他抛去了刚才的念头，沿街张望过去，□□里三个字突然止住了他的足步，他从这条里弄进去，又暗地里念着："五十八号，"念了又念终于他找到了。

他站在黑漆的大门前，举起右手把他的胸坎抚了一抚；然后笃笃笃地敲了铜环，里面就有人来开门，他便脱了草帽。

"迈贞在家吗？"他问了一声，站在天井里。开门的女孩子一声不答，忙的逃了进去；接着一个中年妇人出来招呼他到客厅里坐。他把草帽放在茶几上，又复问一声："迈贞在家吗？"

"她便会来了。"中年妇人说了，吩咐女仆倒茶进纸烟。

他坐下一望，室中的陈设虽是不十分雅致。却都是红木的东西，其他的装饰也很值价的；隐隐约约旧家的一种表示充满在室中。中年妇人将桌上的信件红帖子一类的东西，收拾一下拿了进去。对纪恺说："请坐。她便会来的。"

纪恺想要回答的时候，迈贞出来了，与纪恺行了一个礼。

"弟弟在哭。他又要和我缠扰了。"迈贞退下几步，向着已进内室的中年妇人说了，又回出来向纪恺说："我想教我的弟弟一同出来见你，他害羞起来了，并且和我缠扰，脾气真坏。"

"孩子总是这样的，他几岁了？"纪恺心里觉得非常满足。因为得到了这些意外的谈活资料。

"他是六岁。"

"上学了吗？"

"还没上学。"

"刚才一位是你的母亲吗？"

"是的。"

"那我没有招呼她，真是失礼！"

"不必客气的。你从吴淞来吗？"

"自吴淞来的。"

这时迈贞的母亲领了她的弟弟靠在屏门柱边，她的两个妹妹牵住母亲的衣角，在偷看纪恺；女仆端了二杯苏打 水分给纪恺与迈贞。

"弟弟来喝柠檬水。"纪恺拿了杯子向她的弟弟说，又做了个手势给他，她的母亲在怂恿他。

"是吗，这位先生多么亲切，快来给他接一个吻！"迈贞便走近她的弟弟，弯转腰来教他出来，他低倒头藏在屏门后不使纪恺看见；二个妹妹在笑他，他更是咕啰地拒绝她，她于是愤愤地说："好了，不来请教你了，以后你也不要到我跟前讨东西吃罢。"

纪恺默默地看迈贞对她的弟弟，忽而殷勤，忽而愤恨，那种活泼的精神，好像樊笼里的飞鸟，令人摹拟不来的。他又想到她的轻盈的体格何等动人！宛如依人的小鸟，在落寞的生涯中少不掉这样的伴侣。她的母亲领了弟妹们进去，于是他清醒了些，迈贞靠近他坐下。

"你的两个妹妹在那个学校里念书？"

"她们在附近的 C 女学校里，上学了半年便停止的。"

"为什么？"

"我们的父母不很欢喜进学校的，像我起初，中文先生英文先生都请到家里来教的。"

随后他们俩谈了些平凡的闲话，纪恺便辞别她，她送到他门口说："我四时后在静安寺路的号里，有便请过来玩。"

纪恺在街道上踱过来，又想到这次第一回到迈贞的家里，一种周围的气氛很不坏；没有上过学校的女子，有这样的倜傥，真是出人意料的。前几次到静安寺路她的父亲开办的一处棉纱庄里，她帮助她的父亲应接客人，也井井有条；实在她有干济之才。这时他对于这位前途大有希望的迈贞，又是羡慕又是祷祝；若有人做了她的丈夫何等美满。这些零星的空想，把他一刹那间的内面生活充实了。

N 旅馆里的一室，桌上满抛着水果苏打水；电风扇迅速地在旋转着。纪恺坐在桌前，翻看绘画的书籍，他多年阔别的朋友谈甘躺在床上，看新闻纸。只有电风扇的机声破这岑寂的下午。谈甘本是纪恺小时的同学，在上海时他们俩有种习惯，白天里一同玩，晚上二个人到旅馆里对床闲谈，一连四五天，等到钱没有了才分途回家。有时候纪恺对谈甘说：你何不变了一个女子，有时谈甘对纪恺也是这样说。五年前谈甘到日本去读书，纪恺在交涉使署当书记，五年中从来没有通过一次信，二人的消息大家不知道。这回纪恺接到谈甘回国的信，突然想道：我以为他死了。他怀着一鼓热忱去访问谈甘，谈甘也握着他的手说道：我以为你死了！然而二人的欢喜就在这里跳跃不住的了。

纪恺对着电灯一望，又看了看手表，懒懒地把书籍掩拢，向谈甘说："我们到外边去吃晚饭罢，今天看来免不掉做个东道主咧！"

"那何必呢，就在这里吃一点罢。"谈甘在床上翻了身说："不，还有一位女朋友，乘此机会教她来谈谈。"

"是谁？"

"你不认识的。"

"你的朋友屈指可数的，那有不认识的道理。"谈甘说了从床上坐起把两掌压在太阳里想下。

"你不要去想，想也不来的，等她来了自会看见的。那么吃京菜吗？"

"不，我欢喜吃闽菜。"

"那么到消闲别墅去。"

"好的。"

"快走罢，晚了没有好房间的。"

"慢一点，有女客我要换衣服的。"

"算了罢，她未必就欢喜你。"

"那里的话。"谈甘感到些说不出的兴奋，就要把香港布的下装换了白毕几的。结了领带，套上了法兰绒的上装；戴了草帽；对着衣镜相了一歇，便跟着纪恺动身下楼去。

请客票发到静安寺路去了，他们俩在消闲别墅的一间幽静的室内，吸着纸烟，走来走去只望迈贞快来。

仆人来回报后，迈贞领了她的弟弟便进到这间室里。纪恺替迈贞与谈甘介绍了一下，她的弟弟只是羞涩地藏在迈贞的身后；纪恺便请迈贞和她的弟弟谈甘坐席，然后自己坐下。上了菜，大家一头吃一头谈些闲话；纪恺迈贞都在殷勤她的弟弟，谈甘但望着迈贞出神；他看她素朴的装束，伶俐的体态，在她的言语举动之间，流露出久年相违的一种——祖国的情调——华夏美人的优点。他箸头上的菜物也忘记尝口了。

纪恺指着谈甘对迈贞说："这位谈君向来在日本留学的，差不多去了五六年，这回第一次回国。"

迈贞点了点头问谈甘说："谈先生在日本什么学校读书？"

"在东京的 A 大学里读书。"

"学什么科？"

"学的文科，"

"日本人对留学生感情什么样？"

"普通交际不算什么坏。"谈甘嗫嚅地回答她的时候，担心夹进日本活；因此他想祖国交际场上，失了他的雄辩的地位，不由得生出了些小小的悲哀。

这时迈贞的弟弟指着谈甘，低低地问她说："大姊，他是日本人吗？"

"是的，他是日本人，前年到我们厂里来过的，你忘记了吗？"她这样答了，她的弟弟只望着谈甘，把他的指头咬在嘴里现出惊异的微笑。

"前几年我们的纱厂里，和日本人交易为数很大；差不多每天有几个日本人到我们厂里来。那时他还小。——从抵制日本货之后，交易就此继绝；但是有几位交情厚一点的日本人，依旧亲戚一般地来来往往；并且他们每次来带一点日本的糕饼送给他；所以他听得了日本人非常欢喜。近二年他们回国了，他仍是念念不忘的。"迈贞这样申明了后，她的弟弟低着头在打她。

"你的弟弟可算小卖国贼。"纪恺说了，谈甘迈贞都笑起来。

"说起来有件笑话，今天可好请教谈先生了。"

"新年的元旦，有个日本人到我们厂里，走进来恭恭敬敬地对我说：Omedeto Gozaimasu！弄得我莫名其妙，没有法了，只好也还敬他说 Omedeto Gozai ma su——这句话到底什么意思？"

"那就是恭贺新喜的意思，"

"那么我的答词应该怎样说？"

"就是还敬他这句话。"

"幸而我还不差，其实当时不过一种无意识的效尤罢了。"迈贞得到谈甘的解释，心里充满骄傲的气焰，只是没有放到外面。谈甘在惊奇她的聪明，纪恺与迈贞的弟弟同样觉得这是没意味的话柄。

晚饭过后，他们同到永安公司的屋顶花园天韵楼去散步；在凉亭里坐了一歇，谈甘和纪恺送她姊弟俩回到静安寺路的号里后，就此慢慢地踱回到 N 旅馆。

晚上十点过了，街上尽量的喧声不绝；他们俩熄了灯。各自躺在相距咫尺的床上。月光从玻璃窗外照入，像是庆祝他们恢复旧有的奇特的友谊，——二人在谈话。

"老谈，我第一次碰见她时，她就晓得我有妻的了。啊啊！没有希望了。"

"你第一次碰见，何须说出这种话。"

"那时她的弟弟也在，我说我的儿子也这样大；在这里说起的。"

"你怎会认识她的？"

"我的表弟介绍的，他也做棉纱庄生意的，和她们同行，往来很亲密。"

"她的学问怎样？"

"她没有进过学校。中文英文是从前专请先生教的；虽是没有大不了的学问。而见识很高，非常聪明的人。"

"没有进过学校，倒有这样的倜傥灵活！"

"她的家庭与环境和平常女子不同，她的父亲是个富商；盛时有几处很大的纱厂，在商界上名望很大的。听说从前她的父亲当她做男儿的，从小穿男装。十五岁时就帮助她的父亲应酬客人，又随着她父亲到过北京长春长沙广东等处；前年她的父亲亏了本，就一蹶不振：她面子上虽是很快活，心里也非常懊丧。"

"现在她几岁了？"

"二十岁。"

"没有未婚夫吗？"

"没有——我也认识了一个月还不到，我到她的号里有二三次了，今天又到过她的家里，她的父母非常的和蔼可亲。奇怪！她明晓得我有妻儿的，对我还是很好，在她的父母前对我也是一点没拘束的。"

"那是友谊的。"

"老谈，我是没希望了，你还有这个资格去做她的丈夫。"

"不要打趣罢，我是飘流了多年，青春的时期快错过了。"

"她在商界上本来交际很广的，所以男朋友很多；假使别人得了她，我就要变为陌路人了。如果属于你了，她与我仍然是一个朋友，还是你去进行！"

"哦，刚才在天韵楼她招呼的男子有五六人，我正在奇异。"

"那就是……不过她是看不起这般人的，她近年来很爱好文学，所以教我的表弟介绍相识。"

"那么她没有情人吗？"

"怕没有，我前几次试验过了，不过底细我也不大明白。"

"纪恺，像我们这类人不适宜了；商界的青年何等漂亮！恐怕她的眼里未必有书生罢。"

"你还够得上他们，你年纪还轻，有家产，又是留学生，丰采也好，正是翩翩公子！……"

"莫再打趣了！"

"真的，我望你成功. 不但望你，并且扶助你成功；我若在你的地位，早已进行了。实在我很欢喜她。"

"那我何必鹊巢鸠占呢？"

"不，我和你一体的，我的生命可以说寄在你的身上；你的得失就是我的得失。"

"这种话你去对她说罢。"

他们谈得倦了，便各自建造甜蜜的梦境，在这里成就了他们日有所思的一切！街上的声音没有了，只有二人枕边的手表声咄咄咄咄地叹息。

二

纪恺的寓所在北车站的附近，离迈贞的家也不远。第二天谈甘便从 N 旅馆搬住到纪恺的家里，白天里纪恺到交涉使署去干公事，谈甘整天地坐在纪恺家看书，他好像不耐到外边去奔走；天气又是这样热，使他神经昏乱，身外的一事一物都有催睡的引力似的。等到晚上清醒了，便同了纪恺到静安寺路去访问迈贞，一同到天韵楼去乘凉，或是到电影院去看剧，——差不多每天这样按着课程去做的；三人中有一个有事了，才间断一二天。

迈贞同他们二人玩的时候，有时独身，有时带了她的弟弟，若是带了她的弟弟同去，总是到静安寺路，二人一同送去，她的母亲也在等候着。有时她的父亲也在，总是非常感激他们二人的，因为谈甘逢到她的弟弟同来，总要买许多东西送给他。她的弟弟不来的时候，她回去时是到靶子路的；平日她有种习惯，不欢喜坐电车，也不欢喜坐黄包车；二人也徒步送她回家，谈甘照例买些吃的东西带到家里，送给她的弟弟；所以她的弟弟对谈甘的感情，格外甜蜜。他的微小的心情中，又经验了当年日本人对他的情意，他于是信实谈甘是日本人了。迈贞和她的父母本来很爱这孩子的，因而对于谈甘也加上了一层的厚意了。

月亮浸在黄浦的江心，这两个月里，岸上稀少的行人中，时时夹着谈甘纪恺和迈贞的影儿；这是他们送她回去的时候。由黄浦滩折返苏州河畔，沿河兜到靶子路她的家里，每次回去总这样绕远走的。他们在路上有时谈一点笑话，有时评论人家，有时谈些身世的事，为悲为欢没有一定。在这里纪恺几次劝迈贞和谈甘东渡，她有点动心了，她也愿意照办了；但是要求她父母的同意。她回去说了以后，她的父母要晤见纪恺和谈甘当面商量；于是约了一个日子会面。

这约好的一天，谈甘和纪恺到迈贞的家里。她的父亲有事不能回来，他的母亲对纪恺说："她说要跟谈先生上日本去念书，这是一桩很好的事，她的爹也应许的；可是她年纪还轻，事理不大明白，而且她还没有和人家做亲眷。……"说到这里又向谈甘："一切的事总要请谈先生照料的。"

"伯母你尽量放心。这位谈君是非常忠实的一个青年。近来我们一块儿玩，迈贞定会知道他的性格了。"纪恺这样说，望着谈甘。

"女子上日本去读书的很多，去了之后，她们另外有女子的寄宿舍，也非常便利，伯母你放心罢。"谈甘这么说了。她的母亲便笑着答道："横竖费你的神，你好好指导她！"

"……"

"妈妈你既应许，那么是了！别多说闲话。"迈贞在旁边觉得没意思落场，便这样打断了他们的谈话；于是搁起了这个问题，讲些别的，一忽儿他们便辞别了出来。

他们二人在路上谈这件事。

"纪恺,我以为这事不会成就的,真是出人意料的了。"

"我早料到顺手的,迈贞对于你本来没有问题;你看她母亲的话里有多少深意。唎唎唎!你……的幸……运来了。"纪恺向谈甘说到这里,画上露出一层沉痛的欢喜。

"这原是你的力量,他们也只信实你的话。"

"这倒是实在的话,虽然我从此没有挂碍,以后要变成你们俩的保护人了。你记得吗?平时你和她戏谑的时候,她总是来告诉我的,你们去了以后,她受了委曲怕也会写信来告诉我的。啊!我何等的可夸呀!"

"回国有二个月了,快要东去了,这二个月中怎知道有这样的收获。"

"老谈啊!只是苦了我,从此人间天上,你们尽量的欢乐,我是尽量的苦难。"

"你的气量本来很大,同时也极小。"

"这是所谓圣人凡人的中间,介着一个我。"

"那你应该做圣人。"

"可是根器太浅呢!"

"……"

他们觉得愈谈愈远了。

纪恺提议选择一天,到离去吴淞不远的一个小城里去玩,当是临别的纪念;谈甘与迈贞也很同意。

这一天他们约了,同往北车站乘上吴淞车,迈贞和谈甘并肩坐着,纪恺在他们的对面占了一个座位。他看看他们,只是低了头一声不作地在想。——有一天在迈贞的家里,她的母亲教她的弟弟来招呼我们,指着谈甘说:"叫这位哥哥,"指着我说:"叫这位伯伯。"啊啊!我只是比谈甘大了七八年的年纪,他就占有衔头。……有一天她的母亲教她的弟弟来给我们接吻，他只是给谈甘接了一个吻，便不肯到我这里来。啊啊！你这小小的一个，谁教你这样的，除非有运命的主宰。……有一天谈甘偶而发热，在痰中咳出血来，迈贞见了告诉她的母亲，第二天她的母亲见了谈甘，教他如何休养，如何服药，如何细心，如何防遏；真是体贴入微了。啊啊！我所有的一切隐痛，有谁知道呢？……他这样温过了几件刺心的事情，火车已到炮台湾了。

他们下了车，纪恺最先跳下月台，接着谈甘也跳下了！迈贞立在月台上喊着，谈甘便转身过去抱了她下月台。纪恺只望着发呆。这时一群黄包车来接他们三人，他们选坐了，车夫飞也似的向着不远的小城里去。

三

这所小城，从前纪恺与谈甘曾在这儿念书的，所以很熟悉；他们走进南门，那些陈旧的店铺像是旧相识，迈贞也稀罕的睐望着。穿过了西门，走进古庙似的一所书院的旧址，他们就在这里歇息。

天光晚了，这久已空旷的书院，尤其显出荒凉岑寂。他们从客厅里搬出几把藤椅坐在庭前；甬道的两旁树木花草，蚊虫在这里奏出微细的音乐。仆人端了茶来，纪恺一喝而尽。像从梦里醒来，睁出眼儿向着谈甘与迈贞望了一歇，便又吩咐仆人弄酒菜。迈贞并坐在谈甘的傍边。教他唱长生殿的歌曲。

"今天是七夕，唱这曲子很好。啊，我三年前在这里一个人孤寂地住了十多天，

风静小庭蛩泣夜，

月明古寺鬼窥人。

这就是那时候得到的二句诗。"纪恺说到这里，迈贞不由得起了

寒颤；她忽而离着座位喊道：

"不好了，不好了！"说着把她的裙子乱扑，一条七八寸长的百足虫落到地上，谈甘忙的踏了一脚。她接着说：

"我最害怕是百足虫，小时候几次被它咬伤皮肤，你看它的身体踏做了二段，还会蠕蠕地不死呢。"

"这是所谓百足之虫，死而不僵！"谈甘插了一句话，她由是狠命地去踏了几脚。纪恺又呆了，"啊，这是我的命运！"他想要说出，终于止住了。

仆人在庭前燃上了灯罩，搬上酒菜。迈贞觉得这时有异样的欢乐，她和谈甘讲些日本的事情。纪恺有时插几句话，总是不很高兴似的。后来他兴奋了，只管喝酒连了十多杯，他的脸儿苍白得不成样子，眼泪一滴滴地落下来；被迈贞与谈甘也觉察了，便劝阻他，他不但不听，并且喝得更厉害了。谈甘抱着了他，吩咐仆人撤去酒杯，他才伏在台上嘤嘤地大哭。

迈贞看了这种情形，心里便不舒服起来；想要回去，而纪恺的哭声更加大了。谈甘扶着他离去酒席，开了走廊的侧门，踱到草地上；迈贞跟在后面。纪恺对了天空的明月忽又发笑起来。迈贞便说："我心悸还没止住，你真吓得我死去活来！"

"小姐，对不起！……"纪恺向她鞠躬赔罪，他便挥了臂儿，蹒跚地上泥山去，谈甘忙的扶着他。

"回去罢，回去罢，上山去干甚么？"迈贞又惊惶地喊了，纪恺不听。她没法，只好拉了谈甘衣角一同上山。到了山顶上。谈甘依旧找着他，他又向了天空自言自语地说了许多恨懑的话。

"不如一死！不如一跃而死！……痛快，痛快！"最后他喊了，想要跃下，谈甘止住他了。迈贞催促谈甘扶他下山，他还是三翻四覆地不愿意去。

"好了，好了，今天我乘兴而来，料不到如此田地的。"迈贞抱怨地说了，纪恺听后，便顺从着谈甘下山去；回到客厅里，整了衣冠，便雇了车子回到炮台湾。

　　旷野的夜风把纪恺的酒意吹醒了一半。他们坐上火车，这一厢车子里，只有他们三人；纪恺伏在案上瞌眠，对面谈甘和迈贞并坐着。他们俩的面庞与面庞紧紧地贴住，在商量下星期到东后的事。然而纪恺时时醒来，偷望他们俩的。

　　倏忽地路程经过了一半，纪恺醒得多了；他望着窗外苍茫的夜色，迅速地过去，大地与他的心情同样的沉默，孤冷。回转头来，看见谈甘与迈贞甜甜蜜蜜地低语。他想：虽然我在这里，他们俩的心目中早置我于度外的了；想到这里对他们鄙视了一下；不由得心里起了抱恨他们，怀怨他们，厌恶他们；这些意念在他的心里酝酿许久，终于生出仰慕他们，助成他们的反感，车子忽然停止了，他的心潮也止住了。

　　他们在北站下车，他们俩依旧送她到家里；这时她的母亲候在家里。听得纪恺酒醉，就拿出醒酒的药品给他吃了，他捧了头儿在思度，坐了一歇，果然觉得更清醒了。由是辞别出来。

　　冷落的街道上，声息全无；他们踱回去，谈甘走在前面，纪恺愤懑地在他的背上击了几拳；他回过头来说：

　　"你为什么打我，你又醉了吗？"

　　"不。我早醒了，你们在车子里好快活呀！我要报复。"

　　"那你尽量报复罢！"

　　"别生气，说说笑罢了，"纪恺愤懑的神情又平和了。

　　"其实……"

　　"好朋友…"

　　第二天纪恺害病了，他不能起床。一间狭隘的房间里，他的夫人侍候在床前；谈甘也在，但看着纪恺睡在被窝里，二眼深深的陷下，发出微弱的目光；他对他的夫人望了一望说：

"有了你，我总没有出头的日子了！我全身痛苦，都为有了你；啊，啊，你这前世的冤魂！苦扰到我这般地步，"他说后又转身背着他的夫人，他的夫人只是默默地流泪。他又回过来断断续续地对她说：

"然而我辜负你了，你为了几个孩子，天天辛苦；从没享过怎样的乐趣；怎样的华贵；你尊我如帝王，你自视如婢仆；我真对你不起。……我太忍心了！我的病好了以后，定然和你到外边去玩。……"他说话的气力都没有了，便如睡非睡地沉默着。谈甘觉得没意思了，也退出去。

过了两天，他的病越发厉害了；他的夫人在外室调药剂。谈甘坐在他的床前看护他，谈甘靠在床架上看书，时时注望他的面颜；他醒过来看见谈甘，便又兴奋起来；想要爬起来，可是没有力量。谈甘止住了他，他睁着眼儿，落下几点眼泪，摇摇头对谈甘说："朋友，这回我不会好了。如其我死了，你赶速想法与迈贞实现事实，我在阴间还会帮助你们；若是她为别人得去，我要化为厉鬼，弄得这一个人不死不活的受活地狱。朋友！你别要忘记呢。"他说后又像清醒了一些。

"不关紧的，你安心养病罢！无论如何我总听你的话。……"谈甘没有答完，他又昏昏阵阵地说乱话了；他的话也听不懂，只是模糊中带着"迈贞"的名字。

又过了两天，谈甘到纪恺的家里去望他，觉得他的病更厉害了；谈甘叫他，他停了瞳子凝望，已昏迷不省人事。他的夫人坐在旁边流泪，把一张破纸，递给谈甘说：

"请谈先生看一看……他昨天夜里写的……写的甚么？"谈甘接了看下：

"迈姊：我的运命正是你所畏惧的百足之虫，我现在死了，可是还没有僵。我所等待的，要你在我冰冷的脸上，给我一个热烈的吻，那么我便安全地僵去。我所请求你的，我想你或也愿意的罢！谈君是我的好朋友，我和他是一体的；将来你与他成了事实，也可说是我的幸福；有他我虽死如不死，我这请求你的，谅他也不会阻止的罢。——啊，末日临到我身上了，我只渴望着最后的温慰。纪恺上"

　　这些话写在纸上，字迹潦草，谈甘认了半天才得看完；脸色苍白，心中不由得起了一种不可名状的恐怖。勉强把这信折袋起来，回出去，想到迈贞家里商量。待他跨出门口，忽然纪恺夫人的哭声发作了；大约纪恺在这时物化了。

　　　　　　　　　　　　十一年十二月三日稿

古董的自杀

B 君在宿舍中，沉闷极了；他从书架上取下了几种书籍，翻了这本又去翻别一本；他没有多大的心绪看书，只是把那些书籍的插图略略看了一下，便抛在旁边了。楼梯上有沉重的脚声和口笛的微声，一步一步地逼到楼上，他便开了窗子，向着上楼的一位说："老李，你见过那位新雇米的侍女吗？"

"没有见过，来了吗？"

"来了。"

"那让我放去了东西再讲罢！"老李说完，便向 B 君隔壁的一室里走进，解去了外衣制帽，把书包随地一掷；便回到 B 君的室中。

他们俩对坐在席上，中间介着一个火钵；B 君把铁箸措拨炭火，老李开口问道："那个怎么样？"

"不消说，也是个古董货。"

"那是我早已猜到的。"

"又是乡下人，初次到东京呢。"

"你问得这样详细，干甚么？"

"不，因为她的话不是东京话，乘此听听口音。"

他们暂时沉默，老李吸着纸烟空想；B 君将火钵上架着的开水壶拿下，冲了二杯柠檬茶；二人便呼呼地喝了一阵。灯光亮了，一个女子拿了一张晚报送上来，她跪在老李的前面说："以后请照料。"

老李应酬了一句回话，她便下楼去。这时老李现出惊愕的样子，问 B 君："是她吗?"

"是的。"

"真是古董店里寻出来的。"

"但是她很懂得礼仪呢!"

他们俩笑了一阵，一忽儿这个女子又搬上晚饭了；B 君把五角钱给她，教她去买水果。

他们俩吃过了饭，又冲了两杯柠檬茶喝了，大家都有点兴奋；就此乱吸纸烟，一个小小的室里，满布了烟雾。老李两手抱住了膝，抬头像在想什么似的。B 君也踱来踱去，不住的无聊。这时那个女子端上了一盘水果，B 君并着老李坐下，对她望了一望，问她："你的名字叫甚么?"

"我的名字叫青枝。"她回答了，低了头万分羞涩似的；B 君就在盘中拿了一只苹果给她。

"不，……不，谢你! 谢你!"她羞涩得更厉害了，连说话都断续地一点没有气力。她竭力辞谢这个稀有的赏赐，可是 B 君再三给她，又像正经地又像戏笑地，纠缠了半天；老李只掩着嘴巴发笑；终于她千谢万谢地受了，捧在手里，像一件什么重大的宝物，又说了一套感谢的话，然后凛凛然退出门去。老李的两眼还在注视她，不住地暗笑，她下了楼梯，还听得她的不自然的急喘。

"吃罢! 老李!"B 君把去了皮的一只梨给老李，老李受了，对他望了一望，大笑起来。

"你笑什么?"

"一幕奇妙的戏剧！以……后取笑……笑……的资料……定会多……呢。"老李一头笑，一头嚼梨，一头说话。一个嘴巴兼了几种的职司；B君看了这种神情，也不由得笑起来了。

过了足足有半个月，他们俩课后团叙的时候，总要叫青枝上楼，做个开玩笑的一件机械。青枝的那种简易的心情，也逐渐灵活了。有一天星期六的下午，他们俩都没有课了，青枝在B君的室里，为B君缝纫被褥，B君帮助她按着被角。老李在旁边又掩口笑个不止，他忍不住开口了。

"青枝！你看B先生的被褥何等美观！"

"是呀，……B先生"她说到这里，嘴角里一滴涎沫，不知不觉地流到被面上。

"喂，你什么?"B君没有说完，她已笑倒了；B君续续说下："你别要听他，他只会胡闹；他的被褥比我还要美观呢！"

这时青枝擦了眼儿，装做正经的样子缝下；老李还在弯腰曲背地笑。

"莫要闹了，你看李先生何等快活；他是有个很标致的情人呢。"B君说了，青枝忙的望着老李，于是老李坐下，向着她有意无意地说："你望我干甚么? 我身上一点没有什么奇怪。"

好幸福啊，李先生，你的情人在那儿?"

"听他胡说，你莫要管闲事。……"他笑了一阵，继续说下："我要问你，你看B先生好吗?"

"　，你又要胡闹了。"B君插上一句话。青枝一声不作地在折拢被褥，移在旁的一边。

"下楼去了，你们用功!"她说了，整着衣服退下。

"慢，慢，……慢，我介绍你和B先生结婚!"老李一头笑，一头说；又忙的把左手拉住了青枝的衣角。右手拉住了B君的衣角，用力拉拢来。B君笑得气息都继续不接，倒在席上；青枝跪在席上，两手掩住脸儿，笑得也不成样子，口里又在咕噜地说些无力而断续的话，像是责备老李的神气。老李只是在旁边拍手。

"你真会闹，快不要这样了。"B君的话中，似乎带着些恨懑的声调。青枝便抑住了无名的心脏振动，整了一整衣服下楼。

一个月过了，他们老是这样的打趣，他们好像有种魔力，使青枝到了B君的室中，不想就走，有意无意地耽搁很久；她对于别的室中的客人，全不注意，就是主人教她做事，她也厌烦了。她那种忠实的心情中，故意做出轻灵的样子来，愈加供给B君和老李玩笑的资料。这时春假近了，各处学校都在这儿行学年考试；老李因为这个宿舍不十分清静，就迁移到别处去住了。

那天老李去后，B君一个人在室中看书；青枝把晚饭搬上来的时候。她踏进室子，觉得那种热哄哄的空气消沉去了；她看看B君低倒了头，坐在矮桌的前面，默默地看书；他的热情的温度也低降了一大半；于是她的心儿中也起了一阵酸辛的滋味。她将食盘放下，跪在B君的旁边，B君一头吃饭一头问她："青枝，李先生去了你寂寞吗？"

"不。有B先生我那会寂寞呢！"

"啊，你真伶俐，来了一个多月，已经这样会说话了！"

"那有这事，你和李先生最会说话，再没有比上你们的了。"

"不，我是不会说话的，李先生很会说话。"

"你也，……B先生，你娶过了夫人吗？"她问到这里，头儿沉重。抬不起来了；只把指头在席上无意识地乱划。

"没有娶过。……"她听得了更不好意思了。过了一歇，B君吃饭完毕，她才把食盘放在旁的一边；从火钵上取下了开水壶，倒了一杯给B君；然后继续问下：

"B先生，你们真幸福，我前天看见二个中国的女子，很美丽，衣服也好，样子也好。"

"日本的女子也很好。"

"真的吗？B先生，你欢喜日本的女子呢？欢喜中国的女子？"

"我都欢喜的，可惜她们不欢喜我啊。"

"那有这话，像B先生这样英爽俊迈，那一个不欢喜你呢？"

"啊，你莫要笑我，你不应该和我打趣呀。"

"真的，……真……"这时楼下的主人在喊她了，她忙的托了食盘下楼。B君转身到桌前，仍是一心一意地看书。

第二天，她到B君的室中，搬上早餐；又跪在他的旁边，等待他吃早饭，B君便向她说："青枝，你怎么不下去，主人又要喊了。"

"不要紧的，那个老婆子最讨厌了。"

"是吗？"

"B先生，我听说上海都像银座（东京最繁华的街道）一带那样的华丽！是吗？"

"是的。"

"好华丽啊！"

"你想去看吗？"

"我很想去看，……可是我那里得到这种好福气去看呢？"

"那你跟我去看好了。"

"真的吗？……"这时别的室中，在拍手招呼她，她才皱了眉儿退出去。

从此，她到B君的室中，总是延搁好久，不想退下；垦出些远大八百的话问B君，直到别室里或是主人喊她，她才退下。B君正在预备学年考试，他虽是一个很和善的人，到这儿渐渐地忍不住了。他觉得万分厌烦了，有时她问他，随便答了她；有时他不很理她，而且表示出一些厌烦的神情，她一点不觉得，总是连绵不绝地问下，愈问愈起劲；就此他也决心迁到别处去住。

B君迁移的一天，青枝在他的室中整理东西；B君帮助她，一件一件地捆扎好了，她便靠在门柱上，现出一种忧郁的样子，问他：
"B 先生，你为甚么迁到别处去住呢？"

"因为那边有个朋友招我去住，我觉得有个很好的伴侣，所以搬到那边去。"

"你还到这里来住吗？"

"说不定的。"

"我希望你还来住呢！"

"假使那边不称心，我便要回到这里来的。"

这时运送人上楼，把他的东西逐件逐件搬下楼去，B 君也穿了外衣下楼，他和主人说了些告别的话，主人送他出门；青枝也跪在门口，好像含着一眶眼泪似的；他虽然看出，但装做不觉察的样子，安全地踱出门去；还听得她沉痛而婉转地说：

"请再光临！"

B 君住在一家人家的楼上，他一个人坐在桌子前默默地看书；灯光也静默地侍候他，只有纸窗上的风声，时时打破这无穷的沉默。一个书僮，把一封信送上来；他一看是青枝写来的，一种好奇的气度，直冲到心头；于是他便拆开，覆在学校的讲义上念下：

B 先生：

自从你去后，我岑寂到极点了；屈着指儿一数，虽然不过三四天，我已觉得比数十年还长呢。啊啊！B 先生，像我这样被弃于天地的孤独之人，生来不美，处处受人厌弃，受人虐待；大约也是前生注定的吗？B 先生，我自从碰见了你，我觉得万分荣幸！但是我总疑是一个梦，果然一个梦醒的了；我极愿意长在梦中讨生活，可是连梦也不使我充分地做得圆满，苍天何等残酷呀！B 先生，我未始不知道一个女子，第一要生得美，其他没有问题了，生得美，就此有万千的男子，跪在她的前面乞怜。我是生来不美，早没有冠上女子的资格，但是我也受命于天而生的，我虽然生来不美，我有一腔真挚的热情；我很想把这一腔真挚的热情，来弥补我的不美；可是没有人能够理会呀！B先生，你是一个聪明人，你是……定会……不说了，省掉你一番厌烦的心情。再会，望你给我些好音。

青枝

他看完了，把这封信随便夹在讲义里；吸着纸烟，对了电灯发呆；他想到那时与老李同住的时候，那种好玩的样子，不由得暗笑起来。但是冥冥中"考试"二个庞大的字逼迫他，他抛去一切的念头，终于认那讲义上的字句。

过了两天，B君从学校里回来，桌子上放着一封信，他一看又是青枝写来的。他想不看了；但一念及那种好玩的样子，便拆开来念下。

B先生：

前次的信，想是收到了；你定会有回信给我，此时说不定已经发出了。啊，我从来没有遇见像B先生那样的人；以后我也再不会遇见的了。B先生，你那边住得适意吗？你还要回到这儿来住吗？昨夜梦中，我看见先生与贵国的很美好的一个女子，手牵手的在公园里玩；我真羡慕极了。醒来，为你祈祷；B先生我但愿你这样，我但愿天天为你祈祷。

B先生，我是为你祈祷的人；你无论怎样忙，也该给我一个回信。

青枝

B君看完了，无意之间，又把这封信夹在讲义里。这时，他的胸中盟起了一种不快之感；他想到这种女子也可怜。这种女子生来不美，反而有种真情；这种女子不自量力，还有种野心；这种女子她误会了，和我缠扰，有什么好处。一忽儿他又把这等念头忘去了。

他考试的时期，益发逼近了；自后又继续接到青枝的三封信；他觉得麻烦极了！也不拆开，接到了立刻撕得粉粉碎，往纸篓里一塞。因为他只是想到考试的事，对于这件事一点不挂在心上。

有一天晚上，老李到 B 君的寓中访问他，他在看书，便也抛下，与老李对面坐着谈话。

"老李，你怎么样？"

"啊，我一个人住，觉得寂寞极了！你呢？"

"我不觉得什么。"

"其实我们应该有青枝那样的蠢物，来开怀一下才好。"

"说起来，那种人真讨厌！我来了这里，她给我四五封信。"

"怎么说？"

"啊，居然也情致缠绵！"

"真的吗？给我看看。"

"你想，像我们那样人，什么地方不去招一个好的；那有心思去理会这种丑东西呢！"

"给我看呢！"

"这里只有第一第二封，其他我也没有看过，便撕掉了。"B 君便从讲义里翻出二张粉红色的信笺，递给老李，老李忙的接着念下。

"写得不坏！"他插了一句，仍是连续念下；他念完了，笑得不成样子；便把二张信纸放在席上，问 B 君：

"你有回信去吗？"

"那有工夫写回信呢！"

"呀，你差了！要是她给我这样的信，我也要把情致缠绵的话回覆她呢。"

"那你去回覆她罢！"

"她不是写给我的呢，……B 君，你快快回覆她，同她开个玩笑。"

"那何必呢。不去理她已经足够了。"

"B 君，你看她粉红色的信笺上，用了紫色的笔尖，划得非常整齐，活像一个多情人。"

"要是没有看见她的脸儿，只看见她的情书，定会当她一个绝代佳人。"

这时，一个书僮送上来一张晚报，便打断了这一片的谈话。老李随手拿了报纸看下；B君吸着纸烟，把席上的二张信笺照旧夹在讲义里。

"哟，提起曹操，曹操就到了；你快来看：龙江精舍侍女青枝自杀。"老李紧张地喊了，把报纸铺在席上；B君连忙并坐在老李的旁边，同声念下：

本乡区龙江精舍侍女青枝，二十岁，今日下午二时许，主人某夫人，到厕所中发现她躺在厕所的地板上；喉间流血，右手握着剪刀。当由主人报告本地警务处，随即派员查勘，认为自杀。衣囊中搜得一封未加信封的信。内中说：

B先生：我给你的信，有五封了；我天天望你回信，但一封也没有。我觉得自己没再有生存在世界上的资格了。B先生，我不是偷生苟安的那种人，我有一死的勇气；我今天就要死了，我实是为你而死的！我死后，我的幽灵会天天盘旋你的左右；无论你到什么地方去，它会跟随你的；你好好地照料它罢！来世再会。青枝，此中对手，所谓B先生，不知何许人？现正在侦查中。

他们把这段新闻念完了，老李惊惶地说："坏了，坏了，有这种事，真想不到！"B君没有话，只觉得浑身发着寒颤。

"老李，都是你弄坏的。"B君带着不自然的声音责备他，于是他把那张报纸折好，放在旁边，对B君说："那有这种事，糟了，糟了！"

"……"

"B君，不关紧的，我们没有罪孽，我们没有去引诱她。开开玩笑，是平常的事！这是她自己的野心。"

"咳，怎会弄假成真的！……那么警察署里要来找我了。"B君的心儿，更蒙上一层恐怖了。

"不，你放心，主人决不会对警察说的。"

"老李，那你怎样对得起她呢？"

"不关紧的，那是她自己寻的死路。"

"　！……"

"你这个人胆子真小，就是你是犯人，也没什么可怕！况且与你无涉的。你看日本报纸上，自杀的情死的事，每天总有三四件，算不得什么奇怪！难道这一点你还没有知道吗？……快用功罢！"

老李责备了他几句，装着没有事的样子回去了。他坐在桌前，翻出讲义，想要用功；但是看见青枝的二封信，觉得心里起了一阵楚痛。他无意识地把这二封信重念过一遍，觉得一个个字，像是活了起来，对着他作狞恶的愤怒。他举起右手，覆在自己的额上，觉得头部振动，像开足了的一件机器。他再没有心绪看讲义了。

他站起来一望，室中的桌子、椅子、书架，一切什器，像一幅表现派的画，倾斜得不成样子了。他觉得两只腿里，一点没有气力，不能支持他的全身了，便倒在席上。

过了一歇，他稍微清醒一点了；他勉强从壁厨里拖出被褥铺好，慢慢地把衣服解掉，睡在被窝里；又呆呆地向四周一望，像是做了一个噩梦；不由得伸出右手，把旁边的那张报纸翻开一看，那段青枝自杀的新闻，像墙壁上的广告，一个个字增大了数十倍，这几个字，还在不住的膨胀到无穷大了。他的眼儿也渐渐地昏黑了。室中一切的器物，都变了别一样子，不像平时看见的那样子。

忽然他好像看见一个魔术者的手势，室中变成幽绿的昏黑，壁角里有一星星的鬼火。他又看见青枝披了长发，跪在他旁边；那个黝黑而青铜色的脸，微微地动着嘴唇，向他苦笑。一忽儿不见了，一忽儿又现在他旁边了。他惊骇极了，全身的血管，完全爆裂，他从被窝里冲出，跳上桌子，攀到书架上，又跳下来；不住在室中横暴，像有什么东西追击他。

这时，已半夜过了；楼下的主人听得这种声音，以为来了强盗，不敢上楼。渐渐儿没有声息了，主人便提着灯，轻轻地上楼一看，只见室中器物，完全颠倒；B君压在乱书堆中，忙碌地作短促的呼吸。

十月末稿

葬 礼

"这在生活的传记上，很可以划一个时期。"式君坐在矮小的铺盖上，眼睁睁地，望着室中捆扎了的许多箱件、什器，不由得长吁地自语了一声。于是他埋下头来，地板上散着几封昔时恋人的来信，在那种细纤的笔致里，似乎对他作冷笑。他无意识地拾了起来，折放在旁边的箱笼里。眼前一种阴沉而严酷的气味。接触他的感性，使他不得不怆怀身世。他想：十二岁离去娇养惯的家庭，其间经过了大都会的中学，专门学校。又离去相习有素的故国，到外国的大学里。屈指算来，也正十二年了。这十二年中，家里按月有钱寄来，也得自由使用，仍然不失他的余裕华美的生活。尤其为了几个女子，挥金如土，尝遍了豪贵的滋味，然而为了这一点，在家庭里失了信用，在朋友地方，也渐次失去信用的了。如今他在一个大学里当教授，就是那些微薄不足数的薪水，也为了江浙战争的余波，领不到手。他一步一步走入贫困的境地了。他想到这里，倏忽直起腰来，沙沙地发出惊惶而沉痛的声息，对自己咒诅道：

"以后的生涯，还是这样往黑暗的地层里走吗？"他的头部摇颤了一回，眼泪一丝丝地流下来了。

"壮士莫哭！"他一面又安慰自己，鼓起了雄心，把眼泪收住；摸出表来一看，他才觉得表的机件坏了多时，天天想送去修理，延搁到今天，仍是废弃的东西。他把这表儿放在耳边听了一下：

"没有希望了，没有希望了！我那有闲钱来修你呢？你这蠢东西，你要等我有钱之时才会司管你的职务吗？"他愤恨地说了，把这表儿望地板上一掷，一点没有可惜的心情。于是他踱来踱去，地板上的笔管和玻璃片等，在嗦啦嗦啦地发出被践踏的呼声。

这时一位和他年纪相仿的青年，轻轻地推进门来，他止住了足步问道："谦田，有了吗？"谦田把右手抚住胸坎，靠在门柱上，不住地作长呼吸；他逼近谦田，重复问了一声；谦田慢慢地往没有褥的床簟上坐下，静静地回答："跑了一个空！他们都说今天月底，没有闲钱可借贷了。"

"那怎样办呢？"

"除非等介南来不行。"

"这时有几点钟了？"

"四点过了。"

"呀，介南还不来，怕也无望的了！"

"房主人地方，约他几点钟付钱呢？"

"五点钟！火车三点钟到，介南怎样还不来呢？"

"听，听……"谦田说了，二人都静默了；楼梯上有皮鞋的声音。

"房主人来讨房钱了！"谦田低声地说了，式君忙的轻轻地逃到壁角里。在许多箱件的中间蹲下去，随手拾了一张污秽的报纸，遮盖身体。谦田一面寒颤，一面格格地笑个不止；于是式君伸出头来一望，没一点儿声息；随后跨出来，也弯着腰儿笑了一阵，做了手势说："我并不是怕他，不过他的一副鬼脸，我实在不愿意看见。他的一双乌黑瞳子，陷在深而浓的眉毛里，像是黑夜里施威的枭鸟。这一双瞳子转一转，几乎把人家的灵魂逐出窍门呢。"

"可不是呢，他也是天生就的一个星宿，否则像我们那样的人，也会怕他吗？"

"不要说了，怕他吗？真谈不上哩！有了钱，他就要对我们膜拜了。"

"我定要争一口气，有了钱，教他替我倒夜壶。"

他们谈谈笑笑，越发起劲了。介南轻轻地闯进来，掩住式君的嘴巴说："你还好笑，我跑得两条腿酸痛极了。"介南随后放手，并坐在谦田的右面，式君摇摇头，做出读文章的抑扬声调问他："那么，……你弄到了……吗？"

"亏你说得多么写意的，抒情的呢！"

"嘎，穷是另外一个问题；写意时要写意，抒情时要抒情；你说下去呢！"式君又抑扬顿挫地说了。介南拍着谦田的肩说："你看那个书呆子，还不知祸之将至！"

"不要闹了，讲正经话罢！"谦田插了一句。式君静止了，站在介南的旁边，介南右手摸在耳朵上，皱了眉儿说：

"我到家里，母亲给我十二块钱，再也不肯多给我了；我也没有时间去和她缠扰；便走到一家店家，只借到十块钱；又到了二家店家，一块钱都没有借到。时间快到了，忙的跑到车站上，车子幸而迟开一刻，否则乘不上了。说也奇怪，这二十二块钱，放在哪一只袋里，忘记了；等到下了车子，只是走投无路地摸索；好几时才从裤袋里找到；急得要命！……咳，真急得要命！"

"二十二块钱，缺少八块钱，还有什么法子呢？"式君沉闷地说了，望着谦田的面；谦田效了他的文章调说：

"时至今日，尚有何法？拼了三条命，以谢房主人。"介南笑倒在簟上，谦田重复念下，念了三四遍；式君反而哭不得笑不得地着急起来；交住了双手，抱住什么东西似的，嘶嘶地叫着。

"你看这恶魔主义者到了这时，为八块钱也会不恶魔的了。"谦田拉起介南说了，介南把一封钱给式君，笑着说："你把这二十二块钱收下，尽够去孝敬一个女子坐汽车，吃大菜呢。"

式君接受了，仍是一声不发；他的心事又触动了。当他阔绰的时候，别说区区二十二块钱，就把二百二十块钱，一朝花去，也不值得挂记心上呢。他抬起头来，好像右手挽住一个女子的臂弯，设身在一处大商店的化妆部里，她选拣了一大堆的新到的化妆品；店员计算好了，他摸出一叠钞票付去，毫不迟疑。来来去去的顾客们，都会顿足地看他，他的一腔骄矜的气度，怕历来的君王都够不上他。于是他仍是挽着她的臂儿，从人丛中踱出来，走到门口，扶着她跳上汽车，在风驰电掣的当儿，只听得路人们对他们喝彩的声音。一忽儿，到了一家大菜馆的前面，他们俩下车走进。……他想到这里，顿然觉得肚子里有点饿的了，可是仍在器物措乱的室中，摸出小皮包来一看，已经空旷了多时；他把这二十二块的一封钱塞进去，一阵惭愧的气焰袭击他，他有气无力地靠在柳条箱上坐下，谦田对他说："时候不早了，用什么法子呢？"

"不要紧，我有十箱子书籍，希腊文、拉丁文、英文、德文、法文、日本文、中国文，各色都有；也要值到三千块钱。"他突然站起来，指点着箱件说了；像是他的肚子，装进了一鼓新的勇气。

"那当然的！我和你的书籍，计算起来，至少值到五千块钱。典质起来，也有二三千块钱。唉，这是在上海，不是在日本！英雄那有用武之地呢？"

他听得了谦田的一番话，重又气沮的了。看看介南，失了魂魄似的，默不作声；他沉思了一回，把指头点在太阳穴里说："还有几套洋服，总可典质一点钱来？"

"我也有一套洋服！"谦田说。

"洋服当不来多少钱的！"介南才开始说了一句，帮着式君解开捆住了的箱 ，式君理出了两身白毕叽的全套，两件圣北洛夫的上装，四条白番布的裤子，一件春季外衣。谦田也理出一身蓝花呢的衣服。式君又振作了精神；一总折理好，嘴巴里咕噜地说："这些衣服的运命，想不到会如此的。当夏季时候，它的臂弯里穿过好多次女子的玉腕呢！"

"你还有什么余闲说风情话！……"谦田责备了一声，他才拥了一个衣包，要出发了；介南注视他的神情，笑道："喂，大学教授，真的进典当吗？你的教授的尊严，怕要减去几分罢！"

"这才是恶魔主义者！"谦田也笑着说。

"莫再打趣，这里的衣服值到二百块钱，大概可以当得一百块钱吗？"

"哼，至多五十块钱罢。"介南说。

"那我何必贱价而估呢？不去当了。"

"快不要这样了，这时五块钱五毛钱都好！"谦田一头说，一头催促他，他拥了包裹，快快地下楼去了。

他走到街上，一个黄包车夫，看他冠冕堂皇，手里又拥着一个笨重的包裹，就拉紧了车子，飞也似的迎接上去；他只是摇摇头；车夫很不高兴地退去，心里在想：像这种人， 袋里总有几十块几百块钱，如何吝惜这些小小的车钱呢？未免起子一层抱怨他的心情。

他走近了附近一家当店，眼儿不敢正视，偷眈眈地踱进。站在几个鹑衣百结的苦工人的中间；望着铁栏里高视阔步的店员发呆；一个店员看他身上穿的洋服，恶狠狠地问他："你当洋服吗？"

"是的。"

"这里不当洋服的。"这店员回答了后，便迎接别人去了；式君望着他嗷嗷待哺似的，希望他收回成命；可是他再也不理会了。于是式君狼狈地走出来，在街上走了好多时，找到一家大一点的典铺；

他把这衣包伸到铁栏里，一个店员接了，摊在柜上，细细地检点了一回问他："你要当多少钱？"

"一百块钱。"他踟蹰地说。

"那差得很远哩！"店员把衣服理好包拢来，像要还他似的；他忙的接下说："这里值价有二百块钱呢！"

"是吗？这是我们不管的，我们只晓得在这冬季里当夏季的衣服，要贬价的。"

"那么可以当多少钱？"

"至多三十块钱。"

"为什么二百块钱的东西，只当得三十块钱呢？"

"是的，假使是中国的绸缎皮货，值二百块钱的，倒可当得一百多块钱。这是外国的东西，我们不识它好歹，价钱虽贵，也当不得多少；如果日本货，一个钱也不当呢！你怎样？"

"就是三十块钱，算了罢！"

他虽然有点不高兴，听了这位店员的一片议论，也就俯首帖然；拿了三十块回去，私下还钦敬这位店员的尊重国货，着实有眼光；他才觉得祖国的色色样样，进步得很快；怪不得国粹先生们，拥护国宝，藐视西洋的东西；不消说，日本货例该淘汰的了。

他近来和他最要好的朋友谦田，他的同学介南，一起寄住在一家的楼上，有二个月了。谦田也在一个大学里当教授，被大学里积欠了三个月的薪水；介南在一处公署里当文牍，战争告终了后，他的位置也被取消的了。他们俩的穷困情形，和式君不相上下。今天月底，房主人逼他们要付清房钱，迁到别地方去。他们理好了东西，就到四方八面去张罗，费尽心计，好容易到了晚上，才跨过这个难关。可是他们迁到什么地方，还没有定；就要求房主人，因为天色晚了，把东西暂时寄存这里，明天来取去。这房主人为了房钱已经付清，也就一口答应，笑容满面地送他们出门。

　　在灯火辉煌的街道上，他们并着肩儿，彳亍地走去，谦田说：
"今晚我们怎样？"

　　"不要紧！"式君爽直地说了，摸出小皮包，摇出了银钱的声音，
接下去说："这里尚有二十二块钱，这一个晚上，尽够使用！"

　　"我明天回去的车费都没有。"介南说。

　　"我想迁到法租界的表兄家里，也要一笔费呢。"谦田说。

　　式君把小皮包里的钱，分给他们说："那么你们每人五块钱，够
了吗？"

　　"你呢？"谦田说了。介南也接着说："你明天究竟到什么地
方去？"

　　"我横竖还有十二块钱，让我想一想再……"式君没有说完，介
南推着他的肩儿说："这里不是北四川路吗？你莫要糊涂！那家洋服
店快走到了，你欠他们的钱，那个麻子来过几次了。"

　　"是的，被他看见了怎样？"

　　"他这浑蛋真坏！我被他扭住过一次。"谦田低低地说。

　　"那你藏在我们的左面，我们俩把你遮盖住。"介南说了。拉着
式君夹在他们俩的左面，鬼鬼祟祟地好像罹了重病似的，把外衣的
领裹住颈项，耸起了肩儿，两手插在衣袋里，默不发声地走过去。

　　他们走进了一家小旅馆，一个服役者傲慢地引导他们上楼去，
开了一间比较宽畅一点的，二只床的，五号室。谦田首先看了一下，
问道："这间要多少钱？"

　　"两块钱。"

　　谦田听子惊愕地对式君，用日本话说。

　　"Yo amari takai chiya nai ka?"（喂，太贵吗？）

　　"Kamawan oredachi saunin dayo takaku nai daruto."（不要紧，我
们有三个人呢，不算贵罢。）

　　式君也用日本话答了。介南意会了似的，对他们做眼锋。弄得

那个服役者，一声不发，大起恐慌，发出了一些不懂外国话的悲哀，他这老于上海的骄横的服役人，料不到也会吃这一次亏的；随后他听得他们定了这一间房间，似乎得了一种教训，也就顺从地照管他们。

当晚他们在这五号室里歇息，谦田和介南一起睡在一只大的铁床上，式君一个人占了对面的小铁床睡着。第二天早上，式君在被窝里，似醒非醒的，听得谦田和介南的洗漱声音；也就睁开了眼儿，向帐顶望着，二条视线深深地嵌在帐顶的布纹里，不住地胡思乱想。介南向他说：

"时间到了，我要乘车去了。"

"嘎，嘎，你，……"

"不要糊里糊涂，你住定了什么地方，早些通知我呢。"

"嘎，嘎，……是，……是。"他含糊地回答，擦了眼儿望介南，介南已开门出去了。

"你还不起身吗？"谦田问了一声；他才懒懒地欠伸了一回，坐起身来说："你也要去吗？"

"不去干甚么？"

"我们……啊我们，这种夫妇般的生活，竟会一朝离异吗？"

"……"

"谦田，你记得吗？我们在东京时，也这样甜蜜地常常住在一起的；到了毕业的时候，你说——快要分别了，快要分别了！——何等含有离情别绪呢？"式君起劲起来，披了紧身服，又欠伸了一回；谦田只低头，在地板上轻轻地踱来踱去；式君接下去说："我们回来了后，想不到住在一起的，既经住在一起，也想不到又要分别了。"

"问你，问你呢！"谦田止了足步，扭转身来对他说了，接着"问你……你究竟住到什么地方去？"

他仰天地想了一回，没有回话；谦田重复问道："那边的东西。

早上就要去搬出来呢，你究竟住到什么地方去？介南大约把东西拿出去一起上车了。我也要去了。"

"你先，……"

"你住到什么地方去？"

"我从前住过的有块地方，我住到那边去。"

"那你快起身罢！"

"我就要起身了，你先去，把你的东西搬出。"

谦田就整了衣冠出去，式君的视线，也跟他出去，至于不见他了才收回视线。从床上跃下，赤了足，把门推上，仍然回到床上。靠在床架上做着长呼吸，舒畅了一回。他闭了眼儿，——从前住过的一块地方？他这样想下："从前。"何等渺茫呀，何等悠远地死了的呀！回到家里吗？对家里人的说不过去，还是小事！那些张牙舞爪的族兄、堂叔们，望他做了官，想攀附骥尾的；如今他们失望了。免不了要藐视他呢！他虽然坦白无动，可是何以处不识予心的家里人呢？回住到学校里的寄宿舍吗？年纪一年年大了，那有神奇的法术，使他还复到童年呢？回住到日本去吗？那一笔浩大的经费，何来呢？回住到朋友处吗？朋友们当年望他做学者，做艺术家的时候，对他何等亲呢；现今毫无建树，早早听得有议论他的，有诽笑他的了，可不是多去遭几回白眼吗？啊，啊！住到牢狱去吗？住到帝王的宫殿里吗？最后，他想到今年的暮春，他住在诺弗花园路的时候，一宅小小的红砖的洋房；庭前的一丛月月红，开得正盛，在风中摇曳，像一群青年女子的舞蹈，他就是这里的主人。这屋子里：楼下是会客室、膳室；楼上一间是他的寝室，装饰得很精巧；一间是他的书室，四周的玻璃橱里，插了许多红面、黄面、蓝面、绿面，一切杂色面的金字的洋装书，每一室装点了些西洋式的什器，雇了一个仆人、一个婢女服侍他。早上十点钟前后，一个很时样的女子来拜访他，他便备许多的酒馔，款待她，互相亲密地谈到深夜，才始分别。可是——可是只有一个月，只有三十天，他便离去这座华美的洋房，一切精致的什器，尽归乌有；只带回了几箱的书籍。在这时，像有个女子的背影，站在他的前面；她梳着 S 髻，腰儿细细的，穿的绣花妃色缎的夹衣，玄色印度绸的裙子，边缘上扣着排须。这个影像，迷迷糊糊地，送到他的眼前；他的心窝里，微微地酝酿着一种感伤的情绪，泪汪汪地注视她，她的影像渐渐地远去、小去了。他想要呼喊她，可是没有发作声音的勇气，只现出失望的神情。——大约不能挽回的了！——他这样一想，脸儿充血色的慢慢地皱了起来。那种感伤的情绪，转变成厌恶而愤慨的液汁，在心窝里发酵；一阵阵的酸辛之气，冲出口来，他忍不住了，他把右手不住地继续拍在床箦上，像是繁弦急管，催促悲壮的歌声，于是他自言自语道："人世间还有恩义吗？假使没有恩义，我决不信世界上有人类。啊！我为了你牺牲先人血汗所得的金钱，牺牲攻究学问的高贵的时间，牺牲洁身自好的名誉，你还不够吗？你竟一去而不返吗？以我自身而论：正当年轻，禀有颖敏的天性，有刻苦用功的精神；别一方面，我有家产，我有英迈的风姿。朋友，前辈亲戚，一切与我有关系的人，谁也不看重我的，羡慕我的？我素来不肯让人一步，我也并没有让人的地方。你竟弃我而去吗？你会辨别歹好吗？"

"哦，我差了，徒然供奉了一次物质上与精神上的牺牲！高明像我，早已明白现在的女子！——女子的名词，多么好听！其实是一匹畸形的恶兽，这一匹恶兽的肚子，像海一般的大，那种虚荣的狂潮，永不会止息的；又像泉一般的深，那种欲望的瀑布，永不会满足的；它的外形，五光十色，炫耀人们的眼目，进而迷惑人们的心情，有一种使人们与兽性俱化的力量。我虽然明察精钦，可是道高一丈，魔高十丈；我不是未卜先知的诸葛亮，我是过后方知的周瑜，终于不敌它了。上帝用泥捏成这一匹怪兽，大约要铲灭人们的圣明，由它专利呢！啊，太残酷的了。

"我又差了罢？像我这样的聪明，决不是那种知其一而不知其二，知正而不知反的人。我未始不晓得女子是一件圣品！欧洲中世人的瞻拜圣玛利亚；中国帝皇为了佳人而倾国倾城；自从人们有了崇拜女性的共通性以来，为女子而杀身舍生的人，不知有几千万呢！像我牺牲区区的金钱、时间、名誉，那是极小的事；在这里我应该自己庆幸，上帝赏赐我，跃在舞台上献出身手，为女子牺牲一切的机会。——大丈夫生存于世的价值与意义，除了为女子奴仆、忠臣以外，没有别的了。——这种稀有的机会，大丈夫们奔走钻营，朝朝暮暮地祷天以求，可是一大半到了老死还没有求到；现今上天偶然赏赐给我，我何等荣幸。论理：我的境遇，我的才貌，在世界上随处可以找出与我同等的人；而且还有比我更强的人。在楼阁中夸大，岂不可耻！碰到了这种千载一时的奇宠，极应该喜跃欢呼。谢天谢地都来不及；那有闲工夫去想别的事呢。

"可是我虽然一度被人称为恶魔主义者，生来却没有恶魔的根器！……"

他说到这里，一个服役者推进门来，看见他这么狞恶的神气，不由得惊骇地退了几步。他也立刻止住声响，像是梦里醒来，急急披了衣服下床；只见玻璃窗上，蒙了一层湿气，窗外的雨声滴滴点点地闹个不住。他转身问那个服役者道："下雨了多少时候？"

"一早就下雨的。"

"现在还早罢？"

"下午一点钟过了！"

他听得了，现出些惊愕的样子，向室中的四周望了一下，像在找寻什么东西。服役者问下："先生要什么点心吗？"

"唉……唉，拿一点面来罢。"

"鸡丝面呢？火腿面呢？"

"随便，随便！"

"那么这间房间，今天还要住下去吗?"

"不住下了。"

"先生，照例一过了十二点钟，今天的房钱也要付下的。"

"那么就住下去也好。"他摸出了五块钱的一张钞票，付给他去。

第二天，雨滴虽然停止了，天气还是阴沉沉的，像要下雪的样子。他混沌在室中恶浊的空气里，似乎中了嗜眠症，一天到晚，浑身裹在被褥里。酣眠的时候，总像神游在别一个世界上，赏识那不经见的奇异的人物、鸟兽、山川、河岳。醒过来骨骼里发出异样的酸痛，于是延长了声浪，呻吟一回；好像吸鸦片烟者的瘾头到了，涕泗淋漓，甚至忍无可忍了。

到了第三天，好容易太阳光渲染在窗上了。他起身后，开了窗子，觉得清醒了一点；就吩咐服役人，泡了一壶很浓的红茶来，他斟了一杯喝了，又斟一杯，一口气连喝了五六杯，他更觉得全身舒畅，两手用了气力，向左右一伸，骨节里垒拉地响了一响。壁上挂着的一件外衣，像对他媚笑。他摸出小皮包来一看：

——第一次，付去旅馆费二块钱，交给谦田与介南十块钱；第二次，付旅馆费五块钱，现下剩得五块钱了。

——来日大难！来日大难！住房子，吃饭一切用费，这区区的五块钱以外。……

他想到这里，又复心火上升；四周望了一望，不住地绕室而行，他觉得除了自己的身子以外，都是别人家的东西；不是，他觉得自己身子以外，还有些什么东西，可是想不出来。

——噢，是的，还有十箱子的书籍，存在前月住的地方；那是我的生涯的伴侣，不应该忘记的。

他想出了，渐渐欢喜起来，就坐到床上，搓着两掌，坚决地自语道：

"Take no thought, saying, what shall we eat? Or what shall we drink? Or wherewithal shall we be clothed?"（莫要挂念：怎样吃？怎样喝？怎样穿衣服？——《福音书》）

他的心气渐渐平静起来，觉得人生的事业，不单是衣食住的问题，还有更大的问题。于是他以前的奢望，又回复到他的心里了。他觉得虽然读了十几年书，居然大学毕业；究竟没曾下过一番的苦功，如今也居然立到大学的讲坛上，把外国人苦心研究成功的东西，变卖一下，以炫耀博学多能；欺骗自己，不过私德上的说不过去；而欺骗数十百的年轻人，岂非罪大恶极！一种严正的教训逼着他，决心离去这"学问贱如狗，教授满街走！"的都市，把那十箱子的书籍，运回到家乡，把家里七八架旧藏书，整理一番；预定十年闭门读书，下一番痛切的工夫，依着自信，必定有学问上伟大的发现。于是再预定五年，周游世界，实地考察一下；回到故国，把那些横行无忌捐了博士衔的先生们的虚伪，尽情揭破；为未来的年轻人做向导，庶几不负天生之材！他想到这里，觉得前途大放光明。急急披了外衣下楼。到前月住的地方，取回那十几箱的书籍了。

他到了前月住的地方，推开后门进去，像是很熟悉的，一直上楼，一个房主人的仆人急急喊他："喂，楼上有人住了，别人家住进了。"

"那我的东西呢！"他站在楼梯，弯转身来说。

"放在下面，你别要上楼呢。"

他离去楼梯，跟着仆人穿过客室，到天井里。这十箱柳条箱的书籍，和其他二三件箱笼，杂乱地都堆在这里。他看了一下，愤激地对那个仆人说："为什么放在这里？"

"空屋子里，初一就有来住的。"

"我这里都是书籍，那里禁得起二天的下雨呢。"

"你的二位朋友，把东西搬去了后；主人就教我们这样办的，我们也就管不来书籍和不书籍了。"

他的脸，火赤赤地，皱了眉儿，默默地用指头检点箱件；那个仆人转身向内去，他又喊回了问道："这几件东西好像有人拆看过的，柳条箱的皮带，我走的时候都结好了；如何又把它解了开来呢？"

"是的，那天有一个人，说是北四川路做外国衣服的麻子裁缝，到这儿来找你，他把一件皮箱拿去了；教你还他十五块钱赎回。"仆人说完了，便走进去；似乎再不愿理会他的样子。他的炽热的心火，又平静了些，重复点数箱件，果然，一件皮箱逃在他的眼帘以外了。这定是北四川路洋服店的主人拿去的。啊，连那些当剩的寝衣、浴衣、紧身衣服都拿去了。他这样想了，心里明明白白，映着那个做洋服的麻子。这三四年来，到了季节，他总是要劳驾到我那边寻生意；本来我是一个大宗的顾客，又把我的朋友介绍给他，使他清淡的生意上，抹了一层浓丽的色彩；于是他对于我，卑躬地千谢万谢："幸而少爷照应！"碰见了，总是不绝口地说这句话。啊，人到穷时，……人到……他想到这里，几乎要落出眼泪了；仆人在催促他，他勉强喊了一座货物车，把这些东西，匆匆地运回到旅馆。

下午三点钟光景，天气又转阴了；他的身体上的机能，似乎久经湿气的浸润，生了铁锈。那种灵敏的畅快的效力，完全失掉，只感到头痛、发热、疲惫，他回到了旅馆，便键上了门懒懒地躺在床上。闭了眼儿，硬要睡觉，可是头脑里像涨了一片狂潮，奔腾不息；怕病了罢？他有点害怕起来，把手掌覆在额上，好久好久，决定想请个医生来看一下。就撑起腰来，从枕边摸出一只小皮包，开出一看，只有二块钱和三四个角子，便无力地倒在枕上。他想唯一的方法，只有请朋友来看，那么不必要钱；但是朋友中尽多医学士、医学博士；阔绰的绅士们，那肯枉顾小旅馆呢？他更害怕起来了，侧转身去，不由得寒颤地发出哀求的声音说：

"病魔，你再不要来和我开玩笑！我现在的处境。不比七月里了；那时我有钱到外国的医院里，买年轻的看护妇来替我抚摩肌体。我又在 Y 旅馆定了一间宽畅的房间，备了丰肴，请那位野性难驯的漂亮女子来，夜以继日地服侍我。这样郑重地招待你，望你天天和我开玩笑，然而不久你去的了。现在，你万万不要再来！你想到了这个地位，我哪有力量来款待你呢？你这尖长而枯瘦的病魔，到我这里，于你无益的了。我的血和肉，都被一匹畸形的怪兽饮了去，嚼了去了；你还是去找那肥胖的富家翁罢！求你发一点慈悲心，有机会时，请你再来。……"

　　他说完了后，只觉头部、心脏，都在震动；于是转身过来，两眼睁睁地望那帐顶，从左面望起，望到右面；又把视线移下，细细地向帐帏周转望下，望到揭起的一角，他的视线立刻喷射出去；望在窗上、椅子上、桌子上、洗漱台上、茶壶上、茶碗上、手巾上、画盆上、牙刷上、牙粉包上、肥皂盒上、火柴盒上、窗的铁钩上；——他的视线像照海灯似的，闪来闪去；室中一切大的小的，微乎其微的东西，差不多都受过它的射击，终于他这二条视线被二堆箱件，磁石般地吸住了。就失去了自由的驰骋力，他想用力地移到别地方去，总是移动不来；只好定睛地待服死罪。那二堆箱件的颜色。刻刻变化；像在安慰他那种被桎梏的痛苦。于是他穿了衣服起身，站在地板上，二只脚弯的骨骼，像已断去，支撑不住了，便蹲了一歇；两手爬着器物，匍匐到安放箱件的壁角里，把叠上的一个柳条箱拉下，解开一看；那些装订精美的书籍，都被雨水浸透了；他吃了一惊，好像增进了几十倍的蛮力，把其他的柳条箱，逐一拉下，逐一解开，像旧货店里整理破货，一本一本地检点去，可是这千余册书中，一大半浸湿的了。这时他愤怒的气焰，直上心头，那些书籍，像是活了起来，一本一本跪在他的前面，素日娇养在王宫里的，一旦露宿于风雨中，向主人号泣诉怨；他忍不住了，顿了顿脚说：

"啊，我五六年来，苦心招集的伴侣啊！幸而有了你们，我才当下了半年的大学教授。你们知道吗？现在大学里的学生，不问教授的学问如何？只看教授带着几本装订精美的外国书，翻开来英国人怎么说，德国人怎么说，他们就会满足了。

"我真对不起你们了！你们忠实地跟随我，到东到西，跋涉长途，艰辛踏顿，渡过海来，我不该这样地放弃你们，我哪忍放弃你们！可是可是……我不不……"

"你们莫要哭泣呀，我总当……总当……"

他说不下了，把那些箱件拖到旁边，从床上取下了一袭被褥，铺在地板上；随后把箱里的书籍搬出，排在被褥上；他用了心计，砌成一个死人的形状，笔挺挺地躺着。他又从床上取下了一袭被褥，盖在书籍上面，周密地把四角扯整了；周围又把手掌压了一下。活像一个死尸躺在被窝里。于是他从别一箱里，理出几封昔时恋人的来信；又从别一个皮箱里，翻出二大包封闭严密的东西，坐在桌子的前面，把这二包，一层层地拆开，也是信件，他整理了一会儿，自言自语地说："这是莲妹写给我的信。"

"这是 W 女士写给我的信。"

"这是 Y 夫人写给我的信。"

"这是 MF 小姐写给我的信。"

他一头说，一头分开四叠，放在桌子上，又把旁边的几封理起来，凑放上去说："这是姜女士写给我的信。"

他沉思了一回，把那些信件，顺了次序，一张一张地折成纸锭的形状，堆在桌子上；惨白的灯光照在这死人的家里，越显出幽深的样子了。

他折完了后，数了一下，约摸有二百多枚；就把它铺散在被褥的周围；他站住了，想了一想，又从那只皮箱里找出了三张女子的照片，靠在被褥的顶头，于是他擦了火柴，点燃到纸锭上，一星星地发炽了。他跪在旁边，把脸儿埋在两掌里，伏到地板上，呜呜咽咽地啜泣，隐约地听得他说：

"啊，我所苦心招集的伴侣啊，我最亲爱的伴侣啊！你们为了我殉这们清白涓洁的身子，我决不辜负你们；你们知道吗？我现在埋葬你们，把我从前恋人的来信，恋人的照片，烧化给你们；你们聪明睿智，总当明白这些东西的高贵，那就是我报答你们的。……"

火愈加炽烈了，燃上了被褥，燃上了帐子，但是他仍旧不断地涕泣呻吟着。外面打门的声音，非常紧急而严厉，像是强盗来抢劫的样子；人声嘈杂极了，他一点不觉得；大约他热化在这烟雾迷漫、焦臭逼人的室中了。

一九二四年十二二月初稿

迷 宫

K 先生，你是我最敬爱的前辈！像你那样精察事理，知物知人，并世罕有俦匹；我不因你平昔识拔我，爱护我，规戒我，勖勉我，才把这种谀言美辞来报答你。——以前我并不认识你是怎么一个人，到现在方始明白你平昔对我的好意，使我衷心里不得不流出感激你的真诚。

在东京白山的御殿之墟，我与你邻居一年。这一年间，为时虽短，而历史上织进了无数可惊可异的事件。何奈旧事模糊，若存若亡，猛想起来，剩些零星琐屑，断片不成章节。只有最初与最后的二段故事，我还记得清楚。K 先生，让我背诵给你听罢！时当一九二二年的春天，学校里举行学年考试，朋友们都埋首窗下，专心一志地在诵读讲义；我呢，还像平时一样，纵情恣意地说说笑笑，不当考试是一回正经事。有一个晚上，我闯入你的房间里，因为明天早上要考希腊史，我的讲义不知放在甚么地方，找了半天，老没有找到。就到你房间里，想向那位和你同房的我的同学 H 君商量借看；H 君正在用功，看见我来，不大满意；疑我故意来纠缠他，他便拒绝我进你们的房间。我把来意说明了后，H君说：希腊史明天要考，祸在眉睫！借给了你，教我怎样？那有从井救人的道理。我觉得H君的话不差，倏的呆了起来，……K先生，你当时看了我这一番临渴掘井的伧态，英雄末路悲哀，掩了口笑个不止。而这一场喜剧，正是无从落幕，你就出来劝解。于是我静静地伏在H君的椅背上，并看希腊史。H君看那一页，我也看那一页；我受这酷刑足足有六小时。事后你微微地规戒我说：以后做事，须郑重一点，不要把天大的事，和些微的事同一看待。可是我希腊史的考试没有失败，你的训话也早置脑后的了。

　　K先生，第二年的春天，你有事于爪哇。临行的夜晚，许多朋友为你设宴钱别；席上笑谈百出，是一个稀有的盛宴。我说：你到了爪哇后，最先要通知我，说不定我也要上爪哇来，因为那边最多混血的美女子。世界上的女子最美最可爱的，算是混血女子，我定要去看一看才好。你听了我的话，摇头微笑，不加可否。酒既酣，你拉了我的手，离席到别一室里，私下对我说：我是中年以上的人，阅世已深，老实说，在数十辈青年中，能入我眼的，只有你一人。可是我很为你担心事，怎么呢？你假使跨入了 Lady rinth（迷宫），你的神思错乱，内心矛盾，很难自拔的，这使我最寒心的了。你须得为人稳重一点，学问上做工夫切实一点；从这里出发，非但可免自陷，不难卓然成家……明天我们要分别了，这些临别赠言，你能记牢最好，，然而我也明白这些话你便要忘记的，现今姑备一格而已。唉，我总是为你担心事！——K先生，K先生，当时我听了你的话，似乎略有些感动；也曾闭门自省，从头至尾，反复咀嚼，费了一场苦心。结果当你不合时的古董货，说的不合时宜的古董话！

　　K先生，我们一别已三年了。现在我把你的临别赠言，玩味起来：你所指出的迷宫，莫非是女性的王国？K先生，你向来善于用隐射的言语，双关的妙解；我的猜测可不会差误的罢？那么我们别后三年来，我的放浪的生涯，不待自状出来，早已了然于你的胸中了。你真是预言的圣者，恐怕你至今还为我担心事呢。

迷宫呀，多么美妙的形容词！K先生，不瞒你说，你对我说这话的时候，我已被囚在迷宫的墙圈里了。和你别了不久，我便叩了宫门而入。在不幸的时候，追溯欢乐的日子，其痛苦但丁所难堪。而况区区小子。K先生，你饶恕我，我现在的情形，真像从兽窟里战斗回来的负伤之兽；往昔的勇气，全归乌有。你所说的迷宫，我将易其词曰兽窟。我把这兽窟来比拟神圣的女性之王国，定有百千万人讥我不伦。斥我秽渎；唉！我的良心中本不愿说这话的，然而过去的形象，它要硬逼我说出这话。我的说这话，岂得已哉！岂得已哉！论理，回想过去的欢乐，这悠久的瞬间 a long moment 之沉痛的愉快，最是抒情的傅彩的，僧侣在浪漫的寺院里，默诵销魂的经典，何等美妙而可颂可歌的呀！可是……K先生我想起了你，像伏在神明的前面；一腔热狂的风情，早变了冷酷的讥刺。我未尝不热慕那抒情的傅彩回想，可惜这种事只让多情的才子去享受；像我根器浅薄精神羸弱，经了不测之变，顿失常态；大约因素日没有修养的缘故罢！此种短处，你看出我最明白；K先生，不是你曾教我为人稳重么？这句老生常谈，我现在才开始明白此中有至味呢。

K先生，你是一框明镜；我的一切言语、举动、心思、作为，都在你明察之中。那么我无论什么样说：正说、反说、顺说、逆说、纵说、横说，你总会明白我说的真谛了。横竖我的亲生父母死了，这语无伦次的赐谥，我也不辞。今且不必顾虑，率直说罢！K先生，世界上最宝贵的东西，谅你也知道的，就是黄金、名誉、妇人。这三种东西，芸芸众生，整日地忙碌，就是求它们。有的单求三者之一种，有的求二种，有的兼求三种。其实，这三种东西，总括一句，可称它性欲。人生一切的要求，再没有比了求性欲厉害的了。今人求黄金，把黄金性欲化了；求名誉，把名誉性欲化了；求妇人更不必说。求得到与求不到，各视其人的能力。有求得到有求不到，于是生的剧战一哄而起，世界上永无宁息的日子了。生也有涯，欲也无涯；不论是强者弱者，其所希冀三者兼备的恒情，那是一样的。弱者得求其一或二，倏忽鞠躬尽瘁；所谓死不甘心、死不瞑目，都为此事。惟强者能兼得其全，死而无憾。K先生，人非太上，谁能忘欲！又非木石，谁不动欲！我也不知不觉地卷入这个漩涡了。然而我的生命组织的机能，不及人家完全；不想黄金之欲，也不想名誉之欲，所想望的只是妇人之欲。可是我希求的步骤差了，K先生，据我事后的省察，这种希求的步骤，不容一毫一忽之差。譬如一个商人，要拥多金，第一步的希求达到；进而以金购爵位，第二步的希求已达到；更进而以黄金名位去诱换姬妾，于是达到最高一步的希求了。虽然事实上有不尽这样的，普通总是照这步骤的罢。不照这步骤而一投足，便达到最高一步的希求，这种人是例外的。他有凤根，所以有隆遇；我不得不认他为运命的眷爱者了。

　　K先生，当我作最高一步的希求，——就是你深恐我跨入迷宫——的时候，第一运命眷爱我呢？嫌恶我呢？我莫得而知。第二没有做过第一第二两级步骤的工夫，当时一脚闯进，立刻感到黄金与名誉的必要，妇人有所心爱的，就是这二种东西。真情好比一杯清水，淡而无味；一定要将三分半黄金，三分半名誉加上去，真情也只要三分，那么才有味。——才如咖啡般能使妇人兴奋起来。我明白这个情由，在理，我自己须先检省一番，有没有闯进女性王国的资格？有否黄金？有否名誉？假使这些礼物没有，那么不必闯进；就是进了，也应赶快退出。然而仓卒之间，我未曾细想到这个地步；进去了后，又不甘退出。K先生，你是知道我的性情的，我虽然没有黄金，而我阔绰的程度不肯让人的；我虽没有名誉，而我骄狂的素性不肯自敛的。我是乳臭未干的青年了，靠些先人的余荫，那比得衮衮诸公的任所欲为呢？于是在甘味中发现了苦味，在苦味中恋慕着甘味；甘……苦苦……甘在这甘苦的液汁中，我浸淫了足足有二年半的岁月。将我能力所及的一切，轮流贡献给几位女王。到了家人怀疑我，先辈轻视我，亲戚朋友远离我；我才感到异样窘迫。回视诸女王，仍未餍足她们的愿望。K先生，我在去年春天回国年，深悔我几年来所学的东西，不足以致富，也不足以成名；要想改业为商人，先把黄金的问题解决。然后从事政治活动，把名位的问题解决。那么再有一个问题，不成问题了。可是当时连本行的职业也没有，一个失业者而言改业，可不是一件滑稽的事吗？在这走投无路地时候，一个朋友来告诉我说：W为我而发狂厂！W之为人，你所知道的；W为我而发狂，正像我为某女王而发狂。我听得这个消息，吃了一大惊慌；悟到世事如神出鬼没，我辈徒为傀儡；于是我敬谢诸女王，揖别而去。重渡东京，住在岑寂的郊外；时已凉秋，寄寓在一家废园里，我天天危坐室中，开眼读圣经，侧耳听窗外秋声的萧索；真无异于修道院的僧侣了。K先生，这种情形，在常人名曰失恋，在我名曰脱出兽窟。

K先生，我这回到东京去，不像从前和你邻居时候的情形了。要好的朋友，先后归国去了；孤零零地举目无亲。就是日常生活方面说起来，从前家里按月有钱寄来，现今我不愿意再向家里要钱，家人也不知道我的行踪；度日维艰，不得已，到日本的一处衙署里佣书，备受了他们的侮辱。我虽是穷困，大约志气尚没有失掉，便挥手辞去。于是流浪在异国，失恋，穷困，孤寂，萃于一身。前途黑暗，可想而知。那个黝黑而庞大之死的问题，突然显至我的眼前；K先生，这个死字，好像对于我很有感情。我虽日诵圣经以自抑，然而苦难太深，无能战胜对敌；几次要走死的道路，K先生，索性死了，倒也爽快！何奈意志薄弱的我，轮到这个时候，勇气全消；返想过去，有的不值一死呀。为什么呢？我这二十四岁的短促生涯中，没有经验过一件称心的乐事。我想在死的以前，至少要享乐一下；那么不负天生之材。享乐的等级不同，高贵的享乐，我是无分的了。卑下的享乐，像幸卖淫妇一类的事，大约还容易干罢！但先要一笔钱，钱从何来？去做强盗，……啊，K 先生。夙昔为你识拔而爱护的我，竟有这种卑下不伦的思想，来破坏你的知人之明，我何忍呢！

那么既不愿意死，又不愿意干卑下的享乐；除非用力上进，除非到寺院里茹苦修行。然而上进的机会，上天不来赏赐给我；我虽想上进，而找不到一条上进的路呢。要是修行，和我不惯恬静不惯苦况的禀性相抵触，我徒有这种心愿，而无实践的勇力。K 先生，四面的路程，一处不通的了；现今我陷在一处狭隘的深渊里，无由自主，以待最后的审判。

十三年十二月五日

摩托车的鬼

那天晚上，已经敲过十一点钟了，子英兀自翻来覆去地睡不着。他就一转身离了床爬起来，披了衣服，趿着拖鞋；燃了一支卷烟衔在口里，不住地在室中踱步。那卷烟吸到了只剩得二三分了，他还紧皱着眉儿。用力地猛吸；终于吸无可吸，才丢到痰盂罐里。嗤的一声，一缕纤细的白烟，往上直冒。他眼看这纤细的烟，慢慢地散灭；他就像痴鬼附在他的身上。在这瞬间，突有一种魔术，驱使他离去这间死一般静默的房间；他就开了房门踱出去。

"时候不早了！你又要去干那个勾当吗？你真是着了风魔的色鬼！"别一张床上，本来有位他的朋友石青醋睡着。听得了他这般的举动，惊醒转来对我说。

"睡不着要命的，这一间房间我们二人住着，整天的乱暴枯渴；像是世界上的女性死得精光了！"他挨进身来，站在石青的床前说。

"莫要诱惑人家，你天天想女性，你以为别人家都像你那样的吗？"

"石兄！你到我面前还要做出假正经，真是见鬼哩！"

"虽说，我也欢喜女性的，像你那样去孝敬中年的弃妇，我是不屑的。"

"呀，不要说了！你孝敬过的那些少年的处女，成绩怎样？这个我不去孝敬她，她会来孝敬我呢。我为了孝敬那些少年的处女，吃了几多亏，久想报复，所以有中年的弃妇来孝敬我！你要懂得这个秘密，还差得远哩！"

石青没有话回答了，他便傲慢地开了门，溜蹀出去。

夜深了，大地上好像围了几层黑漆的帐幕；星儿也没有一个。路旁昏黯的街灯，也受了冷风的威迫，不敢尽量地吐出光焰来；只是闪闪地引导一位孤零零的行客。那时差不多交了子夜，冷寂的街道，休说行人没有一个，黄包车夫也没有一个，连鬼的影子都找不出来。间或有一阵摩托车从旁路上飞过去，冲破这沉寂的永夜；尤其使那位孤独的行客，生起无尽的怅惘。

"啊，人家多么阔绰啊！这时想是他们从歌舞场中回来，吃的是佳肴，喝的是美酒；说不定还拥着美人儿呢。……像我现在……"他想到这里，在艳羡人家的时候，忽然又鄙薄人家起来；因此想到了自己，也曾有这样一天的。模糊地去年的暑天，曾经认识了一位章女士的事记起了。

他是一个洁身自好的青年，虽然也有几位女友，却都是淡淡然不以为意的。尤其对于章女士，虽然有一面之交，过了几天，也就忘掉了。

"喂，子英你到那儿去？"

在一家百货公司的门前，他听得有女子的声音喊他，忙的回头过来，就是章女士在喊他。她穿的一袭白色的纱衫，一条黑绸的裙子。笑涡儿在她的脸湖上展着；手里提了许多的包件，现出说不出娇弱的情态。他的久已冰冷的热情，又复燃上了。亏得自己竭力镇静，装出平淡的样子，回答她说："密司章！你买的东西吗？"

"是，是，我正愁着提携不来；谢你帮我一下子罢！"她说了。就把手里的东西分出了一部分，不管他答应不答应，向他的胸前乱撞。他不好意思拒绝，且也不愿拒绝；又不好意思匆匆接受。他想到和她只有一面之交，论理无庸尽这义务。她既然这样的要求我，在礼又不好固拒。他这样呆了一回子，她还在擎起了包件授给他。路人们看了这个样子，都挤肩而笑；指点了他们俩在私下评论。他被窘迫得脸儿都红涨了，便也趁势接受。她把自己所提的东西，放在路上；拍了拍衣裙，像毫无其事的样子。随后，提了件包，雇了二乘黄包车，他坐在后一乘，跟随她的一乘，飞也似的跑过去。

"喂，到哪儿去？"子英额汗涔涔地喊她，她就回车过来说："对不起，请你送到我的家里罢！"

"呀，我从没有来拜访过。"

"就在后马路厚禄里，你跟我去，不要紧的。"她指使车夫，随即飞回过去；曲折了一阵，就到达了她的门前下车。

他跟随她到客室里，把东西安放在桌子上。有一个六七岁的孩子，从内室里出来，对她想要问什么话似的；看见了子英，便不声张，牵住了她的衣角在觑望他。

他是最欢喜孩子的，看见了孩子的娇憨的情态，心中总会发出一种异样的欢悦，他便向那个孩子招了招手儿，那个孩子笑了一笑，躲避到她的身后；又还探出头来偷看他，他还是带笑地注视着，又复含羞地瑟缩地伏在她的背后，笑个不止。

"弟弟，他是子英先生！不要躲避，快去照应一声。"她说了，回身过去，拉了她的弟弟的小臂，引到他的前面，向他鞠了一躬。就此靠在他的身旁，低头地憨笑。一双小小的圆涡儿，在两腮上微展；和她的面庞一样。像是从同一模型里造出的。他愈觉得可爱了，不由得衷心里发出赞扬他的话，对她说："这是你的令弟吗？好伶俐的孩子！"

"未必见得!"她虽是这样回答,她的脸儿上早堆满着笑意了。她平日疼爱她的弟弟的心情,被他冲破了。便不住地抚摩她弟弟的头发,笑着说:"子英先生称赞你呢,你莫辜负了他的称赞才好!"

"时候不早哩,我想回去了,再见罢!"他看了手表,辞别出来;坐上门前等候的一乘黄包车。

"你没有事,怎的就要回去?"她很坦率地说。

"不,我还有一点事情,下次再来罢!"

"那么耽搁了你好久辰光,对不起!对不起!"

"好说,好说!"他急急指挥车夫,走到了转弯的地方,回过头来,还看见她携着她的弟弟,笑盈盈地望他;大家默默地招呼了一下,转弯过去……

像在眼前,好温馨的一刹那间!他记起了,几乎忘记,自己置身在什么地方?只觉得在一个夏天凉爽的晚上,辞别她回来。寒夜的尖风刺着他,他打了一个寒噤,什么都幻灭了;一个人在街上,席卷在北风里发疯。

他站住了,擦了眼儿,凝神地向四周一望,吃了一惊。这是近田野的地方了,从来没有到过这里,究竟是什么地方?想要找个人来问一下,又是这般的深夜荒郊,连鬼也找不出一个。他要去的那处地方,也不知道在东呢在西呢?便不住搔头摸耳的寻认,要想从原路回去,原路也忘掉了。只好向着房屋杂多的进路上去,渐渐地像是可以辨明白了,他才放心下来。

呜呜的摩托车,从旁路上突飞过去;他望着那车后的红灯,又羡又妒!终于披了披嘴,哼了一声,似乎表出不屑的样子。他就这样想下:

——阔客!我也曾做过。拥了美人儿,去吃西菜;坐了摩托车,到田野间兜风乘凉,何止一次呢!……

他立刻骄傲地挺起胸膛,大踏步地走去;不知不觉间,又走进迷惘旧梦的中间了。

他和章女士，并着肩儿，走出了菜馆的门，正是万家灯火辉煌的时候。酷热的昼间，已经过去了；来了一阵夜风的凉爽。他和她说说笑笑地，在沿街的水门汀上走过去。一径走进了一所游艺园中，兜了一圈，就在露天场的凉亭内停歇坐下；场中的侍役，看见他们俩成对地走入，以为可以多赚些钱了，早已眉花眼笑地跟在他们俩的背后。等到他们俩坐下，连忙柔顺地递上手巾；抹了桌子；接着搬上二杯冰冷的果子露，和许多西点；却还问长问短的，装出格外的殷勤。

他愉快极了，也可说骄贵极了！他和她面对面地坐着，慢慢地说着笑着。他觉得满园游客，谁都够不上他的，因为他有她陪着同玩。他又觉得满园的游客，谁都艳羡他的；因为陪他的那位，像天使般的美貌女子。这园子里有了他们二人，像充满生气的了。她喝剩了的半杯果子露，授给他喝；像饮了琼浆玉液。他吸烟，她给他燃上火柴，那支纸烟像兰膏一般的馨香。在这个当儿，他低了头，若有意若无意地，听她讲甜蜜的话。她说："我有许多男朋友，却没有一位合我意思的；只有你，还……"

"我的弟弟也很欢喜你，他的脾气和我差不多的；不大欢喜别人的呢！

"我的母亲，说你是诚实的君子！她很想和你谈谈家常；你有空时，不妨时常到我家里来。她老人家虽是欢喜多话，要是你能趋顺着她，她就快活到什么似的。

"我的父亲，也说你是有为的青年！他很想试试你的学问，他老人家很吃马屁；你如恭维他几句，定会欢喜你的。

"我有二个妹子，也很和善，而且很会说话。就使我不在家里，你到我家里的时候，她们会接待你的；你可不觉得寂寞了。

"我最欢喜打琴；我的大妹会拉梵哑铃；小妹会吹萧。你再到我家里，我们合奏给你听，要是你会唱。……"

"……"

——深夜，他和她走出游艺园，预雇的一辆摩托车，已停在园门口了。他们俩坐下去，驶向空旷的地方，风驰电掣地钻过去。大约浪费了二小时辰光，觉得衣袂生凉，竟体皆适；才送她回去。这样地逛着，差不多成了日常的定程了。

——有一夜，兜风太久了；她身上穿的薄薄的纱衫，禁受不起凉风的侵袭。她不由得有些寒颤起来，他没有觉得；正在天南地北地胡讲，看她样子像不大理会似的，懒懒地敷衍着，他便诧异起来，怕是自己说的话中得罪了她，慌忙地陪着小心，殷勤问她；她笑了一笑说：

"不是别的，身上有点冷了。"便伸出一只粉嫩的腕臂，送到他的面前，似乎教他试摸一下的样子。这一来，使他顿时慌窘起来，胸部勃勃地乱跳，脸上忽的红涨了。待要摸时，而胆怯地有些不敢；待要不摸，可是她的腕臂已伸了出来，决不能使她不好意思地缩了回去。终于轻轻地，在她的腕上把了一把；他触了电似的，浑身发颤起来；胸口益发跳跃得厉害了。他有自知之明，忙的止遏牢住。幸亏车子在田野的路上奔放着；黑漆的夜色，把他的一脸慌伧的形容，遮盖住了。硬从喉间挖出一句回话说：

"呀，果然！"他定心了一回，就把自己的长衣解下，叫她披上。她摇了摇头说："要是暖了我，可不是冷了你吗？"

"不，不，我身子比你强得多，我还觉得热哩！"他回答后。她才接着披在身上。她又吩咐车夫开慢一点，抄着近路回去。她依旧寒颤着，紧裹住他给她的长衣，蜷缩在车隅；连说话的勇气都没有了。他又慌张起来，不得不挨近靠她，而又不敢过分触到她的肌体。他问：

"可是叫车夫停了车，把车篷撑起来吗？"她听得了，就扯了他的衣角，悄悄地回说："从没有张着车篷兜风的！人家看见了，可不成了笑话吗？你……你紧靠我就是了！……"

他想到这里，骨骼酸软，全身几乎要溶解了。一阵寒风，他的迷梦又被惊醒了。自己觉得两手笼在袖子里，蜷缩着身子，孤吊吊地在街上喝北风；已不是去年的凉夏之夜的了。他再不忍追想下去；那些已往的欢娱，重温起来。他也明知无济于事，只有懊恼一回罢了。可是这些流水般逝去了的，轻烟般散去的幻影，在他无聊的时候，总要再现起来。要是坚决地忘去，而又忘记不尽，率性尽量地追溯去，又是空落一场眼泪。

他有意无意地走过去，到了一条胡同，认了一下；便缓步地踱到一家的门前站住了。那个胡同的管门人，听得了足声；从鸡箱似的一间侧室里，走出来觑望他。他想要敲门，又止住了。回望管门人，二眼炯炯的，在黑夜里发出红光，逼得他呆木不动了。他已成梁上君子的嫌疑犯了。他落下了几点眼泪；想到此刻的来意，又伤感起来了。

他近来无聊极了，从结识了一位中年的弃妇后，他的心情变换了一下，要把前事用力忘去。横竖自己成了无用的废物！情爱这样东西，不适用于现下的社会；还是到欲乐放纵的路上，像恶兽一般的被人射死了就罢。他抱了这一个目的，刚巧结识了这位弃妇。他想就在她前面实现自己的抱负，而一味地耽欲；但是这位弃妇款待他，使他衷心感激，不敢过分狂纵。他心里难受极了，像被拘在牢狱中一样的不自由，牵手带脚的乏味。想要断绝她，又未免辜负了她的好意。隔了两三天，勉强去幽会一次；足足有一个月了，也成了日常功课似的。今夜到这里，就是这个勾当。这回他沿路回想从前，突然增了些悲感；一腔灼热的来意，冰消去一大半了。他站在她的门前，疑惑不决。要是回去，夜又深了。要是进去，那么增多些无名的苦闷。回看那个管门人，几乎要直冲上来了；他急得没有法子，便敲门进去。

　　一间小小的房间，布置得还清雅。高架的铁床，悄悄地垂下了白纱帐子。床前挂着一盏绿纱罩的电灯，很幽微地吐着光芒；满房间的设置，全浸在清水般的光亮中。静默地，声息全无。子英吩咐仆妇下楼，便键住了房门。解去外衣，舒畅了一下。这时一位中年妇人，搴开帐子，披了衣坐起；清瘦的面容，带了些微的病态。幽绿色的灯光，映在她的脸儿上，跃出一种青春时代的娇媚。他走近床前站住了，眼望着她，想要开口；觉得喉间有什么横梗了似的，一句话也说不出来。

　　"你来了，冷吗？"她靠在床栏上，慢慢地掠着鬓发，皱了眉儿开始问他。

　　"不，……"他回答了，觉得没有适当的回话；接着敷衍地还问："你呢？像……"

　　"没有什么，不过受了些寒；……你为什么僵挺挺地站着，坐呢！"她说了，伸出颤动的手，指着床沿；他便坐下，低了头，又重复抬了一抬。她问：

　　"口渴吗？你要喝白开水的，那个热水壶里，我没有装茶叶进去。"她这么一说，他觉得立刻口渴起来；取了杯子，倒了一杯喝了。又倒了一杯递给她；她也有气无力地接受下来喝了去。她又问：

　　"你肚里饿吗？五斗橱里，有夹沙蛋糕和火腿土司；你自己去拿，我是不欢喜吃那种东西的。"他听了，又觉得肚里立刻饿了。便依照她的话去找出来；嚼了一阵。这时他满口嚼着东西，咽不下去，像要呕出来的样子；在这沉默的瞬间，他一行行的眼泪下了。

　　"怎么，你哭了！我总看见你欢笑的时候多，今天为了什么？做了一个大丈夫，不像我们女人那样，动不动就要哭起来！"她虽然这样说，眼眶里也觉得酸溜的难忍起来；用力地止住。而他的呼吸急促，眼泪更落得厉害了。幽微而严冷的灯光，镇静得死神一般，度过一回长时间的沉默。她怀柔地伸出一手，把在他的膝上，扭了扭说：

"噢，我知道了！除非你又想到了她吗？……她章女士吗？……

"除非为了我这不中用的东西，来委屈你吗？……"

他听了，擦了擦眼儿，急急回答说：

"不，不，你决不要误会！我也不去想她，也没有什么嫌鄙你的地方。你莫要做声，停一歇，我会和你讲的。并且我要把平时瞒藏着的闲话，都要对你讲了。因为没有人肯容受我这一腔的冤抑了。"

她默默地点了点头，眼泪也忍不住地流下来。从枕边摸出一条手帕，擦了眼，静听他说下：

"你要明白我是早已成了这世间的被弃者了。虽在从前，我也曾怀抱壮志奋力地希求上进。那时候还在读书，大家都称赞我是有志气的英俊少年；我也未尝不以未来的英豪自负。可是出了学校，与社会周旋了后，竟然触处都生障碍！我总觉得自己的性情，与世人格格不相入的。而他们也都说我脾气太坏。其实我做事不过太热心，太认真了一点。他们对于我就不以为然了。我这倒运人，便遭他们的唾弃了。

"因为这一来，我的脾气真坏起来了。觉得世界上的人类，都成了我的仇敌。有时我竟怕见他们，就是见了他们的影子，也想要掩着眼儿躲避。有时我要找寻他们，然而见了他们的面目，我忍不住破口咒诅的。于是他们当我面前怕惧我，背后讥笑我。甚至家族亲戚，都不来近我的了。

"我觉得做人，一点没有意义！曾几次找寻自杀的路；我走到河边，就想跳下水去；走到火场，就想钻进火去；走到马路上，想睡下去，闭着眼儿，等待来往的车辆来碾死我；走到铁道上，想睡上去，静着心儿，等待来去的火车来轧死我。这许多方法，我想试一下子。我并不是怕死的人，然而袖着手，看别人家一个个的，这般那般的死去；而我欲死不死。还有一件可恶的事，要是自杀，有一般伪善君子来从中阻挠。譬如我把手枪自杀，弹子中在胸部了；他们定要为我钳出来，强我活了回来。在他们是仁爱，救了我一条命。

我却转恨他们的残酷，使我不死不活延下残喘呢。因此我的自杀念头消失了去，我就听凭我这毁灭不掉的余生，死尸般的漂来浮去。在这污浊的人海里，我早已忘掉世间有我这么一个人；我也忘掉世间有他们那么一般人。我的心情，等于死去了的一样。

"不知怎样的，无端遇见了她！——我虽是抱着这样消极的气度，终竟是一个未死的人；为了百不如意，愤激不平，才生出厌恶一切和求死的心肠。如其有了点安慰，那又何乐而不生！——她那样的热诚待我，热诚地嘘拂我；我那久已枯槁的心情，自然而然，比别人更热烈的向荣起来了。你想：本来没有希望的我，一旦有了希望；当然比别人家增加几倍的高兴。反了，又会比别人家增加几倍的哀痛。……可怜！不久我被她摈弃了。我别无他法，只有咬着自己的臂肉求痛快。我明知她遗弃我，自有她的难言之隐！然而我恨她，如同九世的仇雠了。因此我对于世间一切的女子，都当做我的仇敌看待。

"……呀，我老实告诉你说罢！我认识你的初衷，原想把你当做玩物，当做一种刺戟的饮品。在我无聊的时候，把你当做发泄气愤的东西。在我饥荒的时候，把你当做饱欲麻醉的东西。我不料你这样掬诚地待我，使我容受从未容受过的温情，从未容受过的缠绵！——我听说你也是被弃的一人？那么我先前怀着猛若豺狼毒若蛇蝎的心肠，我何以对得住你呢？你不要饶恕我，你来责备我罢！

"像我这么一个人，早到了日暮途穷的时候了。资财也丧失了；职业也找不到了；面容也憔悴了；早没有资格和女人交结了。我现在懊悔，我不该和你认识；既经认识了，我也不该来欺侮你的。你这样对待我，论理我应该把纵去了的痴情，挽回转来，供献给你，来赎我的前愆。但是我虽然恨她如刺骨，当她是仇敌，而终竟不能忘去她。我时时追想她，时时看见她的幻影；我对于你，可说毫无诚意！……"

"你……你怎么，发了疯吗?，快不要这样！……"她一面揩拭自己的眼泪，一面劝止他。于是他横下身来，伏在被褥上，呜呜咽咽地哭个不止。

他恍恍惚惚地，和章女士并着肩儿，乘在摩托车里；慢慢地开往幽谧的田野去。他见她默默地蹙着眉头，一言不发。他问她，也不回答；他以为又感着冷了，解去了长衣披到她的身上；她愤恨地拒绝了。他诧异起来，怕是得罪了她；忙的做出笑颜，执着她的手；小心地赔个不是；她却洒脱了手，恨恨地转身他向；再也不理他了。他弄得自己也莫名其妙，在搔头摸发的，想不出原由来。……忽又觉得自己站在路旁，一乘摩托车开过来。亲见章女士和一位美少年并坐着。这少年的脸儿，比自己美好，装饰也比自己精雅。他不由得内愧起来；他又似乎认识那少年的，又似乎不认识的。那少年一副骄矜的神情向他鄙了一眼。他气愤极了，上前一看，少年和她互相偎依着，在有说有笑的十分高兴。他心里一种嫉妒的气质，倏忽萌起，忍无可忍的了。便一直追上前去，两手紧握住什么似的，亡命地奔去，像是运动会里的竞赛，想追过那乘摩托车。约摸过了三四里路，他力竭气喘地勇往不进了。车中的那位少年，向他点了一点头，忽开了倒车，把他撞压死了。

" ！"的一声，他的迷梦又惊醒了。章女士、少年、摩托车，什么都没有了。自己睡在浓重的被窝里，浑身发着热病。那位中年的弃妇，披了衣衫坐在他的身旁；右手支撑在床褥上，左手轻轻地覆住在他的额上。他眼儿半开半闭地望她，自己像个病了的孩子，她像是母亲；脸上抹着一片仁慈的愁闷，为了他担着一层心事，但是他看了她这副神情，一句话都说不出来。闭了眼儿，眼泪像珍珠似的，不住地从眼尖孔里滚下了。

一九二五年五月末稿

中国现代小说经典文库

腾　固 （下）

主编：黄勇

汕头大学出版社

新漆的偶像

一

住在大都市的人们，像是不很关心季节的变换；大约都市是人工的天地，罕有自然景物来衬托季节，但是看了男男女女们衣着的花样，又像这些人最关心着季节的变换呢！潭味青在街道上踱了一回，便感到色色都是凉秋的季节了。几个站在街角上的卖报人，挟了一捆红色报纸，唱着自度腔招徕顾客。他才想到今日是双十节；想到有位朋友今天结婚。于是他急急回到寓所，重新洗漱了一过；捡出一身新制的洋服换上。从换下的洋服里，摸出了那些手帕、钱夹、时计。他看了看时计，马上出门，驱车到静安寺路的沧浪精舍去。

这所沧浪精舍，在上海是很有名望的旅馆。那些豪贵阔客们，遇了婚嫁的事，往往借这里铺排很富丽的仪式。他在前门下了车，踱进去，看见许多贺客；有的散在庭前，有的团在屋子里。其中有一大半人和他认识的，便互相点点头招呼了一下。就有一位不相识的短小的招待员，引导他穿过走廊，曲折地弯到一间很精致的客室里。这里有四五个客人，都是大名鼎鼎的国立大学校长、学者、教育家、大学教授；所谓当世第一等名流。他们和他也很相熟的，他委屈地一一招呼了后，端端静静地就边位坐下。

——藐乎小哉的我，……我这无知的蠢物，也居然厕身名流之列！

他想到这里，渐渐有点局促不安；望着窗外闲散着的一群非名流的贺客发呆。接着，一位短小的招待员又引进二三位学者、教授。他随着在座的诸名流，起立招呼。最后来的一位大学校长，和他并坐；他更觉得自惭形秽，脸儿几乎要红涨了。那位大学校长，拗下头来问他：

"近来功课忙吗？"

"不忙，不忙！"他轻淡地答了一声。这时其他几位，正在谈论这次的江浙战争。旁边的别一位大学校长，顺手拍了他的肩儿问道："你们府上搬了出来吗？"

"没有搬出。"

"你们那边很危险呢？"

"是，现在所有的兵都开拔了，不知道将来怎样？"

从这一次开始了谈判以后，其他几位也有和他谈话的。就是在他们谈话的时候，他也乘机凑进一二句话，他的神情似乎起劲了一些。

——哟！区区的小子，原来也是大学教授。

他想到这里，像从梦里惊觉的一般；环顾了一回，觉得自己的声价突然增了几倍，像和那些高视阔步的大人先生们，相差不远的了。又像冥冥中把一股骄矜之气，赏赐了他，他眼看变形了的自己：头部高耸在云霄里，身体高大得像座泰山；又着手站在远处，一双眼儿，炯炯地俯察万汇。没有变形的另一自己，真像余子碌碌的一个，对着它高不可攀了。

那位短小的招待员，托了一盘通草的彩花，走进来。

"时候快到了！"他有意无意地对座客说了一声，便把通盘的彩花，一朵朵分给在座的诸名流。他们接受了，便纽在襟上。最后轮到味青了，味青装做不注意的样子；他对着味青审慎了一番，像在考虑这人有否受这朵彩花的资格？这一刹那间，味青眼看这位短小的招待员，已变了严正的裁判官；似乎对他表示你不应该混在名流里！味青内心里发着寒颤，顿时现出惊慌的样子。终于他把那朵彩花，交给味青了。味青隐隐约约看出他尖刻的笑容里，像要说：

"这回饶恕你罢！你这孩子，照你的年龄、资望、学问等等，要受这名流符号，差得远哩！本招待员今日特别开恩，赐给你一次暂时的及格。"

味青受了这朵彩花，懔懔然不敢纽在襟上。但觉得背脊上的冷汗，一直淌流下去。他参与了这次名位授与式，不但不以为荣幸，反而气沮起来。他看见这位短小的招待员，有点害怕起来。他望见在座的诸名流，有点嫉恶起来。他眼看自己手里拿的那朵彩花，像是和他缘分很浅。他想要把它纽在襟上，那是至尊的至圣的名流符号，岂敢胡乱地僭位越俎。想要把它还给那位短小的招待员，又未免辜负了他的一段非常的恩意。正在踌躇不决的时候，那位短小的招待员，托开了两手，对大众说：

"时候到了，请诸位到礼堂里坐！"他说了，伸出右手，指点方向，站在旁边，动也不动，等候诸名流的宽步而行；味青也耸着肩儿，轻轻地尾随进去。

礼堂上，满布着华美新奇的灯彩：五光十色，放出异样的诱惑力。那位短小的招待员，恭请了诸名流坐在礼坛的左面；最后轮请到味青了，味青不敢坐下；一望礼坛对面的几排座位，那些非名流的贺客，像学生上课似的挤满了。他想要坐在名流专席上，不好意思；想要坐到非名流的学生席上，那么曾经一度短小的招待员认为暂时合格的名流，又未免太不知好歹了；于是他溜到礼坛右面的空位上坐下。接着有二三位似名流非名流和他不相上下的贺客，也来并他坐下；他才觉得稍微放心一点了。但是他的神情，颓唐得像醉倒了的样子。

外国的弦管，幽幽扬扬地合奏的时候；那一双新人，缓步出来。他约略辨出二位男嫔相扶了新郎，二位女嫔相扶了新娘，四个童女提起新娘所御宫装的长裙。他的眼前绚烂得发花了，他的耳朵里为微妙的音乐填塞住了。——皇帝，……皇后，……宫娃，……侍臣……Cliopatra（克丽奥佩特拉）……隋炀帝，……Nero（尼禄）王……杨贵妃，这一类无数的幻象，交错在他的脑中。他像设身在剧场里，设身在电影院里。他又像在朦胧的灯光下，读 Gautier（戈蒂埃）的小说，看 Rossetti（罗塞蒂）的画集。他们站在礼坛前举行婚仪，那些学者的颂辞，名流的演说，他一点没有记得。等到婚仪完毕，贺客们离了座位散开；他才打了一个欠伸，清醒转来，但见室中灯火辉煌，贺客们的来来往往。

他随着贺客们，混进膳厅；在喧声夹杂的当儿，尝了些酒菜。心坎里觉得横着一件重大事情。须要找到一个机会来处理；他又想不出什么事情，他又想急急要找一处清静的地方，一个余闲的时间。他表面上虽是和相识的几位朋友谈话，而他的心里已躁急得无可如何了。大约像他平时临到朋友结婚，想到了自己切身的问题，同样生起一种不易制压的苦闷。好容易，等待到这长时间的喜筵散席，贺客们先后回出去。他特地找了那位短小的招待员，怀柔地辞别出来；绕道到沧浪精舍的账房，私自定下了一间房间。

约摸有半夜的光景了，沧浪精舍的楼上，小小的寝室里，四壁染了均匀的肉的颜色；正中悬挂着一盏碧琉璃的电灯，套上了淡黄色的稀薄的绢制灯衣；灯光很平静地化在室中。一张铜床、一顶衣橱、桌子、椅子、沙发、妆台等；安置得非常适宜。味青靠在沙发上，闭了眼儿，默默地像在倾听什么似的，但是声息全无，隔了许久许久，才听得街道上一阵噗噗响的摩托车声，味青吓了一惊，张开眼儿，看见对面衣橱的门镜里，反映着自己的容颜。他对着它定睛了半天，忽然把视线移到他方；随后托起双手，抱住了右膝。头部低低地倾垂下来，刚巧将右颊紧贴在膝盖上。眉儿密密地皱住，皱得眼皮聚合拢来，逼成了一发的目光；凝视到左面的床底里，——幸福，……快乐，……人，……我……黄金，名誉，美人，……人，……我，这些东西，像在床底里骈肩累迹地拥挤着，像狂海里正在推波助澜，像街道上车马的来来往往。

　　——黄金、名誉、美人，一切光荣的胜利……罢了，罢了！

　　他转念到这里，突然放了手，仰卧在沙发上，像是死了去的一般。

　　——从四月里回到上海，到现在要有半年了；这半年来，……这半年来记不起了，像在眼前，又幻灭了去。没有勇气去回想，而又现到眼前了。

　　——四月里，正是春浓如醉的时候。他在学校里毕业了，回到祖国。他预定暑假以前，逍遥歇息在上海住了几天，旅行到苏州、无锡、南京，勾留了半个多月；又回住到上海。他所赏识的。不是千古诗人歌咏的江南春色；那是久年相违的江南佳丽。他看了久别的祖国女子，感到她们的发髻、服装，处处参酌了外国的情调，而不失去东方的美质。她们的一举一动，都比以前灵活而可爱了。他觉得中国文明进步的速率，非可臆测；即此一端，已足使人惊服的了。他于是白天，梦中，时时想念女子。……异性的饥渴。女人的诱惑；他的精神，一天天地萎顿下去，几乎要病了。

——是怎样的来历？他遇见了一位年轻女子，那种玲珑的骄柔的姿态，贫血的脸儿上常露出矜持的微笑。他浑身陶醉在她的病态的美里，他的灵魂，被那位多愁多病的南国佳人掠夺去了。他天天伴着她逛戏院、电影剧场、外国跳舞会；到西菜馆里用晚饭；坐了汽车兜风。华贵的生活，多么华贵的生活！他但愿把自己的精神物质，供奉到她的圣坛上。有人对他说："那个满储着虚荣心的女子，你快避去她罢！"他说："虚荣心是女子特有的美质。"有人对他说："那个女子不是真心爱你，你何苦为她牺牲！"他说："只要我爱她就是了，我莫要她些微的酬报。"有人对他说："你去找些正式的职业呢！"他说："有甚么事情可干，谁愿意和那些狐群狗党争饭吃。"有人对他说："许多人在讥笑你、议论你、唾骂你！"他说："不靠他们吃着，且由他们去笑骂罢。"他在无忌惮的放恣的独行其是的时候，他的知交和他渐渐地远避了，他的前辈不信任他了；他一点不挂记在心上。

——东的朋友处借钱；西的朋友处借钱；东的亲戚处借钱；西的亲戚处借钱；他负债累累的了。他还在不住地打量：怎样供给她？怎样使她悦乐？

——他的母亲来信说："江浙战争波及到家乡了，你的弟弟妹妹，渴望到你那边来过活。"他看后搁在旁边，忘记去了。那时他独自租了宽敞的房屋，备了精致的陈设，应待那位天人的降临。

——他的母亲，领了他的弟妹避难在上海，把他的弟妹寄住在一家亲戚家里。好容易她找到了他的寓所。他母亲在他室中的四周，审视了一下，忍不住眼泪一滴滴地落下了。她一面挥着眼泪，一面婉顺地对他说："我的儿，难怪人家说你在上海干些不正经的事情！你何消得租这样大的房屋，备这样奢华的陈设。人家说你放荡少年，说你败家子；你不为你父母争口气吗？你读书的时候，怎般循规蹈矩的；怎么读罢了书，就糊涂起来；你毫不知自爱吗？我是向来信实你的，自你生长到今天，从不曾有过责备你的话。啊，我何忍来责备你，你应该明白：你的先父死了一周年刚过，你恣意挥霍，把他生前辛苦积下的金钱，差不多要用完了。你的先父生前，怎样地温厚谨伤；他平时所教导你的，怎样地周内详尽，你就会忘记了吗？他望你读成了书，立身行道，为祖宗生色；你为什么去干那没意义的勾当？我的儿，假使你正实为你的婚姻问题设想，那么你放开眼光，选择一个贤明的女子；我不但不来怪你，我极愿来助成你呢！……"

他想到这里，自己像是亲身临到他的母亲的那种沉痛的训责。他想立刻跪到母亲的前面求恕，急急挺坐起来，可是母亲不在这里，自己孤零零地坐在沧浪精舍的室中。这一幕悲剧，曾几何时，已成陈迹的了。他的胸部。觉得有二茎隆起的细管，直通到两眼；胸中储藏着的热泪，从细管里冲到眼际，沿着两颊，直流下来；他有气无力地摇了摇头，把两掌掩住了脸儿，伏在沙发的背靠上，喊出细微的哀声。

——曾几何时，已成陈迹的了！啊，逆子，……不肖。他当时听了母亲的话，不但一点没有感动，反而觉得母亲多事。他以为十八世纪的老人家，那会理解现代人的心情。他自以为现代人，就是干了大逆不道的事情，到了回心转来，写了一部忏悔录，又跃在千古不朽的简册上了。他以为 Stoic（斯多噶）的禁欲者，心中无妓的宋儒，他们正是在九泉之下呼冤呢！他要努力做现代人，他要实现享乐主义，他要希求死而无憾。

——新秋到了，各处学校都要开学了。他初回来的时候，有三四个大学和专门学校把聘约送给了他，要他去当教授。不久，那些校长先生们，渐渐听得他的不名誉的传闻，到了这时，就把致送他的聘约毁解了。只有一个 M 大学里，还遵照聘约，请他去授课。他以为事业还在将来，区区得失，何足介意的；因此而消失平昔傲慢的气度，那不是大丈夫了；他这样的自己安慰，自己解嘲。

——他家里带出来的钱用完了，朋友亲戚跟前拖累遍了。他再没有法子了。于是到一处很客气的亲戚家里去借钱；他明知这家很有钱的人家，而又以吝啬出名的；他明知无效，然而冥冥中像对他说："你的面子去，或有几分成功的希望！"驱使他去作侥幸的尝试；终于被他们拒绝了。他自从经过了这一次的失败，引为生平莫大的奇耻；渐渐自责起来，立誓不向富人借钱。大学里一个月的功课教完了，所得一百多块钱的薪水，只够供给那位视如天神的小姐三四天的挥霍，……以后怎样？……

电灯的红光，渐渐淡化起来；他扭起腰来，打发一个欠伸；约略认出玻璃窗上发白了。此番他背诵了自四月里回国以至今日，约摸半年来的生活纪事，模糊地如同隔了一世。把生命倒流过去，重历其境，忽而做出当事者兀傲的神情；忽而做出旁观者批判的态度。因此他的身体疲惫极了，骨节里有点酸痛，想要懒懒地睡一忽；可是那个"以后怎样？"的问题，盘梗在他的胸中，像一件齿轮在旋转着，把他胸中血肉的机体破坏了；生起一种莫可名状的痛楚。他站起来，也不如意；坐下去，也不如意。于是两掌压在胸部，绕室而漫步，像在想什么似的。足足有十分钟光景，他坐到床上，侧靠下去；把头部搁在折叠的被褥上，拉了枕子，无意识地玩弄着。眼儿注视在床的铜阑上，自言自语的说：

"以后怎样？……什么大不了的事情！只要有金钱，一切的问题都可以解决了。可是现在呢，金钱在何处？啊，到家里去拿来吗？自从那时被母亲责备了后，死也不情愿开口了。到朋友亲戚处去挪借吗？自从经了上次的失败，立誓不去遭人白眼了。卑躬屈膝，到大人先生前去多求一个位置，多赚一点钱吗？谁愿去干那些无耻的勾当！

“黄金、名誉、美人、如同梦一般的倏忽地幻灭了。”

他说到这里，把那个枕子，铺在近身，抚着它，当做它是天天来往的那个女子，对它说下：

“我还是回到日本去罢！我想我决没有资格再和你结交了。天下的男子，才智比我强，家私比我富，丰采比我美的，多得很呢。我的力量和你结交，只有半年，此后决不能照旧继续下去了。你总会找得一个十全的男子，米延长你后来的幸福。如果你看破了我这样狼狈的情形，也不致于再来和我缠扰了罢。我呢，也何苦用尽了心思才力，为了讨好你一个人而破灭我的周围：——家庭不信任我，朋友亲戚与我远离，前辈先生对我渺视，——我把金钱名誉牺牲了，所谓美人者的你，仍然不在我的掌握中；好了，好了，我们从此再见罢！”

他说了，把那个枕子用力一推，转过身来，像和它决绝的样子。他沉默了许久，把袋里的钱夹摸出，挖出一束钞票来数了一下，说下：

“还剩一百二十多块钱。够了，决计到日本去；谁愿再去当大学教授，为了区区一百几十块钱，混在滑稽画报中的名流学者里敷衍，太不值得罢。而且经过那位短小的招待员品定的名流、学者、恐怕不见得什么大高明。即使刻在滑稽画报上，当时果然可以博阅者们的鼓掌称快；过后就要移做下级社会大便时揩拭粪门的材料了。我又何苦求半文不值的虚名，去招后来的祸患呢。”

玻璃窗上的阳光，渐渐地放明了。他的神志，似乎清醒了一点；他把两腕紧紧地压在褥簟上，仰身离床；站在地板上，觉得两脚酸软，几乎颠掉下去，他用力地挺了挺身，四肢紧张了一回。按了电铃，那个侍役便推门进来，他没有觉察；还在点着头，欣欣然现出心领默契的样子。等到侍役开口，他才觉察，不由得自己好笑起来。

二

清早，阴沉沉的天气，笼罩在江干。汇山码头舣着的长崎丸，在急促地鸣锣，像是巨灾降临的警告。味青和众船客，站在甲板上，锣声还不住响着。他根据了老于行旅的经验，便知道这船要出发了。岸上站着一群人众，看见船出发的时候，男的高举他们的帽儿，女的擎起了雪白的手腕，一扬一抑地致告别辞。

"再会！Sayonara！Adieu！"……一类的声音，像鹊叫那样的喧噪。

味青正在注目几个年轻的女子，和谁作别？胸中呼吸急促，像是其中也有一位女子，和他作别的样子。仔细一看，和他旁边那位俊迈的少年打招呼，这位少年，也对他望了一望；他觉得衷心里起了惭愧而悲痛的情致。便退到三等舱位里，懒懒地睡到吊床上。这吊床长而狭的，恰恰安放他的瘦长的身体。船客们哄杂的声音，他一点不听得，他像在坟墓中样。

——聪明的工人，你造这吊床，大约量了我的身子造的。你饶恕我，我不等你造好棺盖，我已在这棺材里睡觉了。

他这样想了，回想往日的几次的旅行，都抱有前程浩大的希望，何等的快慰、悦适，从没有像这一次感到一种落寞的辛酸的气氛。他的全身的液质，于是赶向到眼儿里，溃涌出来，若决江河的了。

——先父，先母，在泉下望我；嫡母，弟，妹，在家中望我；……前辈，戚友，没一个不期望我的。好容易，得到了名义上的"学成归国"；又如何不能安居故国，强我回到那久尝苦味的岛国呢！这次的去，究有何种意味？……黄金、名誉、美人充塞了的故国，那有闲地方容我插足！……哦，那有闲地方容我葬身。我不得不睡在我未完工的棺材里，由这庞大的船舶，运到那个岛国里去火化。

——就这样安全地死去，那也很好！可是无聊的时候，总说死，死，……死，终竟没有一死的勇气！在黄金、名誉、美人没有到掌握的以前，又何忍死；既已到了掌握之后，怕又不愿死了。"死"，到底是欺骗自己，欺骗人家的一种饰辞。你既不自杀，人家也不来杀你；那你怎样死呢？这种卑劣的饰辞，人家听得讨厌了，还是老老实实说罢，"怕死！"……

这时他感到疲乏极了，想也想不下去，便沉沉地睡去。

第二天，快要上岸的时候，船役招呼各船客，医生检验各船客的身体了。他披着寝衣，耸了肩儿，像鸦片烟鬼一般的蜷缩着身子，到甲板上去，混在短褐的华工里，整整地站着。二位制服的医生，顺次把各船客诊了脉搏，这件奉行故事就算完了。他便靠在船栏上眺望海景，背后像有人喊他："谭先生，潭味青先生！……"

他想回头去看，又迟疑了一下，以为同舱的船客，一个都不相识的；那会有这声音。但是声音明明在喊他，于是他回头一看，有一位少年，对他相了一相，上前问道：

"你先生是谭味青先生吗？"他听了不由得吃了一惊，这人向来是不相识的，那会有这么一位的。哦，想到了。这位少年就是昨天出发的时候有位女子和他擎臂作别的。他为甚么要来招呼？他便含糊地回答："是，……是！"嚅嗫了一下，说下："你的大名，没有请教。"

"噢，先生，我就是 M 大学的文科学生，这回先生来当史学教授，我亲受过先生的教导呢！"

"是吗？这回我不过教了一个多月，所以许多同学都不认识的！"

"是的，先生在这儿，我也存疑了许久才认出的。我想不致于碰得这样巧罢！"

"那么你这回去干甚么？"

"去念书的，我本来在 M 大学毕业了，暑假后便想出发，因为江浙战争的缘故，家里的钱没有汇到，就延迟到今天。中间没有事，我到母校里去随便听讲；所以先生的讲义，我也曾听过的。"

"很好！很好！这两天我正觉寂寞。倒是无意之间得了一个伴侣。"

"尤其我是初次到那边，言语也不懂得。要请先生指导的；……先生这回去，有什么事情罢？那么大学里功课呢？"

"一则我稍微有点私事，一则住在上海身体也不大舒畅，想去静养几时；大学里的功课，我教朋友暂代着。"

"请先生到我的舱位里去坐一歇罢！"这位大学生说话时，指点上一层；他便做出镇静的样子，游目到大学生指点的地方说："在那边吗？"

"是，在二等的 B 室里。……"大学生扭转身去，现出游龙惊凤般的，少年英爽的气态，一直上梯去；他只得跟着上去。大学生接下问他："先生住在头等舱吗？"

"不，……不！"他回答不下了，脸儿立刻红涨起来；想到堂堂教授，坐在三等舱里，好不愧死！幸亏他跟在大学生的后面，大学生没有觉察出来。

他们俩到了舱位里，大学生便搬出许多果品，罐头食品；倒了一杯茶，殷殷地款待他。他心里又起了无限的沉闷，像是一点不起劲；而那位大学生热诚地趋奉他，他没法，只好应酬一下。他对于果品食物，本来想大嚼一下；但要保持教授的尊严。故意做出不稀罕的样子。那位大学生，垦出许多关于日本的说话问他，他也有口无心地回答。只是为了三等舱的事情着急，心里在想：究竟怎么告诉他呢？说是头等，那是欺骗他了。说是三等，那么体面有关！午饭的时候快到了，他便辞别出来；淡淡然对大学生说："我住在下面三等里；我是来来去去惯坐的了。"

"是的，是的！我本想也坐三等的，为是不晓得先生同船，孤单单的一个人，什么规例也没懂得；所以朋友劝我坐二等；比较的在初次出门的旅客，方便一点。"这位大学生立刻灵机一转，脱口混出这样敏活的回话。他也明白这些话的神情里，显然伸说所以坐二等舱的理由；——教授坐三等舱，反而学生坐二等舱；——这位大学生对于他，似乎过意不去；这样说了，一面自己的苦衷可以表白了，一面使他教授的体面也可保留了。他觉察到这里，找不出一句回话来，落个终场。只好含糊了一声，寒酸酸地回到三等舱里。而那位大学生的机练的神情，仍在眼前；还不住地刺逼他，使他不敢正视；他立刻生起了一种畏怖之情。

在长崎停了船，他混在人众里上岸；搭上公共汽车到车站。他把手提的东西，放在待车室里，坐下歇息。想要去找寻那位大学生，可是衔接出发的火车，快要到了。找到了他，未免又发生几种困难的问题。——自己坐三等车，大学生至少坐二等车；自己所带的钱不多。假使替大学生买了一张二等车票，同时自己也一定要买二等车票。可是这一点还不值得挂记，坐了二等车之后。少不得要买一点水果、杂物；少不得要吃西菜；手里剩下的钱，都交结在这里也不够。他想到这里，离了座位，在室中踱步，趑趄地莫决去向。

这时，那位大学生闯进来，拍了他的肩儿，一手里把车票授给他说："先生，听说车子已来了，车票我已买好。"

"呀，呀，我会……你何消得买头等票呢！……"他接了车票一看，心中慌乱起来，连说话都说不下了。

"听说，从长崎到东京，路途很长，头等车比较舒服一点。"

"是，是！……"他没有说完，火车出发的警钟响了；他忙的招呼大学生，一同上车。把零星的东西，位置妥当了后；据在座位上，靠着窗，呆望月台下的一群送客的男男女女。这一群人众中，也有望他的；他竟像一个失路的孩子，在这一群人众里，巴不得寻出他的母亲来。车子开发了，他才含住一眶冷泪，和他们离别，转身坐下。那位对座的大学生，横倒在座位上，沉沉地睡去了。他想起自己内潜的寒酸气，和这位大学生的无忧无虑的那种阔绰闲雅的襟抱，成了一正一反。想要立刻跪在他的前面，反称他"先生"，而又不好意思；只是望他不要醒，醒了，少不得要破钞还敬他一些。

天光晚了，车中的灯火，也亮了起来。稀少的车客，有的看报，有的睡着，似乎各管各，不相来往的样子。对座的大学生，呼呼地睡得正浓腻；那种睡态，似乎也现出一种阔绰，一种不可一世的气概，无形中像是故意欺侮他，威迫他的样子。他看了这们的神情，渐渐生出些反感来；把他的怀柔的素抱，激成严厉的抗争的心情。于是他的两眼，充了血似的，睁得像三眼王灵官，向那位睡去了的大学生，怒视了一歇；然后默念下去：

"有黄金，有美人，再去求名誉；后生可畏，我当然让步。啊，什么大不了的事，你就这样吓倒我吗？小子！你道是我没有过钱，没有过美人的吗？我阔绰的时候，真比你厉害得十几倍以上哩！小子，你在我落难的时候来摆阔，算得上英雄吗？我谅你也没有话可回答了。

"老实对你说罢，你的命握在我的手里；此刻我要你死便死！请教你还能擅作威福吗？不懂事的小子，去休！……"他默念到这里，狠狠地摇了摇头，忽然"哼"的喊了一声；隔座的那位车客对着他，

惊愕地望了一望。他亡命地敛抑住，像是被人侦查出，他是杀人的
未遂犯，不由得不惊骇起来，连呼吸都不敢急促了。他站起来，想
要立刻远逃，可是两脚酸软，又坐了下去，昏了一阵，又醒来，觉
得自己坐在车子里发疯。咬紧了牙儿，用力地顿足了一下；对座的
那位大学生也醒了。他只好寻出几句无关紧要的酬应话，来遮饰自
己的内愧。

三

　　他们到了东京站。那位大学生，就有他的朋友来迎接去，与味
青道别。味青慢吞吞将二件行李取出，在车站出路一面的休息室里，
徘徊了一下；觉得一时没有去处。他的旧寓，谅早已租给别人家了；
他的朋友中知己的几位，也都回国了。要是去找泛泛的朋友，可不
是又自投灾难呢。他打量了许久许久，寻不出一条通路来走过去。
摸出钱夹来数了一下，还剩得六十多块钱。——什么！什么！一个
月的生活，怕也维持不来；他惊异起来，心中昏乱，更无所适从了。
他周转一看，客人都走出了；一个役夫在勤紧地打扫清理，室中悬
挂的一盏晶亮的电灯，似乎在逼迫他从速出走。他向壁上的时计一
望，九点钟敲过了；于是他雇了车子，向那离这站十余里远的海枯
山上，他的旧寓去。

　　他在路上想，海枯山上的旧寓，住了足足有四年；寓主人的一
家，都和自己很亲昵的。这回去，他们当然招待的。那边有几间空
房间，就使有客人住满了，今晚一晚，他们总要想出法子，使我暂
时耽搁一下的；明天可以再想别的方法。他这样想了，心境放宽了
一点。清寂的街道上，路灯半明半暗地站着，和他像旧相识那样的，
一路迎接过去。不久辰光，就到海枯山的旧寓了。

一宅小小的住家，参酌了西式建筑的；他认得很熟悉。敲门进去。就有一位少女出来应接。

"谭先生吗？久违了，请进！"

"久违了！你的令尊令堂在家吗？"

"在家的，请进来罢！"

味青付了车钱，吩咐车夫，把二件行李搬进；那位少女，把行李安放在旁边；引导他到内室。这是一间十席铺的房间，寓主人饮食起居的所在。主人约摸有五十多岁了，女主人年纪和她丈夫相仿。他对他们行了见面礼，说了客气话后，主人就请他坐在席上的上位。女主人和她的女儿，忙的去弄茶果。主人把眼镜整了一整，随手拿起一张晚报，递给他说："你看过晚报吗？这几天，东京真热闹。"

"有什么热闹？"他一头看报，一头问。

"你看报纸上呢！贵国的卢永祥、何丰林到了长崎，这不必说起；东京方面：有吴佩孚的代表岳某某；张作霖的代表某某；国民党的专使李烈钧；还有辜鸿铭在这里讲学；梅兰芳在这里演剧。……你这回来，跟那一位大人物做随员？"

"不，不，他们那般大人物，我都不认识的。"

"你别瞒我罢，你是毕业了回国的。——先前，我看见许多贵国的留学生，毕业回去；再到东京，都是负了贵国政府的使命来的！那么你也……"

"我不是，我不是！……我今晚想住在这儿呢！假使我做他们的随员，那么我要住在帝国饭店了。……你这儿有空房间吗？"

"呀，客人都住满了。过二三天，就有位客人搬出。……你住的那间，现在你的同学李先生住着。"

"哦，那位河南的李士率先生吗？"

"是的，是的。"

　　"好么我就住在他的房间里罢！"

　　这时女主人和她的女儿，已将茶果弄好，搬了出来。主人一面恭恭敬敬地应酬他，一面吩咐他的女儿去喊李先生下楼来。他心里在想：这位李士率虽是同学，他在政治科的，平时因为江浙人的脾气，和别省人不大融合得来，所以交情很是平常。这一来，未免太不好意思罢。一忽儿，一位颧骨高耸眉儿倒扫的李士率下楼来，和他客气了一下，便辞别主人，一同上楼。其实他一见这位李君的脸，就生出不快之感：因为平时，这位李君被他鄙视过的。但这时李君像是贵客降临，呈现了荣幸的气态，和他周旋。他看出李君的气概中，像是讥笑他，——啊！你老是江南的才俊，向来高视阔步，终竟有压在我底下的一日。他的敏锐的神经，似乎已听到这样尖利的说话了；自己只好屈服不动。主人的女儿把箱件搬上来请命，他才开了箱子，捡出被褥。她把被褥铺好，另外拿出李君的被褥也铺好；随即辞别下楼。他们俩也熄了灯光睡下。

　　他们睡下，还讲了些闲话，李君是国民党的党员，他说这几天为了李烈钧，如何忙碌，如何奔走，到东京的那般大人先生，如何罗致留学生，留学生中如何活动，——唠唠叨叨，这些新闻，他没有听得明白，那位李君早已呼呼地鼻鼾声大作的了。他还是翻来覆去，睡不下去。那些大人先生，到东京来，负着政治、学问、艺术上的使命而来。趋附他们的人众，自像百川朝海。自己被人吐弃了来的，来了又遭人藐视；天地之大，那有容身的地方呢？他想到这里，不由得滚了几串眼泪。

　　第二天早上，李君起身。他在被窝中，迷迷糊糊地醒觉转来。因为睡在别人家的房间里，便也勉强起身。李君盥漱了后，主人的女儿将早饭搬上。他吃了早饭。将几件箱笼，审慎地键锁好，然后辞别味青出门。味青觉得身体万分困乏，又呼呼地睡了一忽。他起身时，已经十二点钟过了；四周一看，感到了一种异样的景象。他回想从前住在这间房间里，四围装着八九架贵重的书籍；他睡在席子上，抽出来看看读读，多么宁静！那种生涯，如像隔世的了。现今李君的矮桌上，一堆书籍，不满十册；什么法学通论、行政泛论、六法全书、和一厚册和汉字典等等，只使他厌烦。——啊，学问有何用？是埋没志气的东西。书籍有何用？是惊动一般庸俗的东西，他们备了不到十册的书籍。尚没有工夫去细读；然而回到祖国，混在政客的群中，倏忽做了疆吏大员。而那些饱学的书呆子，却依旧没有变相。他想不下去了，倒在席子上，独自纳闷。

晚上李君回来，他也站起来，谈了些无关紧要的闲话；李君把先前键锁了的箱笼，开出来，检点了一下；对味青望了一望。味青立刻觉得不好意思起来。脸儿微微地红涨。李君的这种举动和神情，疑他偷东西似的；他心里愤恨极了，以为蒙了生平未有的奇辱，他想立刻迁出，可是没有地方，终于默默地忍住了。

"你们江浙人，另有一种风度；这种风度带有危险性的，一面我们果然是非常羡慕，同时也非常恐惧。"李君含了讥刺的音调，对他这们说。他默了许久，觉得这种话，明明侮辱人家的话，简直没有回答的必要。不回答，未免伤了面情，他敷衍着说："这在我莫名其妙，我一点不觉得：江浙人和其他各省的人，有两样的地方罢。"

第三天，李君出门的时候，照旧把几件箱笼，审慎地键锁好。回来了后，又打开来检点。他处在这种嫌疑的情景之下，真是难受极了，不由得落了几点眼泪。自己一个清清白白的人，忽然受到这种的耻辱。——李君啊，李君啊！我虽是穷困，我不致于做这个勾当罢！你箱笼里纵有金银财货，我决不眼红你的；你放心罢！老实对你说：就使我是贼，你的箱笼里，几件破衣服见量的，真不值我一偷！你看人家太不值钱了。待你权贵的时候，你有美妇人的时候，那么你要防我一脚！他这样想了，决计和他当面诘责，来得痛快一点。可是他虽有这种心肠，并没有证据。又何从开口，真要闷死人了。

好容易到了第四天，李君隔壁的一间，那位日本住客搬出了，味青便搬住进这一间很狭小的四席铺的房间。他付去了房饭金，向主人借一只矮桌，备了些文具，将自己箱箧里捡出了几种书籍来消遣，心气觉得和平了一点。随后又到街上的书店里，踱了一回，购了十数册的书籍。他回来后。摸出钱夹一看，那所剩的几十块钱，快如数两讫了；未免又耽了心事起来。先前家中会按月寄汇钱来的，现在可不然了；怎样过活下去呢？

他想向朋友中借贷，要好的朋友都回国了；他想回国，连盘费都没有了；即使回国，也没有事可做了。后来，他想在东京地方，找些事情做做，聊且过活。他打定了主意，便去找那位唱中日亲善的石井博士，把自己的志望宣说了一番。过了几天，石井博士叫他去，将一包文件授给他，教他译成中文。内中有八十篇文章，长短不一：长的至多一千字，短的五六百字，二三百字不等。每篇酬金四元。他心中打量着，译完后，倒有三百二十块钱的进款。石井博士又说：这些译完了，还有其他的事情，继续去做。他便欣欣然回来，自己庆幸自己的幸运。像这样过活下去，决计不回祖国；就在东京娶一位日本的女子，租一宅宽大的房屋，自国不容，将在别国里享受黄金、名誉、美人的光荣；何等畅适而可自尊的呢！

他把一包文件打开来一看，封面上署着："对支文化事业方策"。内中凑集许多论文而成的；作者都是当今日本第一流的政治家、学问家、实业家、科学家、和政府里的权贵，大臣的名姓。不消说在题目上也可以看出这些是侵略中国的方策。——人穷志气短！我要干这卖国的事情吗？我将甘受祖国热心于国家主义的朋友们的唾骂吗？——他这样想下，不由得沮丧起来；躺在席子上，正面想想，反面想想，侧面想想。最后他决计译下，他想译完了，日本人侵略中国的隐秘，都在他的胸中了；他借了这一笔酬金归国，纠集了同志，大声疾呼，以告国人！再进一步，假借了这个名义，勾结党人和政客们，因此在政治的舞台上，活跃一下。那么黄金、名誉、美人，简直没有问题了！而且会无条件地都来归我。你看现下那些轰轰烈烈的伟人。践高跻显，可说没一个不由此路而来呢！他坐起身来，愈想愈觉得前途的伟大，心中也起了万分的愉快。便整理了几席，郑重地把那些文件译下。

他盘坐在矮桌之前，铺纸握笔，功架摆得十足。他先把第一篇论文，仔细念下，念到终结，心火直冲；把这篇论文随手撕破，厉声地自责道：

"没出息的东西！你看，多么深文周内地来侵害我国！还去和他们亲善，真是丧尽良心的了！"他说了，重又躺了下来，不住的翻来覆去。他胸中的悲愁郁愤，像蛆虫啮蚀腐肉般的难受，逼住他沙沙地喊出绝望的叫声。

四

大约过了半个月，东京报纸上，喧传中国留学生谭味青，被当地警察，搜获了许多关于过激党的书籍和文件；因此被执于警署。日内办妥了手续，便将押送归国。于是东京留学界上，加上了一层严重的空气；来来去去的人们，都把这段新闻，引为谈资了。

隔了不多几天，这件事真的实现了！那是一个晚上，东京站的灯火，辉煌得比平时格外厉害。有五六个警察，围住味青，送他上车。沿路的看客，惊惶地咋舌不止，似乎这位少年犯了罪恶，送到断头台上去就戮，大家替他深深地惋惜一番，随后有一群中国留学生，络绎地踵至了；一一购了月台票，拥到月台上。味青在三等车窗里，伸出头来，和几个留学生谈话；其他也重重地围在车窗前。几位警察，守住车门，像猛兽一般的，汹汹地怒视众人。别的旅客，老老小小，提携了物件，只管自家，匆匆地上车，毫不关心这些情景。

火车出发的警钟响了，送客的人众，默默地退下几步；味青在车窗里，把右手伸出来，突然有二位少年，迎上去和他握手，声泪俱下地道别。这二位少年，约略可以认出：一位是和他同船来的大学生，一位是他的同学李士率。因此他们俩被大众的注目。大众都羡慕他们俩和他的友谊。他们俩也立刻觉得增高了数十倍的声价。车子行动了，这一群留学生，高举了帽儿，对他三呼万岁而别。于是这一群留学生，退出月台，聚在车站的待车室里，讨论这一件事情；各人的态度非常愤激！便推举某君，拟了一个电报，说明谭味青品学兼优，热心研究社会主义的学理，日政府不问情由，逼送他归国；希望国人援助谭君，一致抗议云云。随即拍往上海各大学，和各公团。

上海的各家报纸上，纷纷地传载谭味青被迫归国的事。同时各大学各公团，忙的筹备欢迎谭氏。派了二位代表，到邮船公司去查问，听说味青已经上岸了。于是再到各家大旅馆去找寻，也不见他的踪迹。他们着急起来，有的疑他蹈海而死的了，有的疑他在中途被日本人残杀了；弄得他们手忙脚乱，没一刻儿宁静。过了几天，各家报纸上，在本埠新闻里，登出几行狭小的词句说：本埠四马路一家小旅馆的主人某，因住客谭味青，不付房金，发生冲突，扭至捕房。……这一桩消息传出后，各大学各公团的二位代表，立刻到那小旅馆替他代付了房金；会同小旅馆的主人，到捕房去把他请释出来。谭味青头发蓬乱，脸儿灰白得几无人色。身上穿的一身洋服虽然不很挺直，却是上等的毛织物。颈项里结的一条很美的紫色领结，在这里还可认出当年豪华的记号。二位代表，百方的殷勤他，他像罹了重病似的，现出一种颓伤的神情，懒懒地敷衍着，从捕房里出来，一到街上他眼前花了，心中失掉了自主力。二位代表雇了车子，拥他坐上，一直到沧浪精舍，住到他们为他定下的一间房间里，他的官感完全失效，模糊地像失去魂魄一样。

第二天，各大学各公团，借沧浪精舍的大礼堂，欢迎谭味青，大约在下午二点钟光景，与会的人众，差不多挤满一堂的了。于是昨天的二位代表，到楼上的房间里，请味青下楼；味青无可无不可地，跟了下来。先到会客室里，他见了几位客人，不由得惊奇起来；这几位客人，都是当代第一名流，一个月前，他有位朋友结婚，也在这里团聚过的。他想立刻退避，又觉得不好意思，只好胡乱地酬应下去。

铃声响了，他不知不觉地并着几位名流的肩儿，走到礼堂上。一群座客，拍手欢呼。他的心儿跳跃的速率，突然增进了数倍；几乎要钻出喉咙了，亡命地上遏牢住。几位名流，推敬他坐到上位；他谦让了一回，便也坐下；一群座众的视线，都逼射到他的脸上，他的脸儿倏忽变红，倏忽变白；胸中像有一块石子，重重地压着，连呼吸都不通畅了。

首先，一位主席，上坛报告了开会的宗旨；接着几位名人，也逐一上坛，致辞欢迎。先把日本人痛骂一下，随后把谭味青深深地赞扬。说到警惕的时候，座众像预先约好的，一齐拍手起来，旁边坐着一行新闻记者，像店家进出货物，在勤紧地记账。会场的外面，排了一架摄影机，静候使用。这时，味青的勇气，无意之间，高涨了一些。他虽明白这些演说，像刻版文章；这种情形，像流行感冒。

可是他躬当其事，回想到上个月，在这大礼堂上，蜷缩在壁角里眼看人家赫赫森森，那种光荣的胜利；一面艳羡人家，一面凄怆自吊。曾几何时，这种幸运，也会从天外飞到自己身上的。……他胸中呼吸急促，一阵讥刺的气分，直冒上来；眼前昏暗，那对面的一群座众，旁边的几位名流，一起变形的了。他亲眼看见他们像一堆蝌蚪，当夏雨初过，在田陌的泥沼里拥挤着。他自己也像陷在泥沼里，拖泥带水的一点不自由，便用力地振拔起来，出了一身冷汗；似乎清醒一点，眼前恢复了旧状。听得那几位名人，还在诚挚地颂扬他；这一种千金难买的盛情厚意，又如何便去非笑他们！他们究竟干过了几番伟大的事业，才有今日的大名；和藐乎小哉的自己相比，真可谓天差地隔的了。他这样的自责，不由得衷心里酿着一种酸楚的惭愧。

最后轮到他的答辞了，他郑重地站上礼坛，一看座众的头颈，像浮在水面的一群鸭子，那个短小的从前的招待员，赫然也在。他心里慌了起来，找不出话来说下，脸儿红涨得像一座新漆的偶像。对面的座众中，有三四位的头颈伸得格外高爽；像鹭鸶混在鸭的群中，容易辨别出来；这三四位客人，分明他是曾一度向他们借过钱的；他更害怕起来，像跪在裁判官前，说出供状那般的说下：

"诸位先生。你们不要以为我是有钱的人！我只为没有钱，干这件无聊的事情。我流浪在日本，穷得饥寒交迫，简直过不下去了。要想归国，没有旅费；才想出搜集了些过激党的出版物，四处去招摇造骗。幸而神经过敏的日本人，信以为真了；他们不惜派警保护，免了车费船费，送我归国。……在座衮衮的诸公！你们应该鉴谅我的苦衷，莫要当我是有钱的人！……我欠你们的债务，这一时我还不出来呢！……"他说到这里，匆匆地下坛，默不发声。一直走出门去。

这时会场上的几位名人，也不见了；何时溜去的，没有人觉察，只有一群座众，喧嚷起来：有的说，味青是疯了；有的说，这位是冒名谭味青的无赖少年；有的说，这么，那么；议论纷纷，大家都找不到一条头路来。尤其是那位短小的前招待员，胸膛里万分慌急，像斗败了的雄鸡，不住地在人众中穿钻。其他各人的心中，也都怀着一种破天荒的恶谜；脸儿上现出一种惊异的颜色；次第退席下去，像一群丧家之狗，嗒然四散。而此番奉祀那个新漆的偶像，这一宗稀有的狂热的盛典，竟像把热炭投在冰河里，"嗖喋"地熄灭的了。

一条狗

连日行旅，身上感到十分疲惫，迷迷糊糊失去了常态似的，蹲在一口荒古岩穴的面前。四望重峦叠障，阒无人迹；像陷在日暮途穷的境地了。忽然一条狗，从山坳里冲出来，猞猞然直向着我；我待要回避，它已把我的腰间紧咬住了。我大声嘶喊着，醒过来，原来我睡在天津河北公园的藤椅上，好奇怪呀！擦了眼儿一望，几个电灯，混在天空的星斗里，显出明珠中惨淡的鱼目。

四周散着的椅子桌子，都收拾起了，只剩我的一座。那二个茶房，死一般地横在板凳上酣睡；无声无嗅，真像一个死人的园囿。我禁不住冷颤了一回，便直起腰来，喝了一杯冷水，似乎略略清醒。什么，做了一场梦吗？日有所思，夜有所梦，刚才我进园子的时候，我带一包熏鱼，——平时我总把熏鱼做消遣品嚼的，像我吸纸烟一样的有老瘾了。所以出门时，荚袋中预备充足，不可一日无此君，它是最适合我的味觉的一种东西。——我选了一个座位坐定，最先把熏鱼摸出来，大嚼特嚼。树林里走出一条狗，在我座位的周转，不住地绕步而行。这位嗅觉锐利的先生，那种饥荒的情形，活像大人先生们在名利的墙外，找进身之路。于是我把鱼骨吐下，它忙的擒而啖之。我吐下时，自然有弯腰之势；它以为驱逐它，退了又复上前。我几次把鱼骨吐给它，可怜狗先生一而再，再而三，它总是有种惊怯的样子。我实在过意不去，末了，我把一块整整的鱼肉给了它。我是示好意于它，而它在欣感中仍未免畏怯；人狗之不谅解有若是呢。

熏鱼完了，这一条狗还在我的周转探寻。我对它一望，它退一退又迎上前来。我发现这条狗尾巴下垂的；正当狗是家畜，摇尾乞怜的；听说疯狗的尾巴，常常下垂的；除非这条狗变态了，哟，可怕！我示好意于它，它不理会吗？它的食欲之大，素来有名的，这回尝鼎一脔，那会满足呢。它以为我还有熏鱼藏着，不肯给它；如果它有这们的猜想，我是它的敌人了。恩仇是一元的，它定会反噬我，咬我手，咬我颈项，咬我腰间；我就死在寂寞的旅途上，死在疯狗的毒口里，有点不值得罢！我想到这里，未免有点害怕了；对着它不敢正视，表示我不来侵犯你，吃的东西实在没有了；这时我已屈伏在狗的威权之下了。我从眼角里流出瞳子偷望它，它在周转嗅了好久，像已明白没有东西似的，悠然而去。我便放心下来，摸出手帕，揩去额上的冷汗，躺在藤椅上睡了一忽。不多时候，怎么会有这个离奇的梦呢？可不是好兆罢，始终有点迟疑。

夜深人静，秋虫在唧唧地哀鸣。我注视近旁的一柱路灯，一群飞虫，像尘埃似的团住在灯的周围。在这模糊的影象中，感到静，动，生，死，聚，散，一切的渺茫。我忍不住流下了几行眼泪，像设身在荒岛上，她赤裸了身子，披散了发儿，和我合抱而对泣。林间的惊鸟，拍拍作声；想是毒蛇把它的爱儿吞下了。这魔窟里岂可久留！走罢，我站起身来，像病酒似的孤单单地蹒跚而前，沿着纤萦的园径踱出；一条狗直奔上来，我吓了一跳，仔细一望：不是狗，是花间流出的一撇月光。咦，在我生的旅途上，这个虚惊真不算小了。

十四年八月三十日天津

　　附记：这篇短文，去年秋天在天津旅馆里随便写的，附在信中，寄给北京的一位朋友。时过半年有余，我早已忘掉写过这微小的东西了。上月北京的一位朋友南来，他对我说：你去年写的《一条狗》，我加了一段跋尾，寄给《晨报》登出，曾引起某君的非难。我是不常看日报的，这件事始终没有知道。朋友既这样说，我便向图书馆借出去年九月的《晨报副镌》一翻，赫然在焉。我在困顿的旅途上，写这无谓的东西，已觉得多事；朋友为我发表，更多事了。某君一读，再读，从而非难，反使我感激无地。虽然，赞扬我我也无所喜，非难我我也无所惧；在我看来，某君终亦不免多事；就是我现在画蛇添足，尤其多事。聊记之以见这篇短文的幸运。

一九二六年四月八日

旧笔尖与新笔尖

二月四日

自从与 M 通信的资格取消了后，我这醮过紫色的笔尖，久经倒装在笔管里。行箧中没有带笔墨，无意之间，翻出了这一枝忧患的不幸的笔。要记录些糊涂的生活账，不得不忍心地拔了出来；可是这笔尖，已成了一片锈坏的像从古墓里发掘出的青铜。当时染了不少心坎里的鲜血，竟霉烂得这样地了！

写罢，枯残不像文字，零落不成章句！我那下笔千言的熟练的能手，也会有技穷之日！横竖再没有人把我写的东西来一唱三叹了，只消自己识得，随便写下来。

今天浮在东海之上，怎么又要向岛国去呢？我曾惯做起码货的亡命客，人家对我瞟着眼儿，戴了嫌疑的银镜来轻视我，那是很平常的事，爱护我的同行者，可毋须替我担心事，要晓得我，还是没有改变过的我。在船上对不相知的妇人女儿们发呆，是我的自由。

这一位鬈头发大眼儿西方式的；那一位瘦括括眉清目秀中国式的；还有一位鹅蛋脸静端端的京阪的真货。……呀，为了甚么？我近来学问上的判断，毫不长进；而判断女性的美恶，依然保持着旧有的机敏。其实那些女性，干我甚么？徒然费了一番心情上的乱暴，似乎有点不值得罢！

　　海风大了，坐在 Saloon（大厅）的一隅；阴沉沉地逼着我疲惫起来。昨夜一夜没有睡觉，半夜里我坐在狭小的房间里写信，同行的一位朋友家里的仆人，敲门进来，把我两件简单的行李拿了去。那时我的 Y，睡在房间里，没有惊醒；后房的婢女，和隔壁的一位朋友，都在酣梦之中，他们全不曾觉察我的行李，在这时做我的先锋去了。我看了这番情形，心里一阵酸溜溜的，忍不住掉下几行眼泪，时候不早了，我把信件赶快收束了后，推醒了 Y；她撑起腰来，擦了擦眼儿，懒洋洋地问我："要去了吗？"

　　"快要动身了。"

　　她便离了床，把一只小烘炉，搬到房角里，燃上了炭火，煮鸡汁面。我们对坐在炉旁，找不出谈话的资料，各自低了头，静默地不敢对看。直等煮熟了面，她才说一声："你吃了些点心走罢。"

　　我吃了点心，整了衣冠动身；她尾随着我下楼，她为我开了后门，刺骨的北风闯进来，我紧握住她的手，连一声再会都说不出来。勉强提高了声浪，说了告别辞，忙的跨出门去。走了几步，回头一望，她还站在门口望我；我裹足不前，冥冥中立刻把我拖了回去，她问我说："什么你又回来了！"

　　"不，你关了门，我才动身。"

　　砰的一声，她真的把门关住了：咫尺天涯，要回回不得。于是我和我的半生不熟的家室离别了。

　　向来没有家室的我，这半生不熟的家室，开办了还不过两个月，糊里糊涂过去，也不觉得甚么异样。到这时，才算尝到家室的滋味呢。然而自从别了家室，我单身到同行的一位朋友那里，他们在等候我去吃半夜饭；圆桌上团叙着家人和送行的亲友，酒肴杂陈，笑谈百出。直到黎明，送我们上船，在船上又笑谈了一阵，我这见异思迁的丈夫子，早把我的Y丢在脑后了！什么叫做家室，一起忘记得精光了。

我挚爱的Y，你要原谅我呢。当我和某某女王的事情失败了后，我要炫奇，我要立异，任凭朋友们的讥刺，鼓励了我的勇气，为你解除了栅栏。来做我的夫人。这是久飨珍馐，反思园蔬的一个好例。什么呢？女性的欲望，和食欲是同一个通则的。当恋慕女性而尚没得到的时候，活像闻到庖人治膳时的香气，生起急欲饱尝的一种伧态；及至过屠门而大嚼，又觉乏味了。厌弃园蔬，想起珍馐，大约是人类的循环欲的必有的进程罢！挚爱的Y，你平昔以帝王事我，神圣事我，你的牺牲，似乎太不值得了。

二月七日

晚上八时，在神户车站上，搭了火车，往东京去。

上了车，不等坐定，车便出发了。宽了外衣，舒畅了一回坐下。狭长的车厢里，灯火朦胧，旅客们疲乏的吸息，满布在车中，大家有心无心地面面相对；像闷在坟墓里受地气的侵蚀，把人们活泼泼的精神僵化去了。

车子到了横滨停下，开了窗，探出头来一望，在人众杂踏的一群中，夹着五六个穿着西装的女学生，年纪都不过十四五岁，像结了队伍似的迎上来。灯光耀在她们的面颜上，映出异样的柔嫩；目不他瞬地上了别一厢车室去。她们大约是从夜间学校里散学出来的。车子出发，我还复到原位上，神经微觉昏乱；似乎眼前幻出了五六个椭圆形的照相，参参差差把她们的影儿，平贴在这里，并且明暗分得很精巧：一个是银丝的鬈发，一个是水汪汪的眼儿，一个是两颊冻得红赤赤的，一个是——呀，阔别了一年的异国姑娘们，这一年来我幽忧多病，面庞瘦削得多么厉害；你们长得丰丽端好，多么活泼生趣。这一个新陈代谢的对照，教人如何忍受呢。

车子在黑夜中横行，原是天地间大恶魔的行为。我们旅客，任它驱驰，供它的愚弄，真是可笑。嘘了一口气，随便吃了些果物，似乎清醒了一点。心里一转机，觉得刚才对于异国姑娘们的广漠之思，未免有些内疚了。但是我要申说的，不要说你们看我是——连我自己也讨厌——早已腐朽的了，我不配来景仰你们的了。中学校的运动场上，不少活泼有为的二十岁以内的少年，教室里不少未来的学者艺术家。你们第二个运命，就在这儿。我……我现在谨致三跪九叩首，为你们前途祷祝十二分之幸福。可是一面，我又很为你们担忧；因为世界上的男子，没有一个靠得住的。小时候总是珠圆玉润的，长大了没一个不转变成兽性的暴汉。于是你们当中，意志坚强的，就要自杀；意志薄弱的，禁在暴汉的粗陋的臂弯中，终身不见天日。那么我现在要预备一副涕泪，为凭吊你们之用。

隐约听得小贩的声音；又停到什么一个车站了。打了一个欠伸一看，对面有几个客人在张望我，除非他们觉察了我的初期神经病，要想活擒我吗？这是警察们受了皇家的俸禄，不得不想出花头来献媚去；在你们似可不必辛苦了。

二月九日

在旅途上匍匐了几天，精神怠倦，有气无力，好比半僵的虫豸。昨天早上到东京，适适意意地休养了一天，今天还有些小部分的不舒畅，不知何时才得回复。

到驹込去访问朋友，不知不觉地到了白山中途下车。溜到南天堂书店，翻了一阵新出版书籍，便直跨到楼上的咖啡店，喝了一杯红茶；几个侍女对我很平淡地应接着，我才觉得二年不到这里了。往日天天见面的几个侍女，大约都被停歇了，或和她们的爱人实行同居了。粉壁上挂着的一幅彭琼丝（Sir E. Burn－Jones）所作"金级"（Golden stairs）的复印品，还保有二年前的位置。这画中十八位妙龄女郎，总还记得我从前在这儿的一种热狂的流连。

从咖啡店下楼，走到对面的一家文具店；主人女儿，微笑接得我说："久违了！"

"……"

我买了一个钢笔尖，一束信封，一束信笺。她在对我上下相视，她又歪了头儿，现出惊奇的笑脸。除非为了"昔日之我破制服赤脚穿皮鞋今日之我新洋服衣冠楚楚"吗？我想假使五六年后，我们再相见时，她或已背了生的小孩子，在管家务事了。那时我看她，怕也要惊奇了。

回到寓中，拔出了久经患难的破笔尖，想要投到痰盂里，又觉弃之可惜。还是藏在箧袋里，留个纪念。装上的新笔尖，它的命运如何，且看以后。

晚间八时的光景，把新买来的书籍，堆在枕子的两端；我一个人背靠着床架，盘坐在床箪上，翻了一本又翻别一本；像鉴赏家得到一批新的古董，摩挲欣赏，连吃饭大便都要忘记的样子。侍役推进门来，报道："先生，有客来了。"我因为硬领领带都解了，皮鞋也脱掉了，有点不耐烦。心想来了东京二天，决没有客气的人，无劳到应接室里去。便回答他说："请他进这儿坐。"

侍役走出，随即引进一位女客，我有点惊慌；呀，是五年不见的Ｓ女士。我放掉了书本，想下床，太匆忙了，右旁的一堆书籍，忽地颠到地板上去，她说："Ｔ君，你不必起身，横竖是不客气的。"

“对不住。对不住。我身体有点不舒服，你请坐罢。”我说了，弯下身子，把书籍拾起；她也迎上来帮忙。我心里暗笑，这应变的机智，不知道从哪儿学来的；这一来，我床上见客，面子上便可告无罪了。

她坐下，我们谈了些无关紧要的酬应话后，她提起我们从前的朋友中某女士，某君，某君，某女士的近状来问我；我一一回答。她低倒了头，弄着手提的银丝囊，沉吟地像在找些甚么谈话的资料。灯光摇在她的头颈里，她敷的细腻的白粉像有种反光发出来；我从这一点，才注意她的全身，衣装，饰物，都比认前讲究了。从前一片朴素而单纯的草草天真，像已失掉了去——她抬起头来，深秀而略带愁闷的容颜上。跃出一种将做人贤妇的症候。恐怕她近来传染到日本交际界上少年贤妇的流行病吗？还是别有复杂的因素，造成这种气度的吗？我这样想。

随后，她问我关于我自身的某件事情；我觉这件事情，以女子为中心的事情，讲给女子听，很难措辞；默默挣扎了一歇，恰巧同寓的几位回来，到我房间里来望我；给我一个不必讲出的机会。我给他们互相介绍了一下，她又谈了些近来在东京的生活的话，便告别出去。

当夜睡下，心神不定，转辗反侧，默颂一二三四，到一百一千五千……总不能睡觉。忽尔从天外飞来一种空想，适才看 S 女士的面色，预知她的前途有点不祥。什么呢？她像不久就要嫁一个军阀，或是一个大官僚。那时她的原来的意志，被环境转变到没出息一条路上走了。现今她的胸中虚荣与志节，正在剧烈交战，一时不能看出胜负；照她的才具而论，似乎不会堕入魔道；从她的周围排算起来，她难以避免这个易召的危机。

这是一种空想，但我近一二年来，自己无异发明了一种相人术；

朋友之间，有多人经我察言观色，推测将来的际遇；有几位的确应验了。啊，S女士，我为你又未免要担几分虚惊的了。

二月十六日

近几天来，常到某町蒂蒂咖啡店去，这咖啡店虽是简陋，但二个侍女不坏，一个瘦长的叫做一条君子。一个娇子叫做千叶菊子。有了她们俩，这店可不因简陋而减色了。

据我这几天来的经验，和我所得的一切印象；我喜欢一条君子的那种灵活而轻柔的风度。我每次到来，总要捉了她和她打趣。因为我不很欢喜千叶菊子，所以我也就不很去和她殷勤。但是一条君子总要把她推荐上来，我勉强地和她应酬，她也勉强地和我说笑。在一条君子，或以为一个人占住风光，有点不好意思，要推荐同伴一同寻些快乐，使她不觉得客人对于她们俩有畸轻畸重的地方。这种用意，就在别的地方，一条君子也很照顾她，可以看出她们俩的情谊，怕比姊妹还来得浓蜜。

今晚我拉了两三位朋友，照例又到这咖啡店去，我们进去，围据了桌子。一条君子略略弯曲身子，靠在内室的门柱上，对我们招呼了一声；动也不动地像在倾听什么似的。我们喊了四杯咖啡，四盘点心；她照样传话了，仍是动也不动的，我有点诧异起来，用心听了一下；约略辨出内室里，千叶菊子和女主人口角的声音；可是为什么事口角，也听不出来。过了一歇，一条君子端了咖啡送上来，我低声问她什么事，她附着我的耳朵说："千叶娘不高兴再在这儿做侍女了，那个老婆子太苛刻，因为她中途告辞，这半个月的工银，硬要扣去，……"

　　她说到这儿，千叶菊子从内室跨出来，嘴巴里噜咕着说："不穷这半个月的工钱，任凭你那……"她一霎眼，瞧见我们了，忙的不说下去；改怒为喜的，对我们点了点头，于是一条君子拉了她的肩袖，到壁角里附耳说了几句话；她便向我们告别出去。一条君子跟着她跨出门去，踮起了足趾望她：回进来，背着我们掩面而泣。我略略去安慰她几声，她才揩了眼泪，把我们的杯盘收拾起来。我觉得不好意思久坐，便付去了账，快快地走出来。

　　一路走到寓所。路灯点缀在黝黑的街道上，这惨苦的景象里，还像印有一幕活的悲剧。可怜的一条君子，你难保不步千叶菊子的后尘！

二月二十日

　　今日预定搭九时夜车到京都，晚间六时，在大雅楼吃了晚饭后，不知不觉地直向车站走去。到了待合室忽然碰到一位老同学宵岛俊吉，和一位旧友井上康文，他们俩是日本的新进诗人，往时常叙在一块儿，同到繁华的所在或偏僻的地方，找些奇异的娱乐；计数起来，阔别二年了。宵岛握着我的手说："T君，什么你又到东京来了，你还干这勾当吗？"

　　"不，我到京都去。"

　　"你忙些甚么？今夜天气这么冷，明天早晨去罢，我们送你上车。"

　　"……"

　　"T君，你已忘记那年在这儿醉吐的事吗？"井上插嘴对我说，我简直找不出回话来。大约在三年前那个隆冬的一夜，他们俩，还有二三位和我到一家酒家，我是不会喝酒的。他们硬要我喝，我不好推却，应酬了二杯正宗，当夜公议到车站去待旦；因为待客室有火炉，有热水汀，又有待车的女儿们。我们占坐了一只沙发，说些下流的谜话来笑；我笑得太起劲了，酒气冲到喉咙，吃的菜饭，一齐呕了出来；横在沙发上睡到天明。这件事亏他们还记得。但是我再没有这种幸福，来尝这个魔鬼式的生涯了。

我和他们俩，胡乱地谈了一阵，觉得他们俩那种魔鬼式的根性，和以前没有变换。一面很羡慕他们，一面悟到自己自从混在假正经的笼子里，这夙根也随之而丧失的了。九时上车，和他们俩作别，在车中，闷闷地还苦念他们。

二月二十三日

近乎二年阔别的京都，我所最赏识的钟声、溪声，这二三天又来接触，真是清福。还有我最赏识的美人，京都有这一种尤物，不愧为音乐之都，绘画之都的了。

远山朦胧，像横在大地上的半醒的美人；它含有无限的引诱力，使世界上的痴人，对着它作空漠的恋慕。我坐在鸭川的浅滩上，赏识急喘的音响时，侧面的远山，静悄悄地在偷看我；我恨不得拉长我的肢体，和它同睡在大地之上，吸风饮露，同为千古。

晚风刺刺地迫我回到旅店了，侍女来替我燃上火钵；她是个青年妇人，那种秀丽轻柔的体态，恰配京都的地方色彩。这旅店靠在吉田山旁，毫无车马的喧扰；四面都是顷刻万变笔山岳；静听都是溪谷的细流声。在这地方，又有这种侍女来舒舒齐齐地趋奉，……我想，我若是有了这一笔钱，定要终老在这里，那种职工式的苦教授，可以告退了，可以少受厂主们的白眼了。虽然没有钱住在这儿，少不得也要被漂亮的侍女白眼。其实与其受厂主们的白眼，毋宁受漂亮侍女的白眼，一样受白眼，比较的来得值得些。

　　六时到了，桥本画师约我到酒家去，横竖住在旅店里也无聊，去走一趟罢。

　　不近人情的日本菜，在我的下贱的口腹里，又像惯的了，尝了三四盘，肚子里饱满起来；抽出纸烟来乱吸，这烟雾灯光的室中，围了一群劝酒的雏妓。生来没有喝酒天才的我，少不得要应酬一下了。来了一个又一个，她们擎出雪嫩的手迎上来。我那敢不受；受了，我又怕喝，只好假作痴聋，歪了头，看对面豆次姑娘的牡丹舞。我不懂这舞曲的内容，只看见她一双晶亮的瞳子，随她的动作而转移上下、左右、偏侧、斜欹、正反、俯仰，各自成一雕刻的世界。随后，有一枝桃的狮子舞。又有她们的合舞，加上急促的三弦声，好像有一把钝了的刀，括在我的顽石一般的心儿上，发出这种凄苦的声调来。我真醉了，因为女人的香气逼上来，比醇酒的香气更浓烈；四肢无力，几乎要倒在席子上了。

　　从酒家出来，被他们硬装在车子上，到一家妓院里；那种感觉，比酒家更紧张了。我力不能支，颓卧在席子上。两耳的近旁，充满着像人海里涌上涌下的惊涛骇浪之声。我虽然闭拢眼儿，但那赤条条的女儿们、醉汉们，醮在海水里前呼后拥、横眠竖倒的神情，活呈在我的眼前。酒未央，夜未央，乐未央，……我神志昏乱，如醒不醒，本来锐利的感觉，都麻木了去，过了好几辰光才醒过来；我觉察和主人，同来的客人，同睡在锦被中。窗上的太阳光，直刺到我的眼儿里；眼儿睁不起来，用力把四肢伸张了一回，这如同隔世的迷梦，立刻消失于无形了。

二月二十六日

风平浪静的归舟，下午四时，送我回到上海了。丧失了的记忆，不必追究。将近一个月的流浪生涯，像是昨天一天的事。上岸了后，急急要回到家里；从杨树浦到西门的路途，像比东京到上海的路程更遥远。

天光渐近薄暮，人烟稠密的都市上，一种沉闷的色调，越发使人怠倦。我手里提了皮箧，走到我家的门前，敲了铜环，没有应声；又连敲了数声，约略有婢女的声音问道："谁？……是谁？"

"我！"我回答，开出门来，小婢惊退了几步说：

"少爷来了，NaNa 有病呢……"我不等她说完，直冲到楼上；那时我的 Y 听得皮鞋声音，也问道："谁？……谁？"

我推进房门？她斜靠在高枕上，头发蓬乱，面容苍白，眼泪一行行地掉下来。我向床沿坐下，抚慰她一阵，她垂侧了颈儿，似睡非睡地沉默着。室中暗淡无光，从窗隙里吹进的风儿，把窗帏微微地摇颤起来；真像有冤鬼作祟。我开了电灯一看，室中器物散乱，桌子上的笔砚书籍，横七倒八地僵卧着，而且覆上了一层灰尘，现出一种尸骸暴露没人收拾般的悲凉之状。我也忍不住滴出没中用的眼泪来了。——假如我死了，我的一批辛苦搜集的书籍，将怎样结局？朋友来收拾去吗？图书馆来购买去吗？拍卖店家来经理吗？收旧货贩，计斤计两地换去吗？小贩来拿去拆下来，衬油豆腐、熏肚脏、酱鸡……吗？工厂里来收去烂化吗？身后的事，何忍想下去呢。

我的 Y，咳了一声酸楚的声音；横过头来，用力睁出一线的眼缝，和了病人低抑的声调，对我说："某日向张先生借了十块银；某日向吴先生借了二十块钱；某日把衣服当了十块钱；某日把饰物当了二十块钱；……你在日记簿上记一记罢。"

"房金，报纸费，付去了。"

"米店里的钱，还没有来收。……"

我坐到桌子前，伸出一张白纸；因为笔砚满堆了灰尘，便翻开手提包，摸出东京带回的一管钢笔。我对笔尖 一看，心里溜出一阵辛酸，禁不住要苦叫起来——这新笔尖写了不多时日，以后的运命，就消磨在记欠人债务的生涯吗？太可怜了。

十五年，三月未抄存

平凡的死

暮春，杨花浮在空中，时时荡出音乐的波纹来，引诱人们怠倦地懒化在浩荡的阳光里，沿路稀少的行客，都像浮肿了身子似的蹒跚彳亍，丧失了勇往直前的气力。我也行客中的一人，只有汽车马车，从身旁突飞过去，还得暂时把我的心脏震荡一回。前面就是半淞园；那是多年阔别的旧游地呀！袋里摸索了一下，还剩着几毛钱够赏赐我再去走一趟的机会。

走进园门，弯弯曲曲兜过去；约略认了路由，周转环行一回；觉得风景和设备，没有怎样大的变化。就停在一片草地上，喊了茶占据一个桌子。这桌子的地位，正当来往的要冲，坐在这儿，真像一架活的镜框；来来去去的红男绿女们，少不得要送到我的眼里来反映一回。但是我的神经不很敏活，两臂搁在桌子上，使全身的重心毫不偏倚；一双眼随着有规则的呼吸，而注视到人物以外的空无所有了。

对面迎上来一位少年，戴着缎制的西瓜帽，穿着深蓝色的缎子夹袍；右手里撑着一茎司帝克。他优雅地把身体略微俯仰一下，将司帝克换到左手里，对我伸出右手来说：

"你是密司脱 T 吗？许久不见了！"这人我一时记不起来，只是临时像有鬼怪来驱使我，我也握上他的手回说：

"许久不见了！……"我便请他坐下，斟了一杯茶敬他，他也不十分客气地应接了。他站起来，把椅子向后移动了一些，交膝地坐下。双手捧住司帝克，他的脸儿送上来对正着我，撇头对我说：

"你还记得那位江北学究吗？"他说了，脸上现出一种稀罕的微笑。这种微笑的容态，妇人在受领情人的贻赠时才得发现一回，不料他也有这一来；便立刻把我灵府开发了，把我的精神提高了；于是我紧接回答他说：

"记得，记得！"的确我一齐记起了，江北学究，是我中学里同班的同学。这位少年，是在我下一班的同学 D 君。我们在当时都很亲密的朋友；尤其江北学究，是我们朋友中唯一的趣人；我们在中学时代扮演的喜剧，无他不成事的；我便问 D 君说："他现在怎样了？"

"他死了四个多月了！"

"真的吗，……他怎么会死的。"

"去年年底，他喝醉了冻死的。"

"你怎会知道呢？"

"我在去年，介绍他到一家报馆里当校对员；他向来爱喝酒，你是知道的！当这小小的校对员，一个月七八元的进款，那能满足他的牛饮。于是把棉衣，皮衣，质典尽了在隆冬的天气，还是穿着单衣。……这校对的工作，总是延到深夜里的。听说那天，他老先生喝醉了酒，坐在校对室里；冷酷的北风从窗隙钻进来，他抵御不住，就此僵死了去的。"

"呀，死得可怜！他天生就的一副短小精干的皮骨，谁料他有这么夭折的结果呢？"我听了D君的一番说述，忍不住在恒常怀旧的哀感里，拨起一种赞扬他的浪漫的死法；我于是转悲为笑的，对D君说：

"江北学究毕竟是怪汉！他这一死，也值得我们惊异的。"

"最可纪念的，他在生理学大会里的那种勾当，你还记得吗？"D君说了，仰天大笑了一阵；我想起这生理学大会，是我们结合朋友的起点，更笑个不住，连涕泗都直喷出来。过了一歇，D君自己斟了一杯茶喝了，他摸出一方手帕，揩了眼睛，再把面上的脂肪质拭去，又整了眼镜，站起来双手提了一茎司帝克，做出十分之三的拱手式，连说一声"再会，再会"地辞别去了。D君这一副光洁而带有女性的举动，使我更想起当时的盛况。因为我们在同学的时候，我们曾为D君取了一个绰号，叫做苏州阿姐。他是苏州人，说话非凡的柔嫩，他的举动羞涩地一点没有丈夫气的，他的脸儿光滑圆润，自有人工所不能及的红白相映的色调，尤其叫人欢喜。现在他也长到成人了，面上虽是略带黝黑的人世间的苦味，那种伶俐的风度中，可还存有一点当年的秀美哩！

说到D君，联想到江北学究，是个很适当的机会。他们俩是仇敌，又是一个很好的对照。因为江北学究，在那时我们朋友中算他年纪最大，脸儿茶褐色的，嵌进一双赤红而乌黑的瞳子，活像一个城隍庙里的火神像，他的头发过了三四个月还不想剪去，是一个最不洁净、最奇丑的人。他的手里，一天到晚拿着一卷油光纸石印的小字的书。无论到课室里，到运动场上，只管看这么的小字书。于是把他的江北口音，和学究行为合拢来，便替他加上了这个头衔。

我的宿舍里有四张床铺，我占在靠窗的一个位置。对面是T君的位置，但T君的家离学校不远，时时回到家里，这床铺等于虚设的。其他二张：就是 D 君和江北学究二人面对面的床铺了。我和江北学究，虽是同班的，但先前是不相来往的，从第二年同一间宿舍了后，才结成特殊的情谊。那时 D 君新入学生，一切事情，都听从我的指挥；这间宿舍里，我的势力比较最大的了。

有一天，江北学究偶然住在校外去了。我和 D 君在江北学究的床底下，发现一堆乱书，大约就是他平常手不忍释的东西。什么《七侠五义》呀，《今古奇观》呀，《珍珠塔》呀，《野叟曝言》呀，《玉蜻蜓》呀，《红楼梦》呀，《再生缘》呀；这些大小不一的石印小字书，总共有一百多本。我又把他的床帐挂起来，他的被褥大约有几个月不洗了，一阵汗腥的臭气，自冲出来；接触到 D 君的纤弱的神经，D 君禁不住惊退数步。我细细地翻起棉被来一看，床角里塞满了污衣和破袜一类肮脏的东西。在枕子的底下，又发现一本像经多人或屡次翻阅烂熟的石印小字书，这本书叫做《男女卫生必读》。这时才始惊异他是一个不可思议的人物。

后来我们的脾气，大家一天熟悉了一天了。我们纠集了邻近房间里的同学，组织了一个生理学大会，推江北学究做主席，每星期六晚间，大家约了开一次会议。开会的时候，江北学究一个人盘坐在自己的床上，我们七八个人大家一齐蜷缩在他对面的 D 君的床上，静肃地听他说法。他说话之先，举起两手来，把他胡髭拈一拈，脸儿仰向在帐顶上，作思索的神气。D 君每逢他做出这么形状，总是笑个不止，而他神色从容，静待 D 君笑毕，然后提出男子生殖器的什么，女子生殖器的什么，男女……时的什么，女子乳房的什么，男子女子……什么等问题。不但有详细的说明，而且做出手势来证实。他讲毕了，就请我们发问。我们中间偶然有质问他的，他也不惮烦琐，引了许多证例来说明。散席的时候，他下床来，正正经经地向我们拱了手说："乱道，乱道！"像他这种工夫，至少曾在国会里当过几届议员，或是在大学里当过多年教授，我们没一个不佩服他的。到了邻室的参加的同学们，回了自己的房间；D君在把自己床上的被褥细心整理，这时候江北学究就放出强暴的手段来。抱了D君倒在床上，吐出强调的温言说："吻香，吻香。"那D君被压在他的身下，在咕噜地吐出苏州特有的怨言说："讨厌"，"胡子加长"，"勿要操哩"……他这痛快的一来，等到D君哭出眼泪来，或是经我调解了，才始休止。

　　江北学究他虽然有这种伎俩，可是在平常，——除了会议与胁迫D君以外——他深藏若虚，毫不露过些微奇异的动作。在课室里，总是用功听讲；在自修室里，也是埋头地看书；在走廊里，握了一卷小字书，踱来踱去，像在深思远虑以应变大事的一般；在运动场上，他伏在墙角里，有时呆望足球战争的剧烈紧张，有时默认随手所带的小字书。他的学生资格的破产，就在这一年将近暑假的时候。那天上数学课，他伏在课桌上打瞌睡，睡得大浓了，不知不觉地离了座位，颠扑到地上了，于是哄堂大笑起来，功课无形停顿。那位数学教员是有名的厉害家伙，绰号叫做活剥皮。看了这番情形，就跳下讲台，一手把江北学究拉了起来；这江北学究经他用力一拉，胸怀里藏着零星的东西，一齐掉下来，内中有干牛肉、花生米、香蕉糖、咬过的面饼，和一本石印小字的《男女卫生必读》。那位活剥皮先生，检举了一下，怒不可忍，把这些东西没收了起来；把江北学究推在课室的门外。退课了后，我代江北学究收拾数学练习簿和石版等类送到他的自修室里。我偶然把他的数学练习簿翻出一看：除了前面二三页，夹杂地涂了些阿拉伯字，和排比了些未完成的算式外；后面几页，尽是他在生理学大会里所讲演的节目。他的研究的工夫比较当时我们中学校的教员怕有过无不及，可惜在这一年的暑假时，被校长借了

"品行不端、成绩落第"的罪状，把彼除名了。

　　秋天开学，江北学究照例带了铺盖箱笼来校，不料被舍监先生觉察了，请他出校。他第一次自己去央求校长，收回成命，校长不答应。第二次他联结了几位同乡，请他们到校长前说情、恳求；校长仍旧不答应。他这老练而胸有城府的少年，终于涕泣出校。一辆黄包车把他的铺盖和箱笼拖出校门，他尾随着车子漫步前行。我和D召及其他二三位同学，因为和他有特殊的情谊，便送他出校门。大家都怀着稀薄的哀情，似乎失去了这位喜剧的主角，间接就是我们的不幸。

　　离这件事约有二个月的光景，我恍惚听人家说，江北学究在学校的邻近租了一间房子住着。我就打听得他的地址，那天星期日，我和D君去访问他；果然他住在狭小的胡同里，一家某某药厂的楼上，他住的一间亭子间，满装着许多药料，和化学实验的仪器一类东西。我问他干甚么？他说，和这药厂合股制药，这事的来历也很有味，他说，自从出了学校后，寄住在小旅馆里足足有半个月；在报纸上看见这药厂招请合股制药的告白，便投到这儿来的。我们访问他的时候，他忙于弄化学实验勾当，我们就此匆匆辞别。又过了二个多月，我和D君去访问他。他住在房间里照旧布置，只是药料更备得丰富了。他逢到我们，有种特殊的欣喜，立刻教佣人到菜馆里喊菜来，留我们午饭。他说，新近在那本《秘术成功诀》里，照做了一种补药，销数大增，因此赚了一笔钱。……酒菜端来了，我们伴他喝酒，他喝了一杯又喝一杯，这样的连连不绝、口里一面嚼菜，一面讲些天南地北的话。我们不好意思辜负他的盛意，便在这儿一同吃了饭，那时他略带几分醉意了！硬要D君同他去摄影；D君含糊地并不答应，也不拒绝，而他恣意地和D君纠缠。我们见势不好，就此辞别出来；他睁出狞恶的两眼来，对D君点了点头；活跃出一种失望后的神情。

隔了半个月，我和 D 君在他住的那条胡同里穿过；他跨出门来招呼我们，我们便站在药厂的门口，交谈了几句话。左面邻家，走出一个年轻的半女学生气味的女子；她背着我们走去了。江北学究指着她，拍拍胸襟说：她和我很有意思，你们看，不久就要做我的……说话时，满贮着一腔欣欢的气态。其时将近寒假了，我们考试了便回家去，没有去看他。

第二年的春天，我和 D 君到龙华去看桃花；在一处芬芳的旷野里，忽感到徒步的疲惫；就向附近的一所古寺走去，想进去歇息一下。走进寺门，从甬道上踱进去，直到大殿上。我在仰首观望殿上的匾额和联对，D 君把我的衣角扯了一下；我回转头来一望，有个和尚在侧厢里走出来，认真一看，是江北学究披着僧衣了。他招呼我们到那间侧厢里坐，一间小小的僧房，布置还算素雅；壁上挂了几幅古书画，正中供着一尊铜塑的佛像。室中静寂，只盘袅着一缕幽香。我和 D 君坐在坑床上；他斟了二杯茶给我们，自己端了一张破旧的椅子，坐在 D 君的前面，和我斜对着；我便问他："你怎会到这儿来的？"

"事情很复杂，……"他低头思索了一回接下："去年我在那个药厂赚了几百块钱，这笔钱都花在我左方邻女的身上了。她原说要嫁给我的，等到年底，她听说我亏本，没有钱偿去欠账；她便断绝我，不来理我了……你想，亏本欠债还是小事，她这一来，真是气死我呢？"

"那么谁介绍你到这儿的呢？"

"那是我自己投来的，这里有个老和尚，非凡的和善，我进来的时候，向他说明了这个缘由，他也详详细细盘问我一番。他听得我会做文章，会做诗，很优待我，不当我小和尚看待，当我客师看待的。……这里有四个小和尚，我每天抽出半天来，教给他们念《大学》、《中庸》、《论语》、《孟子》，还要教给他们念《梁王宝忏》、《大悲咒》、《目连救母经》、《血盆经》一类东西哩。"他说话时，似乎又起劲了。

"这些经忏你怎会懂得？"

"里边的字都还识得，不识有字典呢！"

"那么你家里知道你干这回事吗？"

"不，我的父亲还以为我在学校里念书。……不过上回报纸上有我父亲找寻我的广告，我不去理他。你看见我的同乡，也不要说起，这是你千万不要失信呢！"

"那么你还想回到家乡去吗？"

"现在我不想回去，待有得意的一天，回去咄咤一下，……你知道吗？像我在去年年底的时候，金钱也花尽，女人也拿不到手了；要是回去，少不得又要被我的父亲痛骂一场。我辈负有才器的人，怎能受辱！万一到了山穷水尽的时候，这条路是唯一的道路了。……"他的讲话里，虽然保持着旧有的从容，但略微带些老成壮烈的气味了。他讲活时，D君默不发声地注视他；他也有时流眸到D君的面上；D君未免有些瑟缩恐惧之情。在他简单的心情里，被江北学究的这种不可思议的怪异占据住了。就是我在那时，对于江北学究，也怀着一种说不出的狐疑，竟辨不明白自己置身在鬼域人域的了。

从这次。他像在生理学大会散席时的，拱着手送我们出寺院道别，不久暑假到了，暑假后，我也休学，离开上海，和江北学究分别了足足有六年，和D君分别也快六年了。

江北学究和我友谊的分量中，只有游戏的成分。原没有深切挂记的必要，但是这次我听得他死了，不知不觉地把他的故事重温一遍，竟忘记自己坐在半淞园的茶桌之旁。阳光微弱地将近暮境了，我像从迷梦里醒回来，觉得中学时代的一切事象，和中天的阳光一同丧失的了，越想去越发渺茫。我便付去了茶钱，动身回去，低倒头走去；沿着曲折纡萦的道路，穿了半天；什么草地、亭台、池塘，仍没发现这园子的大门。又兜了一歇，走到江上草堂的廊下，才认识出路了。这时恰巧D君在江上草堂，又来招呼我去一同喝茶；我毫不迟疑地和他坐在坑床上。忽然想起江北学究在僧寺里会谈的情形，我的胸中被江北学究这人压住了，我第一声就问他："江北学究从前出家了，怎又返服了呢？"

"这人真奇怪！……我也不十分明白。我前年当新闻记者的时候，到龙华护军使署里去，访问关于江浙战争的谣传，无意之间，碰到江北学究，那时他在署里当书记官的职务。他对我说，曾经上了一个条陈给当道，便录用他的，原来他要想做个参谋，可是得不到手，因此郁郁不乐，天天胡乱地喝酒。不久江浙战争真的发生了，护军使署换了一个人来主持，他逃出来，没有事做，便来找我，要我替他谋一件事情，那么我介绍他到报馆里当校对的。"

"不料他有这种神奇不测的智略！"

"你真不知道，他在战争的时候，曾经对我说了许多的方略，不是没意味的呢！那次战事的结果，他也预先对我说过，后来果然中他的话呢！……我想惟其这般胆大妄为的人，才有督军督办的希望。"D君说了，斟了杯茶给我，我喝了茶，仰卧到高枕上，D君也照样卧下。天光略带昏黑的了，尤其室中满布着惨淡的气象。D君吸着卷烟。一声不作地像在默想，我注视着D君喷出的烟雾，心中的思念，也随了烟霞而弥漫，眼前甚么也看不见了。

D君站起来，喊了茶房付账，把我的空想打断了，他像要走的样子，我也不由自主地站了起来。认真向他的脸上盯视，他的额上划着的几丝皱纹，像在告诉我说：自从踏入了实生活的境界，美貌随即离开了……

我和 D 君道别了后，一个人在归途上这样想：像 D 君那样充满卑怯的童真的人，美貌会离开他，那么像江北学究耽于空想不着边际的人，当然会死的。他的死，值不得我们惊异，他只是平凡的死！

十五年六月二十日稿

眼　泪

　　我和我的妇人随着自然推移的运命，营那同居的似是而非的家庭生活，计数起来，将满一年的时光了。我是否爱她？在这浑沌过去漠不关心的一年中，我不曾有过一次紧握着这个疑问来作真实的咀嚼。所以直到今天，我还不曾自觉到我究竟爱她与否？生来缺乏打算心的我，平日生活于人世间，对于和我有关系的一切疑问，原也取决于犹豫不决。朋友们说我意志薄弱，说我少检省的工夫，说我没有判断的能力，我觉得一点不差，并且再也确切不过的。

　　我对于女人，向来抱有一种非常的奢望；我的理想中或记忆中曾有一次捉住了一个女人的型；像这女人，我才愿意爱她；可是我还没有遇见她。有时我感到她已被人家爱去了；有时我感到她不久就会认识我了；有时我感到她还没降生到地上。自从有了这种空洞的先入之见，我的孤冷的心坎中，虽没有具体的焦灼和绝望，但已为生铁般的一块辽阔悠久的期待物屏障住了。在未遇到这女人以前，我无论对谁，不愿说爱。为了这一点，往常我对于我的妇人，便不以目的物来看待，便不能确定爱她与否。

那么我不爱我的妇人吗？然而也不能作这么率直的断论。事实上她是我的妻，她做我的妻我不是绝对不钟爱的；而且她现在生产了，在有实中的事实上她是我的唯一有关系的人，追溯过去的日子中，我对她虽没有正正经经地爱她，虽有时不满意于她，憎厌她，咒诅她。但某一时机，我对她曾有不得不爱她的苦衷，曾使我由真实的中心里吐出爱她的情致。我的心境的转移非常迅速，真所谓变幻莫测的。不消说在一日中会变出好几回喜怒哀乐各色各样的心境；就使在一时一刻中也会变出前后矛盾的心境来呢！我的妇人盘旋在我的周围，她的一举一动一言一笑，映射于我的某一心境。我会爱她；又映射于我的某一心境，我或不爱她了。换句话说：我的爱她与否，全为时间性所驱使；要我自主还谈不到，若说要我自决更差得远哩。

今天是我的妇人生产的日子，——活了二十五周岁的我，和但丁所谓"在我生有涯的半途"还差十年，从不曾有过的大事，硬教我刺破经验的皮肉把它注射进去。

今天清早五点钟光景，我正在梦的泥沼里讨生活；我的妇人睡在对面的一张床上，她拍响床沿喊醒我，告诉我在腹痛。我含糊地答应了一声，重又跃入梦的泥沼里游泳。她又喊醒我，告诉我说今天怕要生产了。我觉得不好意思再睡觉，慌忙地披衣起身。她微微地叹息了一声，这叹息似乎她听得我起身，表出一种寥落中的慰藉。

"已凉天气未寒时"的节候，从窗幔的隙缝里望去，空中略微带些阴沉的气味，太阳被毛玻璃一般的云翳掩覆住了，不能尽量伸展它的光热。天将降大任于我身，一种无名的气氛击袭上来，使我神色陡变，冥合于天时同一程度的沉闷。把洗漱早餐的常事急速办完，我才始坐到我的妇人的床沿上。

"怎么样?"我轻轻问她。

"痛得轻一点了。"她说了,双眼水汪汪地凝视我,似乎还有说不出的后话。我移动了眼锋,转向妆台上的小时计一看,快要到七点钟了,顿时我觉得还有正经事须去干的,便回问她:"今天不见得会生产罢?"

"那我并不是过来人,怎会知道!"

"那么我要到江湾去上课了。"

"你今天还要到江湾去吗?……"她说了头部侧向内面,似乎示出没有了气力或不来理我的样子。我又看了看时计,站起来,心想乘八点钟火车应该预备动身了。便换上衣服穿好皮鞋,走到外房去想要理出授课时的参考书籍;被她听得了皮鞋的声音喊停我了。我回到她的床前,她伸长了颈儿望我,她的泪珠儿从眼眶里涌出了。

"你真预备走吗?万一今天生产,那么教我怎样?家里只有一个沈妈,她管不了多么事;而且她也不认识医生的地方。"她带着异常尖急的声调对我说了,还直逼的凝视我。

"你莫要着急,那会有这样凑巧,我出门了你就会生产呢?"

"哼!"她怄出了这一声,又把头部侧向内面,显出生气的样子。一忽儿又回过头来说:"今天肚子里痛得很离奇,一阵一阵的酸痛,往时从没有害过这样的病呢。"她端正了头部,作疲惫的喘息,眼珠平向,又像不来理我了。这时我的心儿像被蛀虫叮了一下,异常的不舒服;一面又挂念着江湾的功课,因为我在江湾的某校里教书,是尽义务的,每星期只有半天功课;惟其尽义务,惟其时间少,我觉得不好意思无端缺席。正在踌躇的当儿,她又对我说:"前次医生不是说过的吗?要是痛得健了,就要去请她。"她说了仍旧凝望着我,似乎等待我的下文的样子。我心想休矣,江湾去不成了。我立刻转了一念向她说:"要不要就去请医生?"

"那迟一歇也无妨！"她这么一说，我随手把眼镜除下，皮鞋脱掉，于是她也安心地端正了头部，回复病人平静的状态。

乘火车到江湾去的时间已来不及了，我这样一想，在房间踱了几转。我的头脑里积聚着许多污浊的血，像一起放射在周身的血管里滤清了。我轻轻地看我的妇人，像是睡觉了。便无意之间走到外房去，狼狈地不做些微声息，从书架上拣了五六册书籍。挟着回到房间里，望那和我的妇人对面的一张床上放下。再把被儿枕子乱叠成一堆。我舒舒齐齐地斜靠下去，预备看书了。这种从鸦片烟窟里学来的方便法门，差不多成了我休假在家的常例。

翻开一本英译的《AMIEL'S JOURNAL》（艾米尔的《私人日记》），看了四五页的光景，我的妇人喊我了；我故意装做不听得的样子，照旧看下；一忽儿她又喊我了。实在我听得她第一声时，便没有心想看书；我希望她不再喊我，然而竟轶出我希望之外。我愤愤地把翻开了的书随手反合在床褥上，坐起身来；心里想女人真不是东西，可恶！弄得人家东不能东西不能西，一刻没有安定的，……还没有想定，她又喊我了。

"喂，你在干甚么？在看书么？……你不要看书了，我不是和你儿戏呢！"

"你要甚么？"我不由自主地走上前去，皱上眉儿口里这般问她，而我的心儿在私下祈祷回复看书的机会，鸦片刚上口儿谁愿无条件地放下！说了便想退复原位。忽地发现她的额上满凝着汗珠，似乎比先时更没有气力；无形中使我不能移动足步了。

"这种苦痛你是不知道的，……酸痛得厉害了，一阵健旺一阵的，说不出的难受。……"她继续地说了，闭了眼儿摇了摇头，我就感到这模样不是好兆。

"那么我就去请医生了。"我口里虽是这样说，但我的心里还希望她的痛度降低，希望她的回话不要教我去请医生。我呆呆地等待着；她没有回话，她的眉眼鼻钻聚在一起了，额上的汗珠滚滚而流的了；她的两手藏匿在被窝里在不自然地动着；她这副神情，无异把古来碑帖上的各式各样的痛字给我观看。再不去请医生怕自己也要不信任自己了！道义威迫着我，我急速换了皮鞋，戴了帽儿，不待她的许可，一直出门请医生去。

　　我回到家里不久，医生梅女士也来了，梅女士是我的朋友的夫人介绍，在一星期前她已来诊察过的；那时她断定至晚过一个星期便要生产了。她的本领如何，我毫不知道；假使今天是产期，那么已中她的预言了，她大约还是靠得住的。听得我的朋友的夫人说：她是一个三十有零的处女。她第一次来给我的印象，我就感到她像是教会创立的幼稚园中的导师；她的神态举止可说是现代妇女的象征；她的宗教味的和善中带着一种时髦的酬酢术，够令人接之生敬。她到了房间里和我的妇人招呼了一声，就把小皮箱打开，拿出零零星星的药用品，安放在桌子上，把各式各样药用品排出了一个暧昧的次序。这时我们的女仆沈妈，也被她叫上楼了。她要用的热水、冷水、铅桶、面盆，和其他的什器，沈妈奉命惟谨地一一搬了进来。她套上了一袭纯白的医生特有的制服，她洗好了手，配好了药品，两手叉在腰里，抬起头来像要开始跳舞了，不，她仰望了一转围，把电灯拉上拉下地试了一试，她那奕奕的神采，熟练的动作里，像昭示我们这是新式医生的面目，这是今代科学方法的效能。

　　沈妈站在旁边，相视梅女士的魔法式的动作，她呆了；我也觉得手足无所措，只好不自然地静待着。梅女士走到我的妇人的床前，从头至尾盘问了一番；随即坐在床沿上，教我的妇人伸出手来，按了按脉。她站起来将药用的纸类、布类，把我的妇人的身体衬好，又摩挲了一番。她回坐到床沿上，举起右手看了她的手表，又看了看妆台上的小时计；她歪着头儿对我说："大约到下午二点钟光景，孩子要出世了。"

我走前去看我的妇人，她的精神像比先前轻松了些；她望着我，两眼勉强地睁大，像有说不出的隐痛，我安慰她说："密司梅在这儿，你安心好了。"

她换了视线望梅女士，梅女士也照样对她说："D太太，真的，你要安心；做女人的没一个不遭遇的！……好在我们新式的收生，不会有多大的痛苦。"

"谢你！"她低微地回答了一声，她的眼泪又波涌出了。梅女士又续续抚慰她几声，我的念头转到了别地方，没有听清她们的话。我想梅女士三十多岁还是个密司，我的妇人她只有二十一岁已成太太的了。世事真微妙！……向来没有怀疑癖的我，如今也要犯上了；我无意之间对梅女士相视了一下，心里想她这样丰于肉感的聪明练达的现代角色，难道还没有找到一个丈夫吗？她说做女人的没一个不遭遇的，难道她会幸免的吗？她是专门产科，难道，为君子而忘其所本吗？我呆立不动，梅女士对我看了看，她像已觉察我所想念的，目光异样地逼我，我退坐到旁边的椅子上，假装从容不迫，仔细一看，她的目光不在我的身上，她在看护我的妇人。这时我又自怿这无聊的猜测，太没出息了。

下午二时快到了，我的妇人走近难关了，她上气不接下气地等待死刑的执行。看她的神色，她的痛度似乎比前增高得厉害了。梅女士吩咐沈妈蹲在床角里，握住我的妇人的左手。教我站在床前，握住右手。她自己看管我的妇人的下身。大约孩子要出世了。我的妇人痛阵到时掌握非常有力的加紧，痛阵退时掌握略略放宽。时间的运行故意装出可怖的迟慢，当我觉得我的妇人的掌握加紧时，这痛苦像不在她的身上，像从她的身上传移到我的身上了。这才是夫妇的真味吗？啊，太惨酷了！太不人道了！她这样的痛苦，像被我们三头野兽，分割她的肉。我何能忍心地坐视？我何能加入野兽之群？她满面流着热汗，像被放在沸水里浸过似的，我时时为她拭去，但愈拭愈多，她的全身体中所含的水分将一起从毛孔里流尽了。我惘惘然抬起头来一看，沈妈发出鼻管淤塞的声音，并且在流泪。

"你们不要慌，头生儿子总是这样的！"梅女士说。

"是呀，我的女儿也是这样的。……"沈妈挥去眼泪，凑上了一声。我听了呼出一口气，觉得清醒一点了。

房间里灯光晶亮如同白天一样，什么时候夜的？什么时候亮的电灯？我都记不得了。时间将近七点钟了，孩子还不出世。我的妇人老是这样的苦难着，我自己帮忙看护，也觉得精疲力尽了。沈妈低声对我说："大少爷，这样子不大好，去买长锭冥洋化给催生的，（大约是鬼）就会好了。"

"这无须的！"我回答了，沈妈眼望梅女士，梅女士一声不发。

"大少爷，你莫要过分不相信，我的女儿当初也是这样，后来经我的女婿到灶君老爷那边求了，然后快生快养的。"沈妈在说的时候，梅女士皱着眉儿望她，像在讨厌她；我立刻止住她说："你不要多讲了，这些事，上海地方都没有的。"

她叹了口气，默不接下，她的神色之间，似乎主人不能用她的良策，有虽忠无益的慨叹。

室中充满了沉闷的空气，使各人都不得自然的吸息。的确各人都满怀着各各的心事，大家都难宣说。尤其我的妇人掌握的蛮力格外增高了，这种蛮力里显然有她从心底逃出的痛苦，她的手足像密密地被捆缚了；她虽然具有十分的蛮力，恐也无济于事。若是再延长下去，无论她是 Sam‑son（参孙）的化身，怕也支持不了的。沉妈又看不惯了，她对我说："少奶奶太苦了，……我活了四十五岁，从没有看见过这样的难产……怕要见怪事了……大少爷，还是去化些长锭冥洋来消解一下罢!"

在忙的当儿烦些甚么?——我想这样说，还没吐露，她又对我说:"我来的时候，太太千叮万嘱地教你们小心谨慎!……万一失慎了，我回去怎样见太太的面呢?"

"好的，你去买来就在下面化去算了。"我为了省掉一番麻烦，便率性教她去办理。她离了床下楼，我又把我的妇人的左手握住。可笑! 这时若有一个不知道我的妇人生产的人闯进来一看，谁都要疑我和梅女士在谋杀我的妇人。……梅女士问我:"这个妈妈初从乡下出来的吗?"

"是的，她是我的老家里的佣人;我的母亲因为我的妇人快要生产了，特地派她出来照管。"

"难怪她这么的热心!"

"这真没法可理喻的。"

"D 太太年纪轻，骨骼小，孩子又是足月，又是头生免不了这么情形的。"

"……"

沈妈上楼来，照旧蹲在床角里，我把我妇人的左手交代给她。我的妇人忽然气喘地向梅女士说:

"密司梅，……我的命怕保不住了，这种苦痛谁还忍得住呢!……只要保牢小孩子，我甚么都可……"

"D 太太，你放心，你安静好了，这还算不得凶险呢。"梅女士回答了，那个沈妈瞅她一眼，似乎瞧不起她嫌她本领不够的样子，自言自语地说:"祖宗大人，保佑我们的少奶奶快生快养!"

这是什么话呢，像我小时候在邻近死人之家听得的咒语;我怀疑自己走进不可知的王国了。我的妇人的痛阵愈加厉害了，她几次眼望着我，像负伤了的孩子望乳母一样的凄怆；她带着忍无可忍的神情，紧紧地拉住我的手说：

"怕就是长别的时候了，……这会的难关不能错过了，……累你这样的疲乏，我怎能对得住你呢?"

"不，……不，不要紧的，……你安心!"

"我死了，在我一点没有悔恨，……小孩子能够保全已是莫大的幸事! ……只要你将来娶得一个比我百倍贤明的夫人。……"她说不下去了，痛阵到来，她的面上的热汗和眼泪混在一起的了。

"不，……不，有梅女士……她会"她没有气力来听我的话了，我的心里急得无可再急，实在也没有适当的话回答她，可以给她一个安慰的。

"催生的客人们，你不要作梗，银子锡箔已送给你们了。"沈妈真见鬼人吗? 她为甚么说这可怕的话。

事情糟了，我的妇人总不免一死，还有甚么方法呢? 我心里这样想。我气闷到极点了，不由得也流下了几行眼泪，但我的心地上霎时又换上别的花样——死了要弄一笔钱来料理身后，……去进行合我胃口的女人，……从此没有家室的拘束了，……去遨游四海，……做出一首极好的悼亡诗来，……Dante G. Rossetti（D. C. 罗塞蒂）的妇人也是产死的，……

"D 先生照这种情形看来，非用手术不可了!"梅女士对我这样说，把我奔放的胡思乱想的泉水遏断了。

"那么请密司梅用手术罢!"

"D 太太的体气还算好，然而有时不免要晕去的!"

"这不用管它，照密司梅的主意做去好了。"

那时我的预感中，以为我的妇人必不能幸免于一死了。让梅女士去把活人当做死人医罢，率性弄它爽爽气地死去罢，她的生命中有限的力，再没有继续的可能了。我们界了她使她变换位置横截地睡着；梅女士下了床，拿出手术的用具，我上床去和沈妈看管她的左右两手。梅女士耀动着杀人的利器了，我不敢伸长颈儿去看，只听得梅女士用力气的喘声，大约已开刀子！我的妇人她要呼喊出的声音一起放散在肢体中，全没有喊出；我更不敢看垂死的一刹那，回转头来向那床角里，默咒着："生、死、……死、生，快快解决！"

"来了，来了，……恭喜 D 先生，是男孩子，……时辰正十一点钟。"梅女士说。

"啊，谢天谢地，我们住在家乡的太太，听得了何等快活呀！"沈妈说。

梅女士吩咐我们下床，一同扶着我的妇人复归原位。我疲乏极了，哭也哭不出来笑也笑不出来，大约我的灵魂已飞向天外去了。我不由自主地横靠到遥对我的妇人一张床上，两眼睁不开来，耳朵里隆隆地响着，头脑中像有一盘烧热的白银齿轮在不绝地旋转。约略听得小孩子的哭声，我想妇人死了，孩子还活着甚么？非杀死他不可，杀死孩子，是何等悲壮痛快的事呀，比 Jephtheh（耶弗他）把他的女儿献祭还要悲壮痛快呀！……啊，啊，我的妇人死了！她真死了，我们同居了还不满一年，在这贫困生活的一年中，她陪了我受尽无辜的灾难。粗衣淡饭是不消说，她所有的私蓄都被我挥霍去了，她所有的衣物都被我典质去了，她的丰满的肌肤为了我一天一天地消瘦，她的活泼的神采为了我一天一天地暗淡，她这么委屈地体谅我，这么深深地热爱我。到今天我才认识她，我才想始终不变地爱她，可惜来不及了，太晚了。满身积着罪过的污垢的我，今后怎样好呢？做悼亡诗吗？做忏悔录吗？只能骗骗人家，总骗不过自己的妇人，啊，后死者……

"D 先生，……D 先生，"梅女士喊我，我从昏迷中惊觉，"D 先生你安睡好了，一切都已舒齐了，我明天再来。"她说了转身下楼，沈妈替她提了小皮箱尾随下去。我的神志还没清醒，像梦游病患者似的追下去送她；那时天井里大雨倾盆而下，一种恐怖的情形，正像洪水汜滥的预兆。我木然站在客室的门口，砰的一声，——像噩梦中的霹雳——沈妈把大门合上了进来，她对我说："大少爷，时候交过半夜了，你去睡罢！"

我打了一个寒噤，病酒一般的昏迷已醒去了大半。于是蹒跚地上楼，房间里像平日一样的阒绝无声，我的妇人生产的大事也像梦一般醒过来，毫没有痕迹吗？她们什么时候弄得干净的？我一点不记得。我走近我的妇人的一张床前，她正怠倦地酣睡着；她的身旁包裹了的赤红的小孩子也睡得非常安稳。那些低微的呼吸中，告诉我大人也无恙小孩也无恙。我顿时觉得失望了，一切计划都失败了；做悼亡诗呀，谋续娶呀，还有什么呀，一切都不会降临了。我仰天一想：除非把她们弄死，……我再看她们，她们像死一样地幽默着；把损害给她们，她们也没有能力来复仇了。我审慎了一回，忽然把自己的脸连接批了数下，觉得自己的用心太没有理由了，太对不住她了。我再审慎一回。前后一想，莫名其妙地自己落下了一场眼泪。

窗外的雨点簌簌地响着，一种空漠而萧瑟的气韵包围我，使我感到异样的幽凉。我勉强忍住了流不尽的眼泪，到遥对我的妇人的一张床上，想整理了书籍睡下。把那本反合的《AMIEL'S JOURNAI》拿起来一看，正翻在第一百零八页。这里有一段关于眼泪的说述，他的大意说："……凡人所不能说的也不欲说的，凡人拒绝向着自己忏悔的，——即种种错杂的愿望，秘密的烦恼，抑压了的悲叹，窒息了的愁闷，无声的悔恨，自以为是的情绪，隐忍的痛苦，迷信的恐怖，暧昧的苦恼，不安的预感，不会实现的梦想，给予理想上的负伤，不满意的懊恼，徒然的希望，从穴窟的顶上无声地落下的水滴一般的在心的一隅徐徐溜下难以检认的隐微的患病，——凡此内面生命之神秘的运动，告终于动情的一瞬间；这动情自己凝集拢来宿在毛睫间而成眼泪。"我看了这些话，我的眼泪重又流下了。在歧路上徘徊，一切不得解决的问题，都溶解于这盐分与水分合成的眼泪中了。啊，AMIEL 先生！AMKEL 先生！

下层工作

艮吉毅然决然地到南京去了。

他动身的以前，有几夜没有睡觉；等到头儿搁上枕子，就有无数的难题在他的脑髓搅扰，因为他近来浮身在革命的高潮中上上下下，觉得非要换一种新生活不可。他想：革命是人人应该去干的，在这种机枢急变的时势里，不革命不但有流为时代的落伍者的危险，且也失去啖饭的地方了。于是他打定了主意，一直跑到南京去。

他有许多同学和相熟的朋友，都在南京做事；他一到南京，就打算去找他们——找一条进身之路。他到的那一天，正巧是"五卅"的二周纪念日，早上从下关下车，把行李寄在一家朋友家里。辽阔的荒凉的半身不遂的南京，已经像橡木般的遇到初春有种新生的气象了，艮吉雇了一辆洋车东奔西奔，足足上了七八个衙门；在门房里东等待西等待，计数起来费去全天的光阴，他要会面的朋友，却一个也没有会到。只好气闷闷地回到一家朋友的家里，暂且住宿下去。

第二天，拿了一本小日记簿出门，重又去找人了，他坐在洋车上，一头走一头翻开小日记簿来看，照预定的路程，顺次到昨天未到的几个衙门里去。走了半天，走到省政府，找得他的一个朋友了。

在会客室里，艮吉坐了客位，主位上坐的就是他的朋友殿之，他们俩在规规矩矩地应对，活像有公事接洽样子；殿之用很响亮的说话发问："老艮，你到南京来可有甚么事？"

"没有事，想找一点事情做做！"

"像你那样的浪漫大家，配做甚么事呢？"

"我不浪漫的……"

"你几时来的？"

"昨天……啊，找了一天的人，一个都没有会见。"

"他们忙呀，在这儿有许多人但闻其名而不见其人的。"

"你有没有办法弄个位置？"

"这一时很难，等几天再说；"

"……"

"事情总容易找的，况且你有许多熟人在这儿。"

"我也并不着急……"

"那么好了，我们一同到外面去玩一下罢！"

"到甚么地方？"

"莫愁湖。"

"好的！"

他们俩雇了一辆马车，一同出城去，沿路遇见许多武装的青年人。

艮吉心想也去尝尝军队中的味道，穿起了武装，多么威风，说到转换生活，要是有这一来才有意义呢！他正在这样想，殿之问他："老艮，你看南京怎么样？"

"没有甚么。"

“比以前什么？”

“那是新得多了！”

“新在甚么地方？”

“你看，破墙壁上都涂了油漆，写上流行的文章了。”

“哦……”

车子在莫愁湖畔停下，他们俩踱进去，到郁金堂，胜棋楼，又折回到曾山阁，瞻仰了一转回，重又到郁金堂的西厢里，对坐到靠窗的一桌上喝茶，艮吉在这厢房的四周张望了一阵，对殿之说：“这里还是南京的旧家伙？”

“什么叫旧家伙？”

“要是壁上的打油诗都变成政纲条例，挂的字画都变成口号标语遗像遗嘱，那么可算新家伙了。”

“这个容易的。”

“原说不费事的。”

“哈哈……。”

临窗一片湖水，远处隆起了几堆山峰，鸟儿在湖面上翩跹，满湖铺着高下相等的嫩荷叶。在薄霭的空阔中，似乎有甚么东西在引诱艮吉；他靠在窗槛上出神了，殿之对他望了好久，他没有觉得。

“卢家少妇号莫愁。”艮吉曼吟着这句诗。

“不是少妇，是少女呢！”殿之插了这句话。艮吉才回头来看殿之。

“不管她是少妇是少女，这种人总是合人脾胃的。”

“怕不是真有其人的罢！”

“有也好，没有也好，不过既经有了这个芳名，想必有这人的。”

“古诗里歌颂的有两三个莫愁呢，这样一个莫愁知究竟是哪一朝的？”

"这种推想未免乏味，我们都没有亲眼看见过莫愁，怎会明白她的底细呢？"

"今天你又可以做首诗了。"

"不做，我现在和诗的缘分甚浅！"

"那未免要减少你的浪漫色彩了。"

"我本来不浪漫的色彩了。"

"我本来不浪漫的，这是人家和我打趣的话呀。"

"原来这样的。"

天色晚了，他们俩走出门来散步过去，逢到湖边的那个建烈士基，产便有意无意地踱进去，阳光藏匿在地底了，野旷的阴沉之气，都攒在这个墓道里，几株稀零零的树木中间，有些英魂躲藏着，在沙沙地作出怪响。他们沿着草径走进，直到墓前，艮吉就跪到墓下呜呜咽咽地哭泣起来。殿之声声问他，他也不答，又百般安慰他，他也不听。隔了好久辰光，他才直起腰来，揩着眼泪和殿之一同回出去。

"啊老艮，你毕竟有些浪漫的。"

"不，不，若是我在莫愁的像前哭泣，我也该承认你的话。"

"那么你无缘无故地……"

"老实对你说，我这回来想进军队，预备做烈士呀！"

"那我当然不知道你的所以然了。"

那时天色墨黑了，他们找得那辆马车，便凄然不乐地回去。

过了半个月光景，艮吉还是住朋友的家里，有一天晚上，他觉得气闷极了，一个人走到秀山公园里去散散心。他沿着曲折的幽径缓步而行，来来往往的青年男女，成对成群地喧笑着！不消说在他们的服装上都可看出革命的派头，就是他们的表情吐露之间，也满装着革命的热气。他自想身世。觉得自愧形秽，不配和他们一起混去。便找得树荫下的一角坐下，喊了一壶茶，一个人自斟自喝。不一刻，殿之迎上前来和他招呼，他便接待殿之一同坐下；殿这把草帽塞在藤桌子的中空，舒舒齐齐的问他："这几天怎么样？"

"没有什么，走来走去摸不到头路，差不多变成一只丧家之狗了！"

"那一个不是丧之狗呢？"

"说起来好笑，我到了南京，据十几天的经验告诉我，我晓得南京城是一个大丧居；各个衙门都是治丧处。遗像遗嘱不消说是带点丧味的，那些挽联祭幛式的标语满张在福堂的壁间和柱上，尤其显出丧家的样子。并且那般办事人员，胸膛上飘着缎带，像没有头的苍蝇忙得东西也辨不分明，这些人可不是像丧家的执事人员……？我也来凑个热闹，做丧家之狗……！"

"哈哈，你糟蹋革命的尊严了。"

随后他们谈了些无关紧要的话，大家的分别了。艮吉一路回去，心想此番南京来，要想正直地做番事业，要抛弃一切的奢望和虚荣，脚踏实地做去。然而来了半个多月，还没有得到适当的工作，如何好呢？月光覆在他的头顶上。替他分出个影子来伴他走路，凄暗的市街，和乡僻的阡陌差不多沉寂而带死气的。在这惨淡的夜行时分，他握紧了两拳，振起精神，自言自语地说：

"回不得家乡。见不得爹娘，去干，去干！"他连接说了几遍，不觉得已临到借宿的朋友家的门前了。

这是谁家一所华屋呀，门前有高大的照壁，跨进门去，穿过庭心，就有一所大厅堂。大约是军阀走狗的逆产！厅堂上有二三十个衣衫褴褛的人，有的席地而坐着，有的忙碌地走着；居中放着几只装美孚油洋铁桶，桶里有饭有菜，他们正在争先恐后地弄饭吃。这二三十人的中间，艮吉衣装楚楚地端坐着，他向外凝望了一下，就起身走出去，一忽儿拉了殿之的手进来，他们俩没有跨进门限，就停立在门外的阶石上。

"你是否接到我的信来的？"艮吉问殿之说。

"是的，是的……"殿之一头说，一头注视厅堂中的一群褴褛者。

"这里坐的地方都没有！"

"不要紧，不要紧……这里是甚么？"

"你猜猜看？"

"你在这儿干甚么？"殿之问了一声发射惊异的眼光，四周看了一看，不由得笑起来，接下说，"究竟干甚么？"

"很平常的，我在这里做新同志，我现在抱定宗旨，从这种下层工作做起！"

"甚么一种下层工作？"

"你看，"艮吉说着就走到庭心的角里，拉出一面三角的招募新兵的白旗给殿之看。"就是这种下层工作！"他说了便苦笑了一阵，回到殿之的旁边站着，殿之也勉强笑着说：

"这种是浪漫的下层工作！"

"不，不……"

"我始终是认你是浪漫的人物！"

"不，不，你看我从此以后还得浪漫吗？"

"你一个大学教授真做这种工作，未免大才小用了！"

"不做下层工作，不配革命呀！"艮吉说了，皱着眉头对殿之笑个不休，这笑声里似乎带着些哭意；殿之觉得一阵心酸，便辞别他走出来，在路上怅惘地叹了一口气说："革命，革掉他的命了！"

离　家

　　M有六七年不回家乡了，离家以后，飘泊的苦难把他锻炼得异样地无情；他的头脑里怕早就没有家字的存在了。这回北伐军克复长江下游，他跟随军队，一路前进。他在军队里充当一个校官阶级的政治工作人员，军队到了上海以后，他被派到四乡去宣传：一天到晚，忙于奔波，虽则他的家乡离开上海不远，但他的头脑里似乎依旧不曾浮过一个家字。有一天，他从一个小车站下了火车，眼前躺着一条广道，两旁杨柳，长得嫩青青地对人装出一种媚恋的摇曳。他如同酣梦一般的，不知不觉地向广道上走去；渐渐走到一条石桥了，桥旁有一家草盖的茶寮，他看了看不留神地再走过去；他觉察出后面有一群人在议论他。他站了回头一望，像从梦里醒过来，自己惊讶地想——为甚么走上到故乡的路呀！

　　一群人——不过五六个人，迎面上来，他对他们点了点头，他们也站住了。他门放射出不同的视线，向他的全身上下，估量揶揄。他的不惯和故乡人说话的心情，仍没有十分改变，所以不能马上和他们亲昵起来。

"M，M你许久不归家了，你在做营长？还是排长？"一个人发问。

"不，不，不是营长，也不是排长。"他说了才想到自己身上穿的服装。

"那么做甚么？"

"在政治部里做……"

"比营长还高呀，你看背着皮带绷着皮腿的。"又一个人轻轻地对自己道伴说。

"……"

"你的母亲当你死在外乡了。"又一个人说。

"吓，吓……"他心底里一缕辛酸，榨压出这一声苦笑。

索性回家去罢——他这样打定了主意，转身走的时候，这一群中起初不说话的一个长面獠牙的人，到了这时撇了撇嘴说："甚么革命军，那完全是共产党呀！"这人说了后，大踱步地向那茶寮走去；一群人哈哈地笑了一阵，便也散开。

如同出了家还俗的M，在路上踽踽地走去，心里弥漫着一层捉摸不定的烦闷。他处在同乡人厌恶他和他厌恶同乡人的相等情调之间，可以发现他素日不把家放在心上的缘故；这与其说是他忘记了家，毋宁说是家忘记了他呢！他一步一步地上前走去，远处隐约的粉墙，映在他的眼膜里；他和家的距离愈加近了。他心底里的气闷直冲上来，使他眼前昏暗，辨不明白自己在做什么勾当！

谁教我回家呢？——他心里虽是这样懊恼着，但一双脚尽管不放松地走上前去，终于他走到家里了。

M的家，遗弃在那个小布镇梢头；冷落的门庭里一个母亲一个弟弟，也像被人们遗弃了似的，在贫苦中煎熬着，十年前 M 的父亲生在时，家还算小康；自从父亲一死，顿时衰落起来。尤其中间为了一件远近闻名的 M 的赖婚案，把父亲所有的遗产一起变卖了去解决的。家的贫苦和 M 的离家，都直接和赖婚案有关系的；就是乡人讨厌 M 和 M 讨厌乡人，未始不和赖婚案有关系的。还有 M 母子间的不和睦，也是起因于这个问题的。这件事简单说起来：就是 M 不愿意和幼时聘定的那家的女子结婚，要解除婚约，官场上和私地里，吃尽苦头。虽则达到了目的，但是家花去了不少的金钱，M 丧失一个做人的体面。

M 离家以后，他的母亲虽时常思念儿子；然有时被邻里亲戚讥笑嘲弄得无可奈何时，她也不住地咒诅儿子。家用一天一天地贫乏起来，推原其故，也是由儿子弄糟的。耻辱和傲岸逼得她神经变态了。她对儿子如同仇敌，偶一提起心火上冲；再不愿人家说 M 是她儿子。

M 回家里了，二三个邻人跟着进他的家来。

他的弟弟，大约有十一二岁了，听说这就是他的哥哥，痴望着他。因为平时惯听得母亲说哥哥的坏话，不敢去亲近他。

"呀，弟弟，你长得这样大了！"他抚着弟弟的头颅说，他的弟弟低倒了头默不声响，在弄自己的衣纽，他接下问：

"姆妈呢？"

"在里边！"他的弟弟陌生地望了他一眼，吐出一声抖颤的回答，飞奔地向内进去了。

M 局促地在这满堆着尘埃的厅堂上站了一歇，不由自主穿到天井里去。这时他的母亲——像上了年纪的母亲，坐在内室的门限上拣青菜；他的弟弟扭着母亲的肩儿说：

"来了！"

M向母亲卑顺地招呼了一声，他的母亲两眼里满装着水分似的望着他说：

"你真回来了……"说话没有停，她的眼泪已流滚下来。接着说："什么你又当起兵来，……好铁不打钉，咳！你做了这套把戏回来，来逼死我吗？我够受人家的嘲骂了。"

他找不出回话来，转了方向，抬起头来在偷流着眼泪。他的弟弟又扭着母亲的肩儿，低声说："姆妈，不是做兵呀，做的军官呀！"

他的母亲又望了望他，果然发现他的服装不是普通小兵的服装；她的垂老的枯寂的心里，觉得宽畅了一些。邻近的人们，都挤进这狭小的天井里来探望M了。他装做没有事的样子，对他们勉强地点头的点头，招呼的招呼；这套免不掉的应酬，恰好把他的落寞打断了。他看见这些人中有几个穿着长衫的体面人物；他觉得不好意思叫他们站在天井里，便去开了厢房的门，接待进去。四个长衫客人，把方凳满堆着的灰尘，用自己的手搂了去坐上。那些小孩、女人、短衣男子排塞在门口，似乎要想进来而又不好意思进来的样子。不善应酬的M，无从安排他们，对长衫客人望望，又对站在门口的那些人望望，感到异样的不安。长衫客人中一个有小胡髭的是M的族叔；他抚着胡髭，对M相视了一阵问道："革命军不全是共产党吗？"

"不，不……"他回答。

"噢，到底M君明白底细的，我们至今不曾弄清爽那面是共产党那面是革命军？"坐在他的族叔的近旁一位说。

"你在那一军里？"戴铜盆帽的一个人说。

"我在××军。"

"此地新来的县知事，也是××军委出来的呀！"穿绸质长衫的人对刚才发问的一人说。

"乱世时候，高升起来很快的，望你去做任知县官，让我也到任去阔一下子!"他的族叔说。

"M君怕比知县官还高罢!你看,在这里来过的那个营长,还没有穿皮绷腿呢!"穿绸质长衫的人说。

"你究竟在××军里当甚么?"他的族叔问。

"在政治部里!"

"政治部吗?这里的县知事是政治部里派来的呀!"戴铜盆帽的那个人说。

"是的呀,政治部里可以派人做县知事,那 M 君比县知事高了!"坐在他的族叔的近旁的一位说。

……

他们夹夹杂杂谈了些类似上面的半文明的话,各各怀着对 M 神秘不可揣拟的神情告别出去。门口排塞着一群,也就散开。在 M 虽不觉得自己增了多么高的身价。那四张久经局闭在厢房里的方凳,一旦委屈了绅士先生们臀部的光顾,却觉得荣幸非凡的了。天井里还留着四五个邻人,一个抱着婴孩的中年妇人对 M 的母亲说:"嫂嫂,你不要拣菜了,儿子高发了,你不高兴吗?"

"呀,你不要来笑我,……"M 的母亲一头拣菜一头说。

"真的,高发了,刚才坐在厢房里的胡董事说,比知县官还高呀!"那个十五六岁的孩子说。

"不稀罕,不稀罕,配他这样子的人吗!"M 的母亲说。

"婶婶还不相信呢;你看他的金徽章和皮背带皮绷腿,就可以晓得他是军官呀?"一个 M 堂房兄弟的说。

"嗨,嗨……那个晓得他呀?"M 的母亲还在拣菜。

M 站在旁边,默看他的母亲的容颜发呆。像曾在油锅里煎熬过的刻着忧患的皱纹的她的容颜,依旧隐藏着昔时的慈爱;只是被一层世态的薄暗遮瞒了些,不能和 M 的失去了的纯洁的童真辉映。母子间一种不快意的缱绻在深深地搅扰，M 对他的母亲虽然无意识地悔恨着，但过分怪母亲不能谅解他。母亲对 M 当为由运命拉拢来的敌人，成见亘在她的胸中，使她不容易再唤起亲子之爱。M 的弟弟还在扭母亲的肩，带着哭脸咕噜地说："姆妈……我要跟哥哥……去做革命军。"

"去做呀……让姆妈一个人死在家里！"他的母亲推开了他愤恨地说，他的弟弟放声哭起来了。这一场没趣，把留连在天井里的几个邻人，不留痕迹地驱逐了出去。只剩 M 的堂房兄弟一个人，痴呆地对 M 出神，他审慎了一回，终于停住了呼吸迎上前去，低声对 M 说："M 哥，请你给我在军队里找一件事，当夫役也好，当小兵也好。"

"好的，好的……"

"那么我等候着呢！"

这些话给 M 的弟弟听得了，他望着哥哥等待后文似的，自己把哭声止住了。他的母亲把青菜收拾到筐子里，站起来，带着余怒对 M 的弟弟说：

"你要吃饭吗？快来烧火！"他的弟弟敏捷地跟了母亲进内室去。M 一个人在天井里蹀步，皮鞋的声音，阁阁地冲破了坟墓般的幽寂。他把头脑里纷乱的神思，整理了一下；觉得母亲变了本色的恼怒，和弟弟磨折遗余的天真，这两种印象刺在他的心上，他感到剜心的痛楚；眼泪倒流到肚子里，找不出方法来安慰母弟，或安慰自己。他用力地镇静下去，想到这回回家，预先不曾打算过的，糊里糊涂病酒一般地溜到家里，讨了一场烦恼。被生活经验所左右的不和自己投机的母亲，难怪她动用这位男性的残酷来对自己，自己对家，也不能不把它当做机械的曾经在这里生长过的一所栅栏；有甚么可以流连？他这样的推想上去，对家越发厌倦了。

他的弟弟害羞地出来招呼他说："哥哥，叫你吃饭！"

M 对他的弟弟，大约血统里存有共鸣的素质，所以抱着万分的同情；教养在这种悲惨的环境里，他的那种活跃的小心情，自然一起受了束缚；他这一声惨淡的招呼，够使 M 触目惊心了！

内室里零乱的什器，M 虽则从小看惯了的；但那些略有残缺的桌子椅子上，总像有隐隐的和以前不同的标记；而且这些什器对 M 的冷淡，比人情还厉害。他和母弟在小桌子上吃饭，饭粒也异样的干燥、粗硬，咽不下喉咙去。勉强嚼完了一碗，觉得家这样的冰冷没有生气，使他对家的厌倦一转而为怀疑了。

他等候母亲把食具收拾完了，便拿了军帽，告别母亲说："妈妈，我要回到军部去了！"

"军部去吗，在甚么地方！"他的母亲靠在门柱上，两手紧握自己的衣角说。

"在上海……"

"唔，有的人说你在广东枪毙了。"他的母亲说。

"那是李四先生说的，他从申报上看来的。"他的弟弟插了一句。

M 记起了：李四先生就是刚才长衫客人中戴着铜盆帽的一位，——这家伙，土豪劣绅，赖婚案被他挑拨搅缠？弄得家里花了一笔钱，唉！他这样一想，不由得燃上了他的久已熄灭的心火，但一转念他又激出了一种讥刺的傲慢，他说："李四先生吗？望我死的那般人，今天来看我，甚么用意？"

"呀，难为他们光顾，从你离家以后，这般浑蛋的嘲弄我真受够了。"他的母亲说了，眼泪直滚下来；他的弟弟渐渐亲近他，在瑟缩地弄他腰间的皮带。

沉默了一回，他的母亲又说："今天咯，他们一个个走进我的门里来。平时呢，走过门前睬都不睬。就是有时来，也不过说几句不好听的话：说你入了共产党要来抄家了；说你死了；说你当兵去了；说你在贩卖鸦片烟；说你在做流氓……你想，我如何忍受得过！

"做母亲的，别的一样不希罕。只望你下次回来，带一笔钱回来，恢复了父亲在时的家况，替我争一口气。

"别的都是假的，只要带一笔钱回来……"他的母亲唠唠叨叨地说了一番，他吱唔地似是而非的回答了。随后他怀着一腔人世复杂的悲痛，和他的母亲诀别出去。

他的母亲和他弟弟，送他走出厅堂；天良钉在她们俩的心上，母亲和幼子心事虽则不同，却一样的在描想 M 的落寞而流泪。

M 跨出家的门限，向沿着市河的一条小路上走出。经过广福寺。里面木鱼的声音，还是敲得像六七年前那样响亮；只是寺墙上满贴着许多革命的标语。他从杀鸡湾兜过去，一所埋在土脊里的耶稣教堂，还是耸着它的旧时的塔尖；上面揭着一面青天白日的旗帜，多少有些新的气象了。由耶稣教堂转弯，就是那条到火车站的广道了。夕阳把旷野镀了一层稀薄的黄金色，晚风从柳丝里嘘吐出来，愈使 M 的心情上蒙了一层沉迷。

弄一笔钱回来，……钱是必要的，为母亲争气，……儿子的义务，……杀土豪劣绅！……母亲不要我回家了？……惟一的条件是要带一笔钱回来！……有了钱再回来……钱是甚么东西？钱和我没有缘分的！……怕今生今 世不能回来了！——M 在广道上一头走一头想：这些问题盘旋在他胸坎里，像有无数的桩子在紧紧的挤压进去，简直把他的胸坎弄得迸裂了，对面昏沉沉地，像排布着母亲，弟弟，李四先生，胡董事，族叔，堂房兄弟等等的面影；笑，哭，观望，嘲讽，谄媚种种不一样的情态，在他的眼前游荡；他像害着一种医书上尚未载明的热病。

"没有带卫兵。……怕不是好差役罢!"这一缕声音送到他的耳朵里,他认真一看,石桥到了,那茶寮的门前站着一个长面獠牙的人,在对他作狰狞的探视。他振起曾经训练过的步踏,挺了胸膛——一切都忘记了——向前走进。在这再生的气态里,明明显示他开始第二次杳无归期的离家。

为小小者

E的妻出走了一刻辰光了，没有把一周岁半的孩子带了同走了同走。

一间旧式房间里，除了桌子上乱堆着几本触眼的新洋书外，其他什器没一样不带有几世纪以前的傲慢的色泽。靠近里面，安置着一张没有帐子的烂铁床。孩子站在褥垫上，举起他的小手，指点母亲走出的那个房门；不休的在恼哭着。他的小小的脚踵支持不牢，颠到褥垫上，又复笨拙地用力站起，经过二三次这样的颠而复起，他的呼吸急促起来，他的哭声拉长像甚是凄苦的样子。E坐在离床一丈多远的那张破藤椅上，木然如醉的神经，被孩子督促得惊醒了。他望了望孩子，忽的心中绞沥了一阵辛酸，使他不自主的走到床前去；他把身体蹲得矮矮的恰好和孩面对面。

"我的乖乖，你不要哭呀，爹爹去拿饼干来咯！"

他说了，摸出手帕给孩子揩去眼泪；孩子忙的摇着头拂着手，用薄弱的力来阻止他。他索性把孩子抱了起来，孩子的全身在他的怀抱里，不住的蜷缩了又挺直；并且用小手的指尖，爬撮他的够不上做父亲程度的面庞；使他的腕力松酥起来，不能不交还孩子的自由。他带些愤恨，把孩子安顿在褥垫上；自己两手又在腰间，直挺挺站住了看他一个究竟！孩子坐得不自然的，他的小脸仰向，一滴一滴透明的清水珠儿，从一双小眼缝里流淌了出来，挂在红涨的脸上；他的小嘴巴张得大大的，在嘘出被喉咙紧压过的哭声，一双小拳交替地在揩拂脸上的眼泪。他看了这副神情，那些抑止不住的愤恨，惘然地向着单调的哭声中淡化了去。

E像不愿理会孩子似的归坐到那张破藤椅上，天气已交初冬了，他在把自己的掌和掌紧握着抵御冷气。侧转了头儿外望，近窗系着一丝的蛛丝，从高处徐徐垂下，又复悄悄地收吊上去；那种不落实际的情韵，和他心儿上所笼着的一种气味相差不远。过了一歇，他回望孩子，那个孩子不知几时伏在枕子上的，在咻咻地作鼻管中的暗泣，默示出要睡的样子。他站起身来，走到床前去，孩子看见了他的影儿追袭上去，不由得滚转了身又响出哭声来了。

——这是个问题，妻出走了，这孩子如何处置？

他这样一想，踱了几步也未找出解答；忽然像已领悟的样子，从床底下拖出一只网篮来，在几个洋铁罐头里寻出了三四片饼干，殷勤地拿去喂给孩子；孩子撑坐起来，摇摇小手，表示不需要这个；他强制地塞进他的小嘴巴，孩子不但没有接受，并且让转身去继续哭着。他心里又生气了，把饼干往桌子上一掷；抬起头来痴望，天面上那些水渍的纹路，像在逶迤地袅动。

——雇个老妈子来养他？送他到亲戚家里？

他虽则这样想，觉得这些方法还未妥善。

——假如不生这孩子，何等爽快……这小小者，讨厌……无异一个赘瘤，弄得全身有联带的不安……有这小小者，不得轻松的动作了……

　　薄暗从窗上浸透过来，把天面上的水渍涂抹得模糊了。他移动了僵笨的身子，低看床上；孩子不作声地匍匐着，睁出和猫一样的一对小眼儿，在向四围张探。欢喜做试验工夫的 E，偷偷地上前把孩子抱了起来，孩子也像情情愿愿地投入他的温存的怀抱了。于是他露出得意的笑容来交给孩子，然而孩子在他怀抱中却不住地用力把身体振荡，向外倾出去；他伸出小手指点房门，吐出呃呃的声音，苦苦挣扎着，他的腕弯的力觉告诉他，要走出那个房门；他不由自主地抱了他走到门口，天光有点黑了，又退缩回来。孩子扭转身来依旧指点门口，把身体向外倾出。他用力托住孩子的背，警戒他说："去不得，去不得……夜了，去不得！"

　　孩子把两手捉住他的衣领，愤怒地拉了一拉，放声哭了起来。这时他觉察孩子投入他的怀抱，不是诚心的，不过利用他的抱做工具，求达他的某种目的；假使孩子长大到能够自由行走了，他会告起奋勇一直走出门去，不屑有他的一抱了。他想到这里怒视孩子说："你要找姆妈吗？"

　　"姆……妈……姆……妈"

　　孩子随的应接着叫了几声，重又哭泣起来；他不耐烦地把孩子再安顿到褥垫上去。

　　室中渐渐地昏沉起来，孩子的哭声越发响得急了，把他的皮鞋的踱步声都掩盖住了。他停止，在桌上摸得一支洋烛，燃上了光，装到那张靠床的矮几上。他坐上床沿，孩子拉住他的衣裳，爬起来偎靠在他的肩旁，哭声已渐低弱了。他心神不济地抚慰孩子，在这茫漠的情调之中，孩子凝着两眼，盯到他的脸上，似乎要说说不出的在对他说："任凭在你和母亲间，那些恶劣的空气摆布不散；母亲总是我的……你把母亲交还给我罢！"

E 木然不动，像已理会了这孩子未说的话。

——妻这回出走，不希望她再回来。如果不回来，我马上可以踏到新生的道路……这半身不遂的家庭，可以割净了。精神物质两没有羁绊我了。走路无论走得多么远，也不要紧了；做事无论做得多么险，也不妨事了……单身插进这浓林密树一般的社会里去，穿往穿来地骚动着也好；平平静静地伏匿着也好；追求女人去得意得意也好；专心求学去度僧侣一般的枯寂生涯也好……还有……

他这样的描想下去，精神上起了催眠的状态，恍恍惚惚地离开床沿。孩子又哭了起来，他迟钝地转念作别样的着想：

——如果她真不回来了，教这小小者怎么样……雇老妈子吗？也要托人去张罗，煞费周折，不能立刻办到。送他到亲戚那儿去吗？作客在数千里以外的异乡，那里找得出亲戚！

烛光像比前亮了一些，时候大约不早了。孩子还在床上哭泣，声气拉长得异样可怜；把小指头衔在嘴角里，做出噜噜苏苏的沙声怪气，像在恼饥了。他瞧看孩子：

——每天垂暮的时分，母亲把粥粒煮好，到这时候要给他吃了。

这样一想，他毫不迟疑地把桌子碎了的几片饼干，递给他，他居然握在小掌里慢慢地送到嘴巴里去。孩子默默地嚼着，难得这房间里沉静了好一歇，他的紧压的心情也宽舒了好一些。

呃呃的声音又放了出来。孩子又像在恼饥了。

"没有了吗？等一忽让爹爹去拿来。"他这末一说，孩子皇然地哭了起来。他无意识地把网篮里的洋铁罐头倒翻了一阵，些微没有得到。他手里捏了洋烛，向室内的四周望了一望，也望不出粮食来。孩子哭声的尖端，怪异地刺在他的心儿上；他气闷极了，站在孩子面前顿了顿足示威，孩子把小手的拳儿扼擦眼睛。果然把哭声放低下了。他不留神的面上涌出一阵苦笑问他说："你要吃东西呢？还是要姆妈?"

"姆妈……姆妈……"孩子又应接着慢滔滔地吐出这凄其的声音来，他把洋烛仍旧放在几上，退身坐到藤椅上去，想说：

——你这小小者，你这个赘瘤呀!

他气愤中带些轻视的样子，不去理会孩子了；把手掌支托了太阳斜靠着，兀自耽于牛角尖里的空想。孩子的哭声更加闹了，一阵一阵地逼得他燃起了旺烈的心火；他挺起了腰看去，在烛火莹莹之下，孩子翻来覆去，把房间里的天下，造反得简直不成体统。

——你必需你的母亲吗? 反革命! 反革命! 杀死了你，看你什么样?

他咬紧了牙齿，向孩子愤愤地想要说出，孩子像已顾虑到灾殃来降的样子，翻伏着身子，哭得变了哀哀的。

——杀死你吗? 这一番惊天动地的举动，倒也困难，教我怎么样下手……

他低下头，尽管这样的想下，但多分又转想到眼前怎样平静这孩子的骚扰；想来想去总不得一个好的方法。他梦游病一般地站起来，走到床前，当孩子已经死了的样子察看着：孩子不但不止住哭声，且滚在床上，把平铺的褥毡搅得皱拢了；一宗酸臭的气味滕上来，粪便、尿便，已经狼藉地糟蹋糊涂了，他皱蹙了眉头想：

——这床不能睡人了。

孩子翻蹶地哀哭，全身的力量，一起从喉咙里逃了出来。他移了烛光，仔细地再看去，孩子满面泪流，头发里的汗珠也在流淌。他的心不由得垂荡一下，举起烛光束，回向室中一看，眼前一阵昏黄，那些什器都在颠起扑倒的、倾斜欹侧的，在制造未来派的绘画。

——再不能踌躇了，为小小者，赶快去找她回来!

桌子、椅子……长的、短的、方的、圆的、歪的、整的、高的、扁的一切什器：伸出瘦长的脚、肥矮的脚，共他爪膜式的脚，张开猪一般的、蛇一般的、老龙一般的、其他虾蟆一般的奇突的嘴巴，这样嘈杂地向他嚷扰着。

——找她回来，再做孩子的母，再做自己的妻吗？

他迟疑不决地等待了一忽，那些变态的什器，不放松的环围着；他像有乱箭纷纷地向他投掷，他神经错乱得更厉害了。

——去吧，去吧……为小小者！

他坚决定了，一手执捏洋烛，一手掰住孩子。孩子收拾起剩余的抵抗力，蜷缩在他的腕弯里，只是拖声带气的，响出最低限度的哭声。

他这样的，惘然走出房门，响绕过去走出大门，西风把烛光熄灭了。为小小者，他被驱策着，不得不向昏黑的暗夜里走去。

Post Obit （死后应验）

月光洒满在中庭，把白天的炎热凉化得干干净净；凉风一阵一阵地吹拂过来，四娘几乎没有气力来消受了。她的脸色苍白得像月光一样，在这死气逼人的庭院里，假使没有她的叔叔——丈夫的叔叔伴住她，她简直要变成幽灵了。

"到底怎么样办呢？"她把右手的臂腕靠在藤椅的挡栏上。脸儿歪斜地贴着臂腕，对她的叔叔说。

"……"他的叔叔秀丁，坐在她不远的那张椅子上，垂头丧气地沉默着。

过了好久辰光，他们俩还像墓坛上的雕刻，丝毫没有动静。

"情形不好，怕被他们觉察了罢！"她终于忍不住地发问了。

"有甚么办法呢？"他千拣万拣地，答出这一句话来。

"你不要糊涂呀，足足有五个月了。"

"五个月么？"他无意识地抬起头来，向她的腹部望了一望。

"我想，率性留住它罢！"她扭了扭身子，吐出这阴郁而带苦笑的调子。

"那是痴话……"

"那么教我怎样办呢?"

"除了打胎一法……"

"不,不,我决不做这个勾当。"她说了,眼眶里随即流下贮藏很久的冷冷的泪水来,并且抑止不住地流淌着;把秀丁的心坎打了一个强度的激荡。

"四娘……四娘……四……"他站起来,走近她这样招呼。

"谁要你叫四娘,四娘,"她哭出低微的声音来,似乎又带着些怒气。

"总是我的不是……"他这样一说,自己也忍不住起来,一头流出眼泪,一头想到自身负有几重的罪孽:对她是这般的说不出,对死去了二年的侄儿——她的丈夫又那般的不安。死刑的执行期到了,悲切和苦痛,霎时间一倍一倍地增加;他的眼眶中也不断地涌出泪水来。

"家里的人,或者还没有觉察,可是邻人家像已有议论的了。"她平静了些说。

"那么到底要揭破的……"

"可不是啰!"

"倘使揭破了……"

"那还了得,这生铁一般的顽固的家庭……"她的话没有说完,又呜咽地哭泣起来,她的脸儿埋在两手里,身体蜷缩得像偷瓜畜一样。

"只有……"他想接下说出个"死"字来,可是喉咙哑了;他踱着步沉默了一回,竟找不出适当的话来安慰她。

月光青灰色地荡在空庭里,显出更凄楚的神情,细微的虫声时时惊醒他们；四娘懒懒地直起腰来，把衣角拭了拭泪面，对他说：
"我是打定主意了。"

"死不得……你死了，我的罪孽更重了。"秀丁站停了足，对
她望着。

"事情终究要揭破的！"

"那么你要说出我吗？"

"说出你……更糟了，我想……"

"怎样好呢？"

"邻人们怕早已觉察了，并且不久要传到家人的耳朵里来。"

"到了这个地步……"他慌着，说不出下文来。

"说不定家人已觉察了呢！"

"觉察了，真的觉察了，那么……"

"你不用说，这样顽石一般的家庭，翁呀姑呀，还有其他呀，除
了你，那个不是利害家伙……我想，这风声，与其逐渐地从邻人送
进家人的耳朵来，不如你去向我的翁姑告发……免得你……"

"我去告发吗……"他无忌惮地顿了顿足，心里更着急起来。

"你不要急……"

"可不是不打自招吗？"

"不，不，你不要急，我不说出你，决不说出你；你要明白，顺
着自然的趋势揭破起来，我和你是不能两全的；并且两个人的脸更
不知丢在何处，如其照这样做，我一个人横竖无可避免的，你可以
对家人方面坦白无碍，他们也不会疑你的了。"

"那我怎能对得住你？并且我没有这股勇气。"

"为了顾全你，也可说把家顾全些，你不得不照样做！"

"但是，我……怎能对得起你？"

"事情是两人的，我要你这样做，我决不埋怨你；早晚要揭破

的，这不如这样的爽快！你不这样做，我更难堪了。"

"但是，啊……"秀丁退坐到椅子上，脸面仰天，把右手的手掌覆在额上，脑儿被践踏一般的痛楚着。

隔了几天，秀丁把四娘身孕的事，告诉了他的父母；更由父母告诉了他的兄嫂——是四娘的翁姑。家里的人，把一切对这事件的气愤，装在酒瓮里一般的无可如何地郁酿着。于是对四娘，便睁出无数狰狞的眼儿来监视她。在这个时候，邻人家也像风潮般的在暗地议论了。四娘自己明明白白设身在重重敌人的包围中；在她再没有生路可走，只等候有一天众人把石子去击死她。

把礼教当饭吃的秀丁的家庭里，不能再忍耐了；外间风声愈大，而家庭的恶化也愈烈。那天，家里的人密商了好久，秀丁也参与其间，最后决定把四娘逐出。并且要她供出来是谁做了这个花头的？这个决定，秀丁在当时也竭力主张的。

一个阴黑的晚间，虽然已到了秋凉时节，但是一种无名的散漫的热气，还在屋子里浮荡着。这是一件多么重大的多么不名誉的事情呀，秀丁和家人总共四五人，怒气冲冲地，扮起青铜的脸孔守候在四娘的房门外。房间里是四娘的姑，一个瘦削削的五十岁以内的精干的妇人，坐在对床的一张凳子上在盘问她。在这阴郁的烛光中，四娘掩面哭泣，长发披散在两肩，比妖鬼还可怕。

"究竟是那一个人，你说出来……你说了，我们可以饶恕你的！"她的姑这样盘问她，不知道重复了多少遍了；四娘一句话不回答，而她一句逼紧一句地问下去：

"你说出了那个人，我们可以帮助你们俩成功事实……你说！"四娘的姑比裁判官更巧妙地要诱出她的供状，但她老是没有回话。门外老年人的呵斥声、叹声、拍板壁声，一种非人间的杀气追袭上来，四娘像跪在阎王殿上，知觉全然失去的了。

这样足足有两三个钟头，仍没有些微的结果。四娘的姑退到房门外来，摇着手显出懊丧的神气。她的翁歪绞着树皮一般的颈项喊道："教她走罢！"

"教她走罢！"还有其他家人也握着拳儿附和四娘的姑说；这一阵的袭帛般的苦叫，把秀丁的心儿垂荡了数尺。在这紧张的空气中，四娘被逐是不可避免的了。他想挺身走出，把实在的事情一五一十地说了出来；他想找出一把手枪来把家里人扫射一下，让他和四娘在家里过活；他想和四娘一同出走，一同逃到天涯……他的空想还没有完结，四娘掩住了脸儿，走出房门，她的姑捏了烛火在引导她向后门走去。

老人家的咕噜声，翁的辱骂声，姑的责备声，这一片替礼教争气的声音，嘈杂地把四娘一路送出去，弯弯曲曲地送出了边门，送她到没入荒黑的暗夜里。秀丁跟着一路走去走近了边门，不由得顿了顿足，发出了一种怪异的叹息。

从这个稀有的事件传出了以后，邻人家对这事件，开始公然地议论了。有的说四娘和家里的仆人某某有关系的；有的说她夫家这样铁锁一般严紧，怕和母家的亲戚某某有关系罢！有的说……这般那般地揣测，徒然把四娘声名哄动得高高的，但这事情的真相，隔了好久，还没有人敢断定。

秀丁留意四娘出走后的下落，有时装出无意识的样子询问邻人。母家离开不远，确然没有在母家。有人传闻她在丝厂里做工，有人传闻她到尼庵里去了。秀丁良心上钉了一针毒刺似的，彻骨地隐痛；他的健旺的身体一天一天地萎靡了。

邻人家议论四娘的风声，还是没有熄灭；在这浮漾的风声里，还有人赞扬秀丁执行家法的严紧，赞扬秀丁首先发现四娘的身孕，赞扬秀丁为了这不名誉的事件而忧伤。然而秀丁天良上的痛苦，已到了不可测度的地步了。

又隔了几时，邻人们哄传，四娘死在有名的随缘庵中的荷塘里，肚子胀得高高的，浮在水里；那个时候刚巧秀丁卧在床上发热病。病势已到了可怕的程度，家里人谁都惶恐起来。招了几个邻人来看守病人。终于无可救药了，秀丁说了一篇不可捉摸的呓语而长逝。

秀丁在临终的时候，曾屡次呼喊四娘的名字，并且最后说欠她的债要去还她了。这个消息由守病的邻人传了出去，又成了一个议论的中心，许多人甚至他的家人，在因果报应的头脑支配之下，都说秀丁去还债了，因为四娘投水死了，他是首先发现四娘身孕主张逐出她最力的一个人。

但是究竟欠了四娘怎么样的债，只有死的人自己知道。

一九二八，六，一〇，病后改旧作

逐　客

　　下面说的话，只可当做自言自语，不可当做给女人的一封信；这是我要首先声明的。

　　发誓和你不通信，已经满十个月了。这次回到 A 埠，听得 H 夫妇提起你，使我一度复活了已死的情绪。我始终隐忍着的要想对你说的话，现在要倾吐出来了。我们俩的缱绻，也可从此告个结束。横竖你听不见的，可不至于把你已筑成的另一基地动摇！

　　不能隐瞒的，在去年我们俩的热愿，确已踏上了一个可惊的阶段。挣扎着，苦叫着，在苍茫的暗夜中我们相抱哭泣；那一条是我们的生路？我们简直摸索不到。在求生不得求死无所的时候，忽然霹雳一声，把我们两两地隔绝起来，这也许不是自然的结果罢！

　　缺乏理智的我们，自从隔绝之后，大家都不免沉在深渊似的懊恼着。所幸两人间，都能咬住一种有力的根据来互相谅解；就是这回的隔绝，在我可以说，得到 H 君的指示；在你可以说，得到 H 夫人的指示；这是最好没有的根据了，但是把这个作为根据，至少一方面把我从前对你说的"我和 H 君恰如你和 H 夫人……"的话推翻；一方面无异证实 H 夫妇以世俗道德的尺度估量我们的将来，而教我们早些隔绝的一种推测。世间不能容许我和你有甚么连锁的机缘，其原因不是这么简单，还有潜伏着的更大阻碍物，我们没有发现它。

我现在深深地感到我和你，正像二条一纵一横的十字形的河源，除了在交叉点上有刹那间的会合以外，其后随着时间的运行，空间的展开，便成愈远的隔绝，从不同的出发点，达不同的终极点，要求它像 Y 形一般地在交叉点上会流下去，是做不到的事体。所以我们隔绝了后，要想回复到像在交叉点上会着的时候，如同河源倒流一样的艰难。我们相信彼此都不是卑怯者，可以对自然的定命反抗，然而这定命还牵掣着我们，不容许我们去反抗。

有时我在孤寂中，唤起沉醉的回忆，我总悔恨自己，已不是三四年前的自己了。要是在三四年前，我们俩有这样的热愿，我想我们俩一定可以得到美满的后文。因为那时的我，被铸成了勉强可算"浪漫期"的人物型，而你却是"浪漫期"之我的最称心的对象。还有，在我想来现在你对我已这般地温存，设使在那时你遇见我，你会像发狂一般地追索着我的衣角来擒住我；你急切需要的，就是这类"浪漫期"的人物型罢。我是一个有妻的人，H 夫妇不愿意我和你在戏剧里排成有关系的角色，就因这一点；我看见了称我心意的女人，要引起感伤，也因这一点。但是世俗道德的打算，我自信于我是很稀薄的。三四年前的我，果然在独身的时期，但我决不因在独身的条件之下才当你最称心的对象，就使在三四年前我是有妇的人，我还是当你最称心的对象。在那时我正需要像你那样的人，我可以把有妻的问题闲却不管；就在今日，如其我还停滞在"浪漫期"里，我也管不得有妻，管不得 H 夫妇善意的拦阻，只管我和你……有妻是一个问题，我和你又是一个问题，我想你也决不存此世俗的偏见，为了我有妻而低降你的对我的热情，这是有去年我们初见时你已知道我有妻子的事可为保证的。

事体已经到了这个地步了，我和你的隔绝留下了一种有意义的痕迹。离我发誓和你不通信有一个月光景，你在街道上走，我坐在一辆洋车里，直冲过去，你瞥见了我就在突然的温静中对我致敬礼。车子滚过了，只管在朝前奔去，我的笨重的头儿，像木偶一般固定着，不敢掉过头来望你。只似乎两只眼睛移到了脑后，看见你显出苍白的脸色，停在街角上，目送我的后影远远地没入街心里。又过了一个月光景，那天西风紧紧地带了一批黄沙，在广阔的公共体育场上狂飞。那是一个甚么的集会，城中的群众一起聚集到体育场上，我在主席坛上眺望各色各样怒飘着的旗帜，我认出你站在蓝色制服的女学生的一队里。你大约先看见我了，在无数的人头中，浮出了你的含有热意的眼色钉刺我，我的全身的血液周流得很急，然而不得不勉强镇静，并且刻意扮搭假面的严肃。终于为了你，我捧住脸儿溜到场外去了。逃出了后，像你在追袭上来，我不停步地向小街小弄里乱奔。幻象是否是最高的真实，我不去问它，但从有了这二次给予我面前的泼辣的微影，我时常吊起心儿，自己鞭挞自己，在头脑里紧切地扰攘着、挣扎着，流出眼泪去报偿这不可避免的进袭。在这里我所关心的，不是为了 H 夫妇要说话，也不是为了我有妻，是为了你的意识中耗费气力不断地追求着三四年前的我，而我竟找不出甚么来赔偿你的损失。

世俗的道德果然不能管束我，现存的宗教同样不能限制我；只有这个时代严肃地在呼斥我，命令我不要回到三四年前，同时命令我不要再和你有甚么纠葛！你的那种像有世纪末的热病似的窈窕的睡莲一般的错误的美，我是没有福分享受了。在我现在，虽不像沙漠当中苦行的修道士，可是已失却狂欢的尖锐性。由缠绵的软梦里惊醒过来，成了一个干戈荆棘交错着的陌路上的行人。论理，在你的官感里是不需要像我现在那么的一种人了。

这回 H 夫人曾对我说过，她在休假期间和你会见，你把我以前给你的信，伴着幽凉的情致一封一封地给她看过。说的时候，H 君也在旁边，他为我们相见迟晚而叹息；我除了对你的虔意的感谢以外，没有话可以说，她又对我说了些关于你的近状，我也除了为你虔意的祈祷以外，没有话可以说。只是我托她转言给你，要求你把我以前给你的信一起烧毁了，使它不要幸存于这个人世。

旅店的窗外，是一片新秋永夜，连都市的疲惫的吸息也止住了。窗内的电灯，惨白地要睡的样子。我孤单单地坐在沙发上，经过了长时期的玩味了一切之后，我的结论是："还是隔绝的好！"愿你坚决地忘掉陌路上赴难的行人，我甘心做你甜味之梦里的逐客！

一九二八年，九月初，在上海旅店

奇南香

利冰接到了他的决绝了已满三年的恋人晴珊小姐的结婚的请帖，他在苦闷着。这是他所意料不及的事体，他旅居南京有一年半的时光了，为职业所捆缚，整天地忙个不了，女人一类的事情，在利冰现在的头脑里，确已磨砺得淡无影踪了。

这个请帖落在他的手里后，突然把他失去了的浪漫史唤了回来，他渐渐地着了魔氛似的，心神不安定起来。过去的女人一类的破片，重又飘浮到他的头脑里，特别是晴珊，在昔是他最心醉的女人，现在她将和别人结婚了。以他失恋者，不，逃恋者的资格看来，自然在心窝里不免酿出一重嫉忌怨愤的微波。然而反过来一想，他觉得无上的光荣，虽然是过去了的事，而恋爱的优先权还是属于他的，她的丈夫没有法子可以赎回去的。这是一件大事啊！在他的生涯中一切的际遇，再没有比得上和晴珊的恋爱事件了。因此晴珊的结婚，在他至少认为一件有关系的事。究竟要否去参与婚典？这是值得研索的；如其去参与，自己果然难堪，在她也必不快！况且发出这个请帖，是否她的本意，还是疑问。怕是她的父母的意旨罢？当他来往在她的家中时，她的父母认他是唯一的快婿，对他的体贴，慈爱，使他永远忘记了死去的自己的父母。如果是她的父母的意旨呢……不，她的父母爱她，也极其周到；关于她的自身的一切事，向来是顺从她的；这个请帖就使是她父母作主发的，也一定先征得了她的同意呢。他游移了好久，才始决定到上海去参与晴珊的婚典。

在晴珊小姐婚日的前一天，利冰抱着满怀的无名的温意，熟悉地搭上夜车。在那漫漫的长途上，他起初不但不感得疲惫，而且奇异地兴奋起来；二足用力抵住踏板，心儿和车轮同一调子的滚转，似乎还在命令车子加快前行。好容易在神迷的激荡中，第二天的清早，就打醒了他的杂乱的酣梦；把他送到他所憧憬的上海了。

天空爽美的气息，嘘出了初秋的特有的感觉。人的运命交给它管的威权的都市，依然像往昔一般的健康。利冰从车站雇了洋车，一路曲折地穿过去，到了三马路停车；他就上了一家旅馆，他把洗盥，吃东西一类的事情，匆促地办完；那时还不过上午十时。他想：晴珊的结婚是在下午三时，还早哩！他坐在沙发上舒畅了一回，头脑比前清醒了一些。午饭后他从箱箧里捡出比较新的服装和硬领、领带、手帕一类的零星物件，一一换上。他忽然感到去参与她的婚典，有些难乎为情的样子。他迟疑了一回，从南京到上海的长途的工程做完毕了，难道从这旅馆到静安寺路的沧洲别墅顷刻可到的工程值得畏惧吗？去，去，他自己解辩了一番，重又平静起来。在未去之前，他觉得还有一件事要须备好的，他想来想去，想不出来。最后他在袋里摸出了一片桃色的请帖，联想出礼物要先得预备好的。把什么样的礼物送给她？泥金的喜对，金字的缎幛，银盾，他不愿意送这类恶俗的东西。化妆品呢，只是对于女的，太小气了罢；戒指一类的饰物呢，送这东西的资格早就取消了。那么什么是适当的礼物？至少要比较可以纪念的，他想了好久，竟想不出一样满意的东西？横竖到了上海了，一切珍异的稀罕的物事，只要拿出达拉斯去买就行了。他一转念间便走出旅馆了。

利冰一个人杂在人众里，踱步过去。走进了先施公司；那天不知是秋季大减价的第几天？男男女女们，庞杂地、认真地，买卖的在买卖，观望的在观望；进的在进，出的在出，还有粉香、发香、女人的倩影，维持这大商场的奇迹。他所有的感觉几乎被迷塞了，他流连在化妆品的柜旁，又穿过去，流连在糖果食品的柜旁，他又在这二个柜旁往复了数回。他还以为在三年前的时分，伴了晴珊到这里，侍候她，保护她，为她拿东西，为她付钱，做她的骄傲的勤务兵。他每次伴她到先施公司，总是在化妆品和糖果食品的两个柜旁边，流连最久。等到她占有了她所心爱的东西，他和她才一同离开。送什么礼物——这个问题在追逼他，他才懔懔然觉着流连在这里的非计，于是他想移到清谧一点的地方，想定了适当的东西，再来光顾。

他跨出先施公司的边门，越过大马路，从三马路西向跑马厅的一条路上走，在短墙的转角上，他又停步了。行人、车、马，自顾自地冲撞着，漫不理会他。在这个转角上……他想：三年前有一个深夜，他和晴珊从戏院里散出来，在惨白的路灯下，听客们的黑影，寻了各自的归途散开。他和她手牵手地走到这转角上，忽地那个恶魔般的做巡捕的印度人，擎起木棍，砰的一声把那座洋车驱走了。她吓得魂不附体似的，投在他的怀里；他觉着她的胸脏里在恐怖地跳跃，忙的一手抱住了她，一手拍她的背，抚慰她这小小的惊鸟。不曾抱过女人身体的利冰，这时觉得遍体松酥，几乎要呕出血来去感谢上天。那个巡捕呢，在她可咒诅，在他可颂扬。送什么礼物——这个问题又在追逼他，他懒洋洋地踱朝前去，走近跑马厅了。

他到了三马路的尽头，一片壮伟的跑马厅卷到他的眼前了，他向右手转弯走去，迎面就是一品香旅馆。他望了一望一品香三个字，在他想来是最名实相符的了；或者这三个字还不够形容它。他咀嚼了一回，沉湎地想下去：在三年前正像今天那样的初秋时分，利冰害了病，他感到住在朋友家里不大方便；晴珊便给他定了个主意，迁到一品香来，租了一间比较宽敞的房间养病。每天早上，晴珊伴她的父亲来替他诊察。她的父亲是上海有数的名医，异常忙碌，来了一忽就去。她便留在房间里，替他煎药，替他管饮食一类的琐屑，小心谨慎地服侍他，到了深夜才回家去，他在病床上，看了她那种似乎曾受宗教的训练的动作，和情愿为了心爱者而受难的精神，往往暗地流出感激的涕泪来。有时在灯光氤氲之下，窗上张的绿色的幔帷，微微颤动，四周浓密地流荡出无声的节奏。她坐病床前，对他流着水晶般的眸子，把一种严肃中带着慈悲，疲乏中带着醋媚的眼色送给他；他吊住了心儿，总想倒在枕子上就这样的死去罢，至少须永远这样的害病！送什么礼物——问题是又来追逼他了，他又踱过了几步。

一品香三个字不够形容它，无论退一万步说，也不够形容它的品气！他想：在那时住了二十几天的光景，他的病也霍然告痊了。临到离开一品香的前夜，她为他收拾东西，留了过分夜深了，她同意了他教她牺牲平日深夜回家一个习惯。横竖有两个床铺，于是留了一夜。那是千载一时永劫不灭的一夜，他睡下了，她也下了帐子睡了。只有一盏珠络的电灯，还怒辉着它的白热的光芒，在静室中瞒过了神明，映射到两人的床里，使他们俩可想不可做。过了好一晌，将近黎明的光景，她襄开了帐子起身，抽着一支卷烟，轻轻地底回绕步。忽然她走近了他的床前，他睡的是半截的铜床，本来没有帐子的。于是她偷偷地弯身过去，把留在喉间的一口烟，呵在他的鼻官里；他急的卸去朦胧的假面幕，乘势伸出了双腕抱住她，彼此只隔着一层薄衣，肉和肉的跳跃，血和血的急流，完全像组成了一物。在四只眼睛交互的媚跃中，完成一次天翻地覆罪孽深重的密吻。送什么的礼物——问题又紧紧地追逼他了，他一双轻松的脚，载着一座笨重的身体，鹄候在大马路十字街口。等到电车、汽车、洋车稀少了，他在飞奔地穿了过去。

　　他走在西藏路的北段了，朝前走进向左弯了一阵，仍没有想到什么是适当的礼物！又没有理由地经过了几个转折，不知不觉地已到了白克路了。对面"修德里"三个字，涌上来，喝停了他的足步。哦，这是晴珊的旧居到了；他想：三年前的初冬的一夜，他在电话里得到了她害病的消息，他冒着刺骨的西风赶到她的家里。她害的是气塞的的毛病，为了要追偿在他病时她给予他的殷勤起见，他得到义务甚至恩义上的许可，他留在她的家里服侍她。轮到她的肝气上塞的时候，她要他给她抚摩。她说了，她的母亲和婢女都避开了。她躺在褥子上，头发松散在眉间、耳间，水色的眼缝，桃色的两颊，猩红的嘴唇，粉捏的颈项，他骈了二指在抚摩她的嫩雪的胸膛。他浑身的血都钻集到二个指头了，从指头传到的羊皮一般的她的薄薄的肌肤里，她的气塞居然消退了。她害的这个毛病是一阵一阵来的，有时平静，有时冒发；他的父亲说，要去兑奇南香来医治！他毫不迟疑地为了她，亲自到胡庆余堂兑了一包同黄金一样时价的奇南香，拿回到她的家里。她的父亲烧了鸦片烟，把奇南香调入之后，装给她吸，他承受她的命令，登到床上去，扶好她的身体。她吸了呵出来。又吸了呵出来，这样的继续下去，奇异的宝贵的香气，揽酿得连帐顶几乎要爆裂的样子。他被麻醉到不可思议地灵魂死灭，眼看不见东西，耳听不见声息，一切官能都失了功用，甚至肉体的完全死灭。送什么礼物——问题更严肃地追逼他了！

他站在晴珊的旧居的巷口，还像给她呵出的香气迷惑住了，苦苦地挣扎了一番，才像从深渊中爬起来，出了一身冷汗。于是他得了天启的灵机，决定去兑奇南香，当做送给她的结婚的礼物。

他雇了洋车到北京路，向胡庆余堂兑了奇南香出来，夕阳把它稀薄的黄金色，镀在洋楼上、街道上。晴珊的婚礼在三个钟点前开始的，这时大约已张出了华美的饮宴，满座的亲戚、朋友，在举杯给花样玉样的世界还没有东西可以和她匹敌的晴珊和她的新贵人道贺了。利冰虽然从南京赶到上海，剜拖了肝肾，找到了可以做永久纪念的礼物；但他终于错过了参与她的婚礼的盛典。

十七年九月二十三日初稿

期　待

一

　　大约交了午夜的时分了，Y 城埋在冷寂的霜空里，一切市廛里特有的烦苦的叹息，沉淀在水底似的默不动作。连街衢、房屋、林木、道路那些生铁一般的庞大的家伙，也软软地紧缩起来，看上去像是墓圹中的瓦砾和湿菌一类的败物了。在这陈死一般的严肃里，谁也觉察不到那条狭巷里有一个女性和一个男性凝成了一团模糊不辨的黑影，像虫豸一般地沿着巷脚，像虫地爬往前去。从天际漏下的薄光，烘染到他们的前面，觉得在珍异地发亮；这似乎神明在导示他们，教他们快些走的样子，并且还像告诉他们，要是东方发了白，全城市会像拔山倒海似的轰动起来。因为女的忘记了自己是寡妇，男的忘记了自己是罪犯，他们还像做梦一样地在游离恍惚之中。

　　说起他们俩有眷恋的事，实在使人惶惑不过的。女的邢璧，浴在圣洁的光阴里，度了将近十年的寡居了；她是被人遗弃的世界里的一个孤独者。反过来要是在最近，提起了男的汤沸，城中的居民中一大半要生起一种莫名其妙的辣感。恨他的人是不必说了，爱他的人对他也生不起同情心来的。因为不多时日，城中抄出了一个革命党的秘密机关，他的足迹便不能公然在市街上步踏了。所幸他和邢璧眷恋的事，多分没有喷散出去，二人间也就避免了更大的伤害的袭击。在汤沸，早些时候就有往 K 省去的打算；这是一个约好的机会，使他决心出走。这个计划，邢璧非但同意于他，并且自己因此也获得了一股洒脱的欣喜；她的意思，不仅仅要避免那辈肚子里装不下东西的城中人们的耳目，似乎于她还有更方便的去处呢。

这是汤沸出走的一夜，邢璧乘着人们被鼻息闷去了的时候，破了栅栏，偷偷地溜到狭巷里去送他。在慌张的暗夜里，他们俩扶着走去，瞒神瞒鬼地经过了几个转折，好容易出了狭巷；旷野夹着的一条广道躺在他们的前面，爽直地表明已离去了吃人的窟窟。天空的星斗，送下了一阵冷爽的气息，他们俩紧切着的心，随了空洞的呼吸放宽了些。广道上的足踏，含了节奏在响，连说话的声音也清晰可辨了。

"到底几时才可回来呢？"

"这是不能定当的呀。"

"怎么办？"

"我想不会十分长久的，总之你记好，革命军到这城里的一天，就是我回来的一天。"

"那么事情就在那时候想法吗？"

"到了那时候，毋须想法，只要照我们的意思做好了！"

"怕没有这样的便当罢？"

"只要你能……"

"不，如其还有人阻止呢？"

"除非你的夫叔。"

"可不是咯。"

"这家伙到了那时候，便要否气上身了，你放心好了！"

　　他们一路走一路说，简直忘记了走到甚么所在了。隐约地传来一撇守警弄枪机的声音，离城门是不远的了；冷气逼袭上来，使他们发颤，于是汤沸立即站住，捏了她的臂儿对他说："你不能再朝前走了。"

　　"怕你也通不过城门了罢？"

　　"我这样的装束谁也认不出来的。"

　　"那么你千万要小心呢！"

　　"不妨事的，你就回去吧。"

　　"那么你出了城就上船吗？"

　　"是的，不过我放心不下……"

　　"什么？"

　　"因为你孤单单地一个人回去……"

　　不等待他说完，她就迎上去抱住了他的颈项，脸和脸，嘴和嘴，热的眼泪，热的亲吻，把他们俩离别时凝冻了的忧患，一起融解于无形了。

二

　　邢璧经过了那一夜以后，汤沸出走的一幕光景，时时展布在她的眼前。她像换了一个新鲜的灵魂似的，觉得年龄倒轻了许多，又像在处女时代一样，常有一种空漠的欢喜，掠上她的心头；拨动她的隐藏在寒灰里的星火，使她中夜燃烧起来。她住在牢狱一般房屋里，虽同平昔一样的孤冷；但她已预感得不久有大赦机会的到来，似乎不再像以前好样的颓困了。

　　时光一天一天地只管飞奔过去，Y 城的居民，从街头巷里，听到些远地方的战争的消息；特别是革命军的勇猛和神秘，使他们蒙了一层惊异，不断地联想起汤沸这么一个人物来。刚巧转到了旧历新年的季节，人们格外地空闲，格外地喜欢去探听新奇的故事。有一天，邢璧到她的夫叔屋子里凑新年的热闹；她的夫叔从市上回来，谈起城中格杀革命党人的事件；他火忿忿地把汤沸痛骂了一顿，说他是乱党，说他是绑匪，说他回来了后不但要共起产来，还要共起妻来；并且说城中的长官拿住了他，会马上就地正法的。这些话直嵌进她的耳朵里，她不由得心里起了些惶恐。——莫非从甚么的罅隙里满出了关于她和他的事件吗？她这样的疑惧着。但是她想起汤沸早先和她说的话，以至从他那里听得革命党的计划；对比起来。她确信汤沸不是夫叔所讲的那么一流恶懒的人物。于是她稍稍按捺了自己的热火，和撇去些外来的恐怖，顺着自然的定命镇静下去。

虽然是新年，她觉得太沉闷了，元宵节的那夜，照例是放生的时节，她和二三个邻妇上街去走，在长江边岸繁盛的Y城，这个年头的灯市，异样地零落；那些店户半开半闭地躲避着。除了孩子们手里的红灯以外，简直看不见元宵的标记来。只有触目的兵士，散在人众里冲来撞去。听说二三天前，这城里增置了一批重兵，全城昂奋的空气，就在居民的落寞的脸色上显现出来，大约不久就有劫运降临。邻妇们看了这个境况，未免带了些害怕的神情，尤其邢璧像遇到了一种祸患的阴暗，感着异样的凄情。大家不快意地转上归途，离开了市街，在狭巷里兜转过去。月光照在死灰色的墙壁上，幽凉得太觉可怕，她不等待回到家里，便已泪流满腮了。

这几天的空气似乎更紧张了，邢璧简直没有看见她的夫叔的影子，大约他成日夜地为军队筹饷，和办柴米一类的给养，正在忙个不了。狭巷里时常有军队的踪迹，奸淫的把戏，和抢劫的事件，像蚊虫一般地在人们的耳间飞鸣。她每天在憔悴的悲恐中，为不幸的消息所煎熬。

　　对岸炮火的声音，把 Y 城也震动了；军队的更替和增置，使城中骚嚷得几乎要天翻地覆的样子。邢璧满怀着无名的恐怖，走到门外去，那时夕阳已没入到城外了；她凝望着城墙上的一层杀气在发抖。忽然，她的身旁有招呼她的声音，她回眸一望，认出是她的夫叔的旧仆阿松；她问他说："阿松，你从甚么地方来的呀？"

　　"啊，娘娘，从 T 城逃来的！"

　　"怎么是逃来呢？"

　　"T 城是失守的了，革命军布满全城了。"

　　"那怎样办呢，这里怕也危险？"

　　"可不是吗，只隔着一条江，他们很容易冲过来的。"

　　"到底革命军是怎样的，是不是很厉害的？"

　　"的确厉害的，他们只有一排兵冲进城来，城中的北兵会一起逃得精光呢。"

　　"他们要抢劫吗？"

　　"不，不，都是学生军呀，到了城里，他们四处去安慰人民，还对人民说些革命的道理。我们这里汤沸那个小孩子，也在那边！"

　　"是吗，他做甚么！"

　　"嘎，他背了皮带，绑了皮腿，做起军官来了！"

　　"你住在那边不好吗，为甚么要逃回呢？"

　　"因为我的那家东家，一起搬到上海去了。"

　　她听得了这个消息了后，心里起劲了不少；回到房间里更无忌惮地昂奋起来。那一夜她虽则通夜没有睡觉，但她的精神似乎比平日格外地健康。

　　不久就有北兵反攻 T 城的轰传，城中的军队分了几批渡江过去，确是事实；因此 Y 城的空气渐渐地和缓了些。但是对于汤沸的谣传，反一天天地蒸腾起来；有的说他是被捕了，有的说他是逃回来了，有的说他要带领了革命军来破城了，有的说他的尸体曾在江边浮过的，总之，他到过 T 城，充当过革命军官，是没有人置疑的了。最后邢璧听得她的夫叔说。汤沸确实被北兵掳了回来了，关在营房里的军法处。她想，事情怕就这样地结束吧，她又沉落在悲叹的深渊里了。

三

从远处的街道上传来几声壮烈的叫喊，愈传愈近，大约东方已发了白光了。邢璧从酣梦中惊醒过来，狭巷里步踏的足音，很清楚地送到她的耳边，她再不能安睡了。那是一个带着春天同来的黎明。她匆忙地起身，一直转到夫叔的屋子里，屋中空无所有，——这样火速地神不识鬼不知地搬走了，她略略惊疑了一回，然也无暇加以思索。忙地转向门外去，满巷的人众，手里执着青天白日的小旗，像潮来一般地，一群一群地冲过去。

事情太突然了，北军几时退出城去的？革命军几时冲进城来的？在邢璧全不知道。她觉得这个城变了模样了。那些旧时的生活之烦苦的腥恶的痕迹，一起被狂潮淘干净了。遇见每一人，看见每一物，都能使她全身松爽起来，她像被旋风卷到了一处未知的境地。

革命军到后的几天，全城市的居民在汤沸的指挥之下，时时有盛大的集会。邢璧也不再迟疑了，她受了汤沸的指示，每次去参加，去呼喊口号。并且还到妓院里去劝导妓女从良，到尼庵里去劝导尼姑嫁人。她觉着一个人享受的幸福是容易摇动的，被许多人享受的幸福，是不容易推翻的。她满怀的快慰，都寄托在这个热愿里。

她和汤沸的恋爱，公然地展开在城中，不但没有人指摘，并且得到些新人物的赞扬。她预测以后的生活，会一天一天地甜蜜，一天一天地光亮。她决心和他结婚，一切可厌的东西，已藏匿得无影无踪，再没有甚么可以阻止她的前路了。

在结婚的前一天，她在房间里舒齐了一回。随后照了镜子，把自己的发髻拆散，拿起了快剪，把它一叠一叠地剪了下来。又修裁了好久，自己对着自己的容姿，忽地发笑起来，——长时期的期待，终于有这一天，她这样一想，心儿跳跃得连胸脯里也起出一阵无可形容的松痒。

第二天，她奔向一个新辟的大会堂去，中途就有人阻止她；听说有甚么清党的事件发生，汤沸在昨夜半夜里被捕下狱了。她急得无可奈何地回到家里，遇见阿松，挑了一担箱笼包裹回来；她想，莫非夫叔又回到家里了吗？回来得这样快的！她像被冷水浇进了怀里一般地寒颤起来。她急急紧闭了房门，从妆台上拿了一蓬剪下的修长的黑发，周而复转地踱步空想。她所期待的，似乎也趁了狂潮的低落而消失了。她停住了足步一望，窗外仍是旧有的天色，窗内仍是旧有的器物，这一间牢狱一般的冥顽的房间，还没变过些微的样子。只有一蓬修长的黑发，握在她的手里。——那是不再到她的头上了，她伴着眼泪这样想。她又摸了摸头上的短发，觉得要它长得和剪下了的一样的修长，不知道还得经几何年的期待！

十七年十有三十日初稿

独轮车的遭遇

从 W 小车站往西北走去，一直到那个偏僻的 S 镇，大约有二十余里的路程，越走越近村庄田野，这一片荒凉的境地，和邻近的上海那么的外国世界一比：不知道相差了多少个世纪呢。在阿四的简单的梦当中，不曾想到有一天会筑通了一条宽广的煤屑路，在这路上常有庞大的汽车公然来往。他也不曾想到有些客人会被汽车吸引了去，管汽车的人从没有向客人们兜生意，而客人们情情愿愿地坐上去，置他所推的独轮车于不顾。他对于这一种遭遇，无可应付，只有吐一声怪异的叹息来了事。

渐渐地他觉得推独轮车的勾当像有做不通的样子，人们对这事物的需要，大约不比往时了，他似乎有这黯淡的觉察。可是他生下来就做这门行业的，家里大大小小的几个人口都要靠他的推车来活命的，在他的责任上是舍不得放松的。无论汽车憧憧地在广道上行驶得怎样起劲，他总是照例推着他的车子往 W 小车站接客。

在这广道上来往的客人，比前增多了几倍，汽车的生意和他的生意宛然成了一个反比例。起初几天，间或还有他的顾客，似乎不觉得怎样难受。近半个月以来，简直天天空跑一趟，每当夕阳没入了的时分，这广道的边沿上有一团黑影推着空车下乡，容易地认出他是渺小的阿四了。这样的继续下去，他的饥黄的脸色上抹着一层苍黑了。

他每趟空车回家，他的妻总是噜苏地烦个不歇，什么米没有啰，什么天气冷啰一类的话，送到他的耳边，弄得他哭笑不得，只有他在归途中对着广道和那些汽车从厌恶的隐情里发出几声毒骂来宣泄他的气愤。

有一天他照例等候在 W 小车站，一座火车呼呼地自远而来，往这小车站上停住，阿四爬在栏栅上睁大了两眼，在认下车的客人。他瞥见了他的邻人 P 先生，挟了包裹，杂在人众里下车。这是他的老主顾，立刻有一阵悦意的紧张，浮上他的心头。他等不及 P 先生的招呼，便奔到一家小茶馆的前面，认出了自己的车子，背了车带，往出口的路上推去。

"P 先生，P 先生，……"他一头喊一头奔，似乎 P 先生的影子在他的眼前消失了去，没有回话给他。他放下了车子，再往上前去找寻，走近了汽车，才看见车窗里贴着一张 P 先生的脸，他心里不由得起了一阵辛辣的摇颤呆化了去。汽车哺哺地响出它的机声了，他忙的赶上了几步拍着车窗。

"P 先生，P 先生，P……"他的喊声还没有送入 P 先生的耳朵，那汽车吃了他的几手巴掌，似乎蒙了一层惊骇，拍拍地朝前开行了。

阿四失了珍宝似的擎起双手，高声地喊起来，并且追赶上去，越追越是离开得远，他只管亡命地奔亡命地喊，足足有二里路的光景，那座不留情的汽车也就停了下来。他再追上去，终于追到了。他气急地乱拍车板，喊 P 先生下车，P 先生探出头来一望，莫名其妙地吃了一惊。

"阿四你来干甚么?"

"你下来,我来推你呀!"

"什么推我,我坐上汽车了……"

"不,不,我要推你。"

"难道你不知我坐汽车?"

"不,不……"他喘着气,发狂一般地还在这样坚执地说下去,连车中的坐客也起了一阵嬉闹,大家对他斥责起来,于是那个伶俐的护路警察用枪柄冲倒了他,把这一桩纠缠告了一段法定的结束。

汽车朝前的走得远远的了,他慢慢地爬了起来,狠狠地握了几拳泥土,向前掷去,随后顿足骂了几声折回去。

那天暗夜里,阿四推着空车,懒洋洋地回家,两只脚一步一步地在走。他心里跟着他步调在想。

"P先生,真不是人! 他也坐起汽车来了。"

"浑蛋,难道汽车和你妈有勾搭的吗!"

"白白地追了一趟……"

他糊里糊涂思想下去,想到回到家里的时候,又要免不得妻的一场辱骂,他更火勃勃地愤怒起来。

长时间的夜行,在有心事的人们,是不觉得悠久的,鼻官里不自知地在呃呃作响。阿四走近家门,不愿意进去,一直转过去到了他的邻家P先生的门前,他一阵愤激便歇下了车子,握着两拳,往P先生家的紧闭的门上乱打。

"那个那个?"P先生的仆人开了门问。

"是你的老子。"

"阿四吗? 你是干甚么?"

"是你的老子。……甚么?"

　　"你疯了吗？"

　　"疯甚么，找 P 先生来理论！"

　　"咦咦？理论甚么？"

　　"他坐汽车回来的。你看对不对？"

　　"这不容你管的！"

　　"不是。你是他的老仆，我是他的老车夫，不是你常来找我推他的？他今天坐起汽车来了！"

　　"有了汽车，自然不坐你的车子了。"

　　"那么他甚么不把你歇工？"

　　……

　　P 先生的仆人看了他这个异常狞恶的样子，便不同他讲下，渐渐地劝了他一番，他才无结果的回家去。

　　他回到家里，他的妻就迎上去问他。

　　"听说 P 先生回来了。"

　　"嗨。"

　　"是你推回来的吗？"

　　"……"

　　"今天你有生意了？"

　　"……"

　　他的妻一步逼紧一步地追问他，他气愤极了，但是他的妻还在油火的秽光中露出狰狞的面目来不断地追逼他。他就把一座小桌子狼藉着的饭菜一类东西，碰�地几声往地上一掳。这仅备的一顿晚饭，就此献给地藏王菩萨。

　　第二天的清早，阿四垂头丧气地跟着他的妻到 P 先生的家，那时 P 先生正在早餐，他的仆人侍候在旁，阿四靠在门栏上不敢跨进，他的妻站在 P 先生对面，对阿四怒视了一眼，她便开始对 P 先生继续地说下。

"像这个不懂事的人是少有的。

"昨天夜里碰到了P先生还不关紧，碰到了别人，老早送他到监牢去了。

"前回他去和人众打汽车，在监牢关了五六天呢。

"有了汽车，他实在找不到生意了。

"家里大大小小的，几次的死去活来呢。

"P先生，求你想想法子，我看这个生意是不行了。

"无论茶房也好，管门也好。

"你看他像死了人一样。"她说到这里，又向阿四怒视了一眼。

"阿四嫂嫂，你不要多作声了，难怪他变得这个样子，今天老爷出门就教他推吧。"P先生的仆人这样说，P先生始终不出一声。

"那么要P先生招呼。"阿四的妻回了话，转向阿四"走"的说了一声，阿四便嗤的一笑，跟着他的妻回去。

天气还未入隆冬，太阳在空中烘出春天一般的暖气，阿四推着P先生在路上走，他不比往时那样的起劲了。他走得似乎很慢，P先生明白了他近来的处境，也不愿意驱策他快走，在他一双脚里，似乎有甚东西梗着，觉得有走不前的苦衷，是车机的不灵，还是他精力的消失，他简直想不出原由来。到了中途，忽的车心断了去，他急得心儿直荡。

"什么？车子坏了？"P先生颠了一交，爬起来说。

"是呀，早早要换车心，为的没有钱。"

"那么……"

"怎样办呢？……"他一头说，一头还用尽气力，在把车轮装上，P先生看了这番情形，不由心痛起来，便从袋里掏出二块洋钱来给他。

"你拿钱去修吧。"

"不，不要。"

"你不要，怎样办呢？"

"我装好了再来推你。"

"来不及了，我要去坐汽车了。"

于是他才羞悸悸地接了二块洋钱，对 P 先生呆望。P 先生看了他的死一般的脸，心里一阵辛酸，自己便拿起了包裹，把泥尘拍去，一声不作地只管走去。他右手巴住了倒翻的车柄，一直望 P 先生没入视线。

P 先生走到汽车的停留处上车，到 W 小站，又上火车，一路过去，阿四的那张像耶稣钉在十字架上一般的垂死的脸，刺在他的眼前，再也洗刷不去了。

十七年十二月八日在上海旅社

外　遇

　　小室中的一个阑珊的冬夜，火盆里的炭火在暖荧荧地烧着，桌子上橘子花生一类的果物，堆得满满的；像在发出异样的情致勾引客人。

　　正经的事情大约谈论完结了，李琴指着桌子上的果物对大家说："请你们随便吃点东西吧！"他殷勤地似乎在练习做主人的样子。于是三四个客人，围到长方桌子上，坐得稀零零的，剥的剥，嚼的嚼。他也含着自足的温笑，坐上主人的席位；室内顿时鼓荡出一层浓腻的气息。

　　"我们每个人，大家讲件笑话来消遣消遣吧！"在李琴右手的 C 君这样提议。

　　"每个人要讲的吗？" C 君对面的宇靖，摇着头接下："我是讲不出来！"

　　"的确，笑话是刹时间想不出来的，我看大家讲讲自己的恋爱事件！"和 C 君并肩的那位子刚说。

"这个不来。"在宇靖左面的俞恪抢上去说："在场几个人的恋爱事件，不是大家听熟的，便是很陈旧的。"

"那么讲甚么？"子刚问，"我想我们五个人都结过婚了，像李琴逢人便说出他和他的夫人如何恋爱起头，如何恋爱成功，差不多我听过五六遍了。"俞恪接着说。

"那么我不讲就是了。"李琴忙的凑了声嘴。

"不是的，"我想至少加以一个限制，我们不讲夫妻的恋爱，我们大家来讲每个人的自己的外遇。"俞恪这样修正了后，大家都觉得他的话比较有道理，也就是同意了。

"那么从那一位讲起？"李琴说了，眼望着俞恪接下："就请你先说！"

"不，不，当然主人先说，说过了后；挨顺说起。"俞恪这样的表示。

"我也赞成这个办法！"宇靖一头插着嘴，一头数着："第一李琴，第二Ｃ君，第三子刚，第四俞恪，第五鄙人……"终于大家决定采用这个办法了。李琴装做难受的样子，嚅嚅地一时吐不出口来。最爱说话的俞恪，在敲着桌子催他。

过了好一晌，李琴开始说下了。大家聚精会神地听着，说到精彩的地方，大家拍着手哄出热慕的喧笑。宇靖独自闭了眼儿，把头部仰搁在椅背上，似乎不曾关心到李琴的话，他在想：

——自己是大家晓得守身如玉的一个人，除了妻以外似乎未曾有过甚么恋爱的事件。

——外遇呢，更谈不上了！不善笼络女人是自己平生的短处，也是自己最感着不痛快的……

——这够不上称做外遇罢，当七八年前在日本的时候，和一个女人学过一回可笑的把戏，这决不能算做外遇的。

他想到这里，防着同伴的觉察，俯伏到桌子上，拿了个橘子一头剥一头嚼。那时李琴的故事还没有讲完毕，他听得别人笑了，无意识地跟着也笑。他真觉有点怠倦了，于是仍旧仰靠在椅背上默想：

——那时真愚笨呀，那时他在东京的医科学校，将近毕业的一年，他被派到 F 医院里实习，常和那里面的一个看护妇幸子说说笑笑……这幸子不比其他女人，她异常和易，异常的动人，不多时候居然可以约到外面去讲情话了。机会是不可失掉的，在那时他的干枯的生涯上，急于想有像甘露般的女性的柔情的湿润。于是他拼出了全副的热情，四面八方地张罗起来，和幸子去看电影，去逛公园，去吃支那料理。这种种勾当，在他自己也觉得有点外行，但幸子却表示十分的满意！

——事情是这样的可笑！他和幸子盘旋了二个月了，愈在温味中陶醉，他愈感得有一种无名的饥饿侵袭他，使他看见了幸子不安，有时简直发颤起来。他似乎再不能忍耐了，有一天是春暖的一天，他有计划地约了幸子到上野去看樱花，一直到晚，往精养轩里吃了晚饭；又一同蹀街，一同逛夜摊。在人潮中一时一刻地消磨过去，最后一同折回到田端的他寓所里。那时夜深了，在一间四席铺的密室里，他苦苦地哀求她……总算把他所希求的大事，糊里糊涂地全成了。

——那里配得上说恋爱？简直是一件笑话！第二天早上，他醒过来，看见幸子背着他远远地跪坐席上，在低声啜泣。他忙的起身去抚慰她，她——咕噜地在怨他污漏了啰，昨夜一夜未回去怕要被医院里开除啰。弄皱了衣服啰……他急得无可如何，连接向她赔罪，情愿受她责罚，甚至情愿死在她的前面。她只管咕噜，只管啜泣，毫没有些微的表示。最后她开出金口来向他借钱了，他给她十元，她不肯接受；给她二十元，还是不肯接受；后来把小皮夹里的钱一起倒了出来连角票一总六十余元一齐给了她，她才兴奋起来，把钞票折好藏在胸袋里。她站起来整了整衣衫，假作痴呆地张望了一下，把矮桌上他所用过的头发香水格利姆一类的化妆品，也搜搜括括包扎了起来，于是和他道别出去。

——一场话剧，就在这个地方下幕了的，简直是一件笑话！

他虽然装作倦睡的样子，而脸上却飞浮着一层羞赧的赤热。座上喧笑的声音，打断了他的遐想；他重又俯伏到桌子上，擦了擦眼儿一望，挨顺到第三个子刚在摇头摆尾地讲述了。他们讲过了些甚么内容，在他一些也没有注意过。

他虽然把果物剥着嚼着，但暗里闷闷地感着一种不愉快的度调；他和幸子最后的一幕，好像还在他的眼前，使他的神经不能集中。他不由自主地拿了橘子皮撕成了碎片，放在桌子排出圆的方的花样。他的心情，正像和幸子出走了后他责怨自己非薄幸子，对金钱的丧失对生命的空虚，以至恋人是甚么的妓女是甚么的种种不可思议的问题充塞在胸臆里的时候，同样的复杂，同样的难受。

霹雳般的警告落在宇靖的面前，轮到他来讲述了。他呆了一晌，显出不自然的瑟缩的神情说。

"我是你们知道的，从来没有过外遇一类的事情。"

"不见得吧！"俞恪睁大眼儿盯着他说。

"真的没有过……"宇靖勉强舒泰地回答。

"这倒是实在的。他是个出名的道德家，我可以替他证明不见得有的。"李琴凑上来说。

"越是不声不响的道德家，花样越来的多！"子刚说。

"那里的话。"宇靖像在申辩的样子说。

"还是请你讲吧，随便讲了一点，我们可以散了！"C君催着他说。他摇摇头，更显出不自然的神态，脸上赤热的感觉逼迫他，使他万分难堪；他简直想钻到桌子底下去哭一场了。

这时候的光景，几乎像几头野兽狺狺地在预备恶斗的样子；大家耐着等待宇靖的说述。桌子上果物的皮壳，凌乱地摊得全无兴致；炭火也呈露出厌倦的灰白。直到大家感得了不耐烦，才把这番无意识的窘逼放松了过去。

午夜的寒气，从窗隙里浸透进来，把小室里的和暖的人情冲散了；并且把客人一个一个地送了出去。

宇靖像从战阵里逃脱出来的样子，虽则孤单单地在尊严的旷野里沿着归途一路被寒风的袭击；但紧切在心里的一种困顿，似乎全已放宽了。只有幸子的暗影，还盘旋在他的左右。他从这个不快的回忆里，忽的抽引出一种凄怆的懊恨的端绪了。

——这个笑话，在幸子方面，大约也会记起的吧？这伶俐的小角儿还记得起那时的我——支那人的一种狼狈的伧态，难免要像发狂般的好笑起来呢？

——这个污迹留在远远的日本，太不顾惜中国人的体面了。啊，啊，生涯上的浪漫史，在别人是光荣的，在我太觉得羞辱了。假定先时率直地讲了出来，可不是永远成了朋友间转展相传的笑话吗？

——世界上所有的女人，总不至于都像幸子那样的无聊罢！真是倒霉，像我这种可算痴心真挚的男人了，为甚么遇不到同样痴心真挚的女人，而偏偏遇到这不怀好意的幸子呢？然而女人中有像幸子一类人的存在，把女人的尊严也扫得精光了。

——事情是过去了而且过去了七八年了，一幕的喜剧早已成了陈死的灰烬了。现在的幸子，或已成了有丈夫有儿女的贤妇人了，偶然间在酣梦里唤起了当时和我的一种缱绻，在她中年时期淡淡的回味里，也必感到些不安吧？甚至发出些对于我同情的慈悲，对于她自己懊恨的斥责吧？我但愿她有这一天！

——不然，她一辈子不觉醒，继续她的愚弄男人的勾当，浪掷她的生涯。我想到了这时候，她所拥为奇货的颜色也衰褪了，多少起了些异样的感觉了。世界上女人中既不是全像幸子，那么男人中当然也全不像我了。她的一生中，可以碰见几个像我这样的蠢物呢……啊，幸子，在你的胸涡里起伏着阵阵的忧患时，我禁不住反过来要同情于你呢！

宇靖一路走，一路耽于空想，像醉汉般的他的知觉全已麻木了去，对面一颗明星似的路灯，遥遥地迎上前来，和他的距离越发近起来了。一条狗似乎挟着一阵冷风，跳到他的前面干叫。他寒颤了一回，停住足步一望，才觉察走到了住家了。为了朋友间提起了外遇，累得他带了一肚子的哀思回到家里。

十七年十二月二十日初稿

诀　别

　　在这一带温香丰美像黄金一般璀璨得异乎寻常的地域里，虽则我也曾几次绞出了热的泪滴，苦苦地哀求我自己再住下几时，等到那条通流到某处的运河工程开掘完竣，我可以引导人们冲进人类历史所期待的一领域，这可不是顶好的办法吗？然而他们以为我住在这里，多少不方便的，多少有害处的，甚至是影响极坏的。即使我躲藏在地窖里，他们也会拿了火炬来找到我的；免得惊扰他们的好梦，我就做没志气的人，悄悄地走了罢。

　　这一遭的走，要问我走到甚么地方去？我是回答不来的；但是不会走向我曾经走过的地方这可以断定的。至于走向生路或死路，自家还没意识过。走，就是一个走罢了！总之，这单纯不过的走，只待自己熬出勇气去实践，没有怎样深奥的道理存其间。对于你们要声明的，不能像前几回那样的带你们一起走了，并且这个是万万办不到的。我只能硬着我的心肠，趁你们酣睡到极度的不知觉的时候，我命令我的一双脚，照我的意旨，不，照他们的意旨做去，和你们诀别！

　　说起来，甚是惨酷的事情！我走了，在他们不但可以放心，并且会鼓掌地称快起来；在你们是来日大难，运命导示你们到怎样地凄黯的途径里呢！劈头，你们肚子里饥饿的时候，市场上的食品不会平白地送上你的嘴巴了。这就要致你们死命！划出一笔钱来留给你们，这是贵人们离开发妻让新欢独占的时候常做的一套把戏，可是钱从哪里来？在我是做不到的。实际上我的走不是为了去结新欢，所以也不能提出来作为和它可以对比的。那么，凡事有头无尾是不好的，总得有个善后！我虽然不愿意顾虑到这一点，但是为了这一点，我很痛苦，像往常遇到了不幸的事件一样的痛苦；一样的所有经验过的不幸的事件：像死了母亲，死了父亲，被开除了学籍，被人奚落，被人辱骂，被人逼债，失去了饭碗，失去了爱人，没有了费用一类的事，一起钻集到我的头脑里，挤得紧紧的几乎要胀裂起来！在平常有这样的遭遇，我往往不由自主地把笨重的脑壳，往墙壁上乱冲乱撞，不休的痛哭失声至于呼吸停歇。可是在今天这凄清的夜里，我似乎变得两样了，木然地枯坐着像有甚么鬼怪的牵掣，不由我有些微的动静。大约在等待脑壳的自然的崩裂！

　　我现在丝毫没有憎恶你的存心了。就是往常我有几回甚至时时憎恶你，实在太无理由了。因为我是一个没有修养的人，差不多每天要从社会上带了一肚子气回家的；肚子是有尺度的，当然容积不了多少的。没有出气的地方，只好在你身上出气，你到了不能容忍的时候，也就往孩子身上出气，骂他，打他。这三岁的孩子肚子更来得狭小，当你打他的时候，他亡命地哀哭反抗甚至还打。社会上给予我的迫害由我分给于你，由你再分给于孩子。他的浑朴天真的心情里，失掉了母爱的素质，老是视你如仇敌。这可怜的变质的孩子，只有为父母的像我和你才能生出的；然而像这倔强成性泼辣不堪的孩子，也只配生在我们的家里。让他在现在以及未来的岁月里，死去活来地挫磨过去罢！

一般论起来，孩子也是最讨人欢喜的一件物事，就是 我和你有时也这么想的；不但这么想，并且为了他乖巧灵敏，有时我和你也很宝贝他的。当我们愁苦的时候，他会来安慰我们的；我们冲突的时候，他会在旁暗泣来感动我们的；他虽然只有三岁，在他生活着的空气里，已给予他尝到些人情的苦味了。因为我太贫乏，没有钱给他买玩具，他会拾些人家弃了的破盒、破罐一类的东西，抚弄砌搭，自得其乐。因为我住的一间狭小低湿的寓屋，没有亭园阶石一类的布置，他会把砖头拼在凳子旁边，把凳子并在桌子旁边，踏上了砖头爬到凳子上，从凳子上爬到桌子上。这样不休地充实他的工作，表现他的艺术。看了他这么做，我们便极其奖励他，抚爱他，欢喜他，以至涕泣掩面不忍看见他这被逐在孩子们的乐园以外的快乐的追求者。我们被时间驱使着，喜也不常，怒也不常，或者可以说喜和怒固定在一个循环型里了。我相信这种不规则的矛盾的生活，是不能维持过久的。这孩子虽然可以欢喜的，像我有时也想长久地欢喜他，可是现在做不到了，我走了，就使我在记忆里还欢喜他，这有甚么用呢？同时对于你，算是我憎恶你的，——我所憎恶的人和物太多了，连对于我自己也是憎恶的，——以后也不需要我憎恶了。可以爱的东西，从此——其实早已——没有了，连可以憎的东西也即刻要没有了；世间像我这样的人，才会有这么的遭遇。

有没有方法投机一下，让我们向好些的路途上一同生活下去？我未始不这样想过。并且对于你，为了我而有这三四年来苦难的际遇，精神上物质上牺牲得尽够了；我也未始不想过要有一天有万一的报答你！可是我的走，是铁铸成功的，再也反复不来了。这样的走，若是去死，可以迅捷一点；若是去生，也可以痛畅一点；爽爽

快快的转好 转坏都在这一走。那些道德、义务一类可以拘束我的东西，现在都被我拒绝了。我只有不顾一切，当一切都是完结了的走！

似乎不能再迟疑了，惨白的洋灯火不住地在战栗；室中破坏的什器更凌乱得不可收拾了。迟早要归于毁灭的这家，它似乎懂得他的运命，也就阑珊地像在期待最后的到来！它夹在周遭的邻居里，久已感到些痛苦和厌倦，以至不能和它们调和的苦衷。它急于要藏匿得干干净净，不但使近的邻居可以忘记了它，并且使遥远的人间永不会发现它。如此光景，就使我再要住下去，不久也要失掉容我寄托的所在了。你们如其懂得这一点，就可望见你们黯淡的前途和可怖的明日。

你和孩子稳稳地酣睡罢，如其有甜蜜、美满、神仙、珍异、黄金、园圃一类的好梦；尽量在这短促的时间里无限张展地去做完成罢！等到你们的欠伸的时候，东方白银的天色，就会告诉你们今天是日历上不载的一天！你们看不见我了，找不到我了，你的神经高涨的时候，你的好梦也就丧失了。你必定抱了孩子去求神、求鬼、惊怖、哀哭；终于丢了孩子像旋风一般的发狂，英雄一般的自杀！这何等崇高的难以描摹的一出啊。我轻轻地吻过你，吻过孩子了。再会，再会，我们就这样无声无臭地诀别！

十八年二月某日

丽 琳

一

一九二三年的年末，在丽琳的生涯上，的确是一个划时期的转换。

她是很早就没有了爹娘依靠她的哥嫂过活的一个孤女，生长在斯文优秀的 W 县，她的哥哥为了顾全世家的体面，不得不拆蚀些低廉的本钱，送她进省城的女子师范。年复一年，在惨淡微茫的学校生活中，把她蒸滤过去；她的天真洒落的心情，悠久地被磨炼成矜持中带有阴郁的样子。而她，就在这一年冬天毕业的。

家，在她是有若无的，但是她不得不回去一行，这不过是像往常暑假年假一样的照例去受哥嫂们的奚落，如同养媳一般地悄悄地挨口饭吃，她想到这里，心里一阵辛酸，泪水从她的眼睫间颤滚出了。在坐客拥挤的三等列车里，她觉得不好意思饮泣，站起来面向窗子，萧瑟的田野、树木、岗峦、电杆，不住地在她的眼前伏着起着，而她孤寂的心，也像潮一般地推移着。

当天的午后，她回到家了。

丽琳一跨进门，她的哥哥迎面走出来，似乎要到什么地方去似的；一见丽琳，招呼了一声，便伴同丽琳折返到内厅，他显出丽琳所不常见的悦意的神态，把手里一卷报纸一类的东西放下，倚在桌子的边沿上问丽琳说：

"得到你的信，这回是毕业回来的，几年来为你撙节的苦心，总算有了个段落了。"

"噢，哥哥，虽然是毕业了，但是事情还没有定当。"

"这不须担心，我总得替你想法的。"

"今天晓得妹妹要回来了，我这边在预备些菜肴，你的哥哥和我，没一天不望你早些回家。"她的嫂子从里面抢出来说。

"呀，真谢谢你，我当不起的呢！"

一种破天荒的像煞是家庭款待游子回来时稀罕的温味，在丽琳是第一次尝到，论理，在她十七年的生活上从未像这一次破过纪录的遭遇，她应当何等的欣快、满意；而她转觉局促不安呢。当她和哥嫂聚食的时分，她异常地拘谨。

十六支烛的电灯，白淡淡地照在食桌的一隅；这古式厅堂的全部，仍旧保持着它的阴郁。一个十一二岁光景的丫头伺候他们膳食，丽琳向她默视一回，觉得这丫头呆呆地站在桌旁的一出默剧，是她从前惯做的，她这样一想；满桌子珍异的羹肴，不能使她爽爽快快地下咽了。

"妹妹，你为什么这样客气呢？"她的嫂子箝着一筷甜蒸火腿装进她的饭碗说。

"谢谢你，我坐了半天火车有点疲乏了，不能吃油的东西。"

"妹妹越加懂得礼道了。"她的嫂子转向她的哥哥说。

"自然，否则读书有什么用呢！"她的哥哥这末一说，她的脸忽的红晕了起来。随后她的哥哥问了她些关于学校里的事情，学校教员中他的哥哥的朋友们的情形；而这一席稀罕的晚餐，就在这勉强的团圆里轻轻地松了过去。

问题，终于劈头地降临到丽琳的前面了！

她回家后的第三天，她告诉哥哥 W 县城区第一小学要聘她做教员的一回事，她对哥哥说：

"在本地方做事，家里又照料得到。"

"我的意思，你还聪明，找到一个机会去升学，是顶好的一个办法。可是……我又担负不起。"她的哥哥没有往后文说下，便匆匆地卷了一卷簿书之类的东西出门去了。对她的要否接纳城区第一小学的聘请，未曾加以意见，她有些闷烦。当夜她在嫂子的房里，帮助嫂子裁剪预备新年送礼的孩子们的新衣，嫂子热诚地顺势对她说：

"人家说祸不单降，妹妹，你却是喜不单临，你学堂毕了业，你哥哥又替你定好了终身大事呢。"

"什么？"丽琳虽然没有直跳起来，心儿却像溃裂了。

"你不要害羞嗦，你哥哥的眼睛何等尖，总不放你吃亏的。"

"嫂嫂，你不要和我开玩笑了。"她想哥哥不会做这些事情的。

"女大当嫁，你的哥哥为你焦灼了许久许久了；听说现在已经决定了哟。"

"这我怎么好呢？"她抬起头，似乎要喊的样子。

"哈哈，你不要慌，这不是平常人家，他是××督办的儿子；做督办的媳妇你还不称意吗？"

"他，我是配不上他的，哥哥为甚么要把我做人家的小老婆呢？他这人，那个不晓得他是有了妻的人。"丽琳有点紧张了，往常虽然备受嫂子的虐待，但从未有过像今天那样用了反抗的声调回答她的话。她昂头望着窗外稀疏的星空，在她手里的剪子，不自在地跌落到地板上，她的泪也绵延地下垂了。

"你真不受人好待的……"嫂子蹙紧了两眼，一手捺住衣料，一手指着她带着责备的神气说。

"这我那能承认呢？"她把泪面埋在两掌里走出嫂子的房间了。嫂子把衣料折叠起来移到桌子靠窗的一边，追赶上去，丽琳已倒在自己的床上呜咽。室中昏黄的洋灯抵不上嫂子两眼的光亮；嫂子泼辣的本色，生生地在她两眼里显露了出来。

"难道你的哥哥给当你上吗？我前天还赞你懂得礼道，你又要发孩子气了。快些起来！"

"……"

"他，他说他有妻，他断弦了你晓得吗？像我们的场面，肯做人家的小老婆吗？"

"……"

"快些起来，你哥哥回来了，又要怎样地发脾气呀！"

"我……我……不承认的，就使我做了人家的小老婆，哥哥有什么荣耀……"丽琳哭得更厉害了。

"坯子是生就了的，到底容受不起人家好待的。"嫂子的裙裾随着她用力的旋转，擦的一响走出丽琳的房间了。但是她的鬼怪那样的凶悍之气，还留在这昏黄的室中。

二

丽琳在母校的附属小学里当教员，和母校的教员何一贯同居，在省城的偏僻的一隅，组成了未经仪式的夫妇似的小家庭了，她的哥哥逼她出走以后，不愿再提到她了；即使闻及她和何一贯同居的事件，除了一阵家门不幸的辛酸的叹息而外，不再当她是他的妹妹了。在她和何一贯过着平和的迈进的生活，却是一个难得的幸运呀。

这是她的新生，美满地从整个的一年里度过去；往昔一切痛苦的闷烦的垢痕，洗涤得干干净净了。

当一九二四年的冬天，正是她的新生的一周年。北伐军从远方不断地震出胜利的呼声，而坐镇在省城的讨赤联帅，遥遥相对地继续干他捕杀革命党的伟业。省城里满布了惨白的恐怖。

革命的技术进步而后，反动的勾当也不再像以前那样的单纯了。北伐军所到地方，有当地的民众蜂起援助；而省城里的讨赤联帅，也抓住了一部分拥护五色国旗的知识分子做他的装饰；尤其在各个学校里充分张展他们的气势。何一贯额上虽没有雕着"赤"字，但他是人们所熟知的一个革命党。在最近的一星期中，他迁了四五个地方，仍然不能安居。

南门外的一片霜空，月亮凄异地吊在中天，崎岖的道路上，似有无数的古昔的亡灵跳跃在一贯和丽琳的脚踵之旁。前面是一座砌叠的石桥，在桥下横着一条冻了的河流。一贯停了足步，把左手里挽的一个包裹挽到右手里，面向丽琳：

"现在你可以回去了！"

"好，我就回去罢。"丽琳拉住他的手，眼泪忍不住地流到凝冻的颊上了。

"已经走到这里了，前途是安全的……"一贯在他的意志坚强的炯炯双目里，也渗出了模昧的泪滴了。

"那么照预定的计划做，你走好了！"

"到达了后就会通知你的，你搬住到学校里后，不必多出门。"

"是的。"丽琳仰起了头儿，凑上去和一贯深深地完成了一个沸热的蜜吻；这刺骨的寒夜也伴着冒起了瞬息的和暖。于是他们凄然地别离了。

背着一贯回向南门的路上，丽琳孤单单地，所有惊怯、忧患、灾眚、寥寂这一类不祥的情绪，似乎团成了一颗齿球般的东西，嵌在她的心囊里，浑身刻镂似的痛楚。尤其描想到一贯此去，从高淳、溧阳，兜到上海的一条土匪四伏的征途；她简直支持不下了。挣扎复挣扎，到了上天吐出了乳白的薄明，她才回到寓所里。

一贯到了上海以后，迭次接到丽琳的信，尽管里面写满了平安、康健等等词句；丽琳却抱病在学校里。

学校提前放假了，同事们出走得空空。丽琳独处一室，在镜子里照见自己病后的容姿，修长的眉，水色的眼，蓬松的发，乳色的脸，各种部分凑合起来一看，陡然觉得增加了十年以上的年纪。过去的悲戚，现实的恼恨，消逝了的欢乐的阴影，都在推动岁月急速地运行。生的意义在何处？她似乎被投入怀疑的深渊里。

从省城亲戚的家里，转来 W 县哥哥的来信，丽琳不觉呆了。这信里说她哥哥已很谅解她，往昔的周折都是嫂嫂的不是，并且他率直地把那件要向××督办谋一差使之故不惜把妹妹许其儿子做侧室的事告白了出来，他现在非常悔恨。这信里又说他很知道何一贯不是坏人，他也已得到一贯离开省城的消息，他晓得丽琳孤零零地留在省城，他认为兄妹二人是父母遗下的不可分拆的骨肉，他希望她回家过年，这一封笔锋里充溢着感情的来信，丽琳读了，她的执拗的性情不知不觉地软化了些。

但是，回家毕竟是没志气的，她这样想，若使哥哥真是这样的彻悟了，那么离开这举目无亲的窠窟，暂回家中避避，也未使不是一件适当的事；她又这样想。志气呢，似乎是前时代的信条，没有固执的必要，她这末一想，决心地回家了。

哥哥是一个识时务的俊杰，他关心一贯还是小事，对于现时势的推测，和热烈地同情于革命，这是使丽琳料想不到的，丽琳回家以后，偏面地认识哥哥了。

两三天来，丽琳住在家里，和嫂子也还过得下去。嫂子脸上一种刻画的好意，显然不是她自己真诚的流露，但丽琳一心一意地在祷祝一贯的安全，事实上这些事她顾不得许多了。

住了一礼拜光景她渐渐觉得厌烦起来。因为她的哥哥天天和她谈些国家大事，除了些传闻的新奇消息外，其他的话头，差不多全是有计划的，有用意的，关于本省将来的政治计划呀，关于如何利用旧有的势力呀，关于财政的内幕呀；最后他表示对于一贯的崇敬之忱，希望一贯和她补行一个正式的婚仪。这些政客式的攀谈行于兄妹之间，并且丽琳的耳朵里从来未曾穿过这些非女性的琐屑，她自然觉得不舒适了。

有一天早晨，丽琳躺在床上尚未起身；邻室的哥嫂吵起嘴来，嫂子叫出有弹力性的声音说："你去巴结革命党做甚？"

"你女人家是不懂的。"

"革命党有了作为，太阳要从西边出了！"

"这些事不容你管。"

"我的父亲也是革命党，要是有了作为，他不会在我三岁的时候被杀了。"

"不杀不成事的，这些你都不懂得。"

"好，你懂啊，你去巴结她啊。前回巴结了一阵，××督办仍没有差使给你。踏空缺的事，你少做一点吧！"

碗盏器皿类的摒掷声，打断了他们俩的口角，而丽琳伏在被窝里抖颤得连呼吸都抑止住了，这天，她在中午的时候才起身。

午膳的时候哥哥出门了，嫂子独自走来走去地噜苏着。丽琳见桌子上陈设着饭菜，不好意思一个人坐上席座，她踌躇着不作动静，嫂子突然把两手叉在腰间，睁出了有光的眼珠，火愤愤地站到丽琳的前面说："小姐，你还要甚？一切都设备好了。"她一头说，一头指着膳桌。

"咦!"丽琳歪出一撇苦笑,没有说别的话。

"你吃饱了马屁了,大约吃不下饭了罢?"

"嫂嫂,吃不吃饭是不关紧的,不过我不是来和你掏气的呀!"

"你不愿意吃饭,谁要你硬挨进去?"

"不和你说话了。"丽琳觉得和嫂子无可理喻,转身回到自己的房里;奇突而滑稽的被侮辱,使她的心儿跳跃不宁。她忆起了往昔,联缀到现在,终于泪流满腮,又陷入极闷烦的境地。

丽琳这一回很感激她的哥嫂了。因为从哥嫂俩怀着不同的鬼胎里。意识到不是同一圈子里的人,虽然是骨肉,虽然是姑嫂,总是合不起来的。并且她直觉地感到了哥哥的虚伪和有作用的周旋,这还比嫂子率直的粗糙的伧态更可厌恶;她又决心离去这家了。

三

丽琳到上海的时候,已进入一九二五年的岁月了;上海市民还在忙着旧历年关的结束和准备。

在天文台路一家脚踏车行的楼上,狭隘的一室里,丽琳和一贯栖宿于此。一种铁腥和油腻的气味升到楼上,显出这住家是劣等的货色。但在一贯和丽琳,却认为最适宜最快乐的住所。一贯每天到离寓所不远的地方去工作,而丽琳则伏在卑隘的寓室里的做一贯给她指定的事:如抄写、折叠、包裹,和轻便印刷一类的事。虽在窘迫的生涯里,她觉得兴致勃勃。

渐渐地她和一贯出席秘密会议,帮同一贯作负有使命的奔波;团体给她训练成一个敏捷的有效的干才了。这不但一贯认她是难能可贵的,凡和她来往的人们,谁都器重她的,丽琳自己,在这时候也获得了无上的快慰:她像古昔的修道士,愈挫折愈益奋勇。

季节已跨入春天了，但这一年的春天，是灾眚的春天，在戏院里、酒店里、舞场里，甚至租界的洋楼里，也许有不老的春的欢娱；而市街上大刀队的一片屠杀声，却像把上海缩回了几十个世纪。衣衫褴褛的、短褐的、学生装的一切人，都有被大刀吻他们的头颈的幸运。在这个惨白的恐怖里，一贯有事往汉口，丽琳跟随他一同离开上海了。

汉口制造出它自己的历史了，这个地域里的空气，和上海比起来，恰巧是前夕和黎明的相差。一贯和丽琳整天地忙着。

一个夜深的时分，丽琳和一贯先后回到旅店的寓室里，把堆在桌子上的簿书收拾了一番，似乎准备入睡了。一个穿制服的夫役似的人推进门来，把一张名刺递给一贯说："这客人要看何委员。"

"噢……冯淦泉，咦，这人！"一贯走近丽琳把名刺授给她。

"他吗？"丽琳坐在床沿上仰起了头，做了一个深长的思索。

"这客人到会里守候过四五次了。"夫役站在近门的一边，插进来说。

"他来了这里没有？"一贯问。

"他说有紧要的事情，所以带他同来的，他等在下面。"夫役说。

"嗬！"一贯眼望丽琳。

"请他进来罢？"丽琳站起来面向一贯，似还疑乎不决地说。

"好，就这样罢。请他进来。"一贯说了，夫役便下楼去。

室中的光景是一变了。一贯挽着自己的手踱步，似乎舒适地在等待客人的降临。丽琳对于哥哥的此来，真出乎意料之外，她倚在床柱上发呆。

夫役引导丽琳的哥哥冯淦泉进这室中了，夫役随退。丽琳和淦泉招呼而后，随即介绍淦泉和一贯相与握手问好。一贯便请淦泉坐在靠窗的桌子的后面。自己坐在左面，丽琳对窗而坐。

“久想晤教，没有机会遇见，”淦泉对一贯说。

“不敢，因为我不常到此县的。”一贯回答。

“你什么来的?”丽琳问淦泉。

“因为你没有信息，时势又这样的不靖，找你好久了；在报纸看见何先生荣任了××委员，便断定你在这里。”淦泉回答。

“几时来的?”一贯问。

“前天到的，因为人地生疏，所以今天才找到。”淦泉回答。

“嫂嫂好吗?”丽琳插问。

“好? 还是这么!”淦泉回答。

这三人中，丽琳穿的布质的品蓝色的旗袍；一贯穿的灰布的棉袍；而淦泉穿的湖绉的细毛袍子，外加团花的玄色缎马褂，估量起来，淦泉的年纪大丽琳十岁光景，大一贯五岁光景，他不过是三十多岁的人；然而在衣着里已显出淦泉似乎不是丽琳、一贯同时代的人或是同身份的人。这一夜因为时间已晚，谈了好久，淦泉便辞别出去。丽琳为他在同旅店里安置了一室。

第二天晚上，丽琳到淦泉的室里访问他了。淦泉悦意地接待他的妹妹；并且说起去冬丽琳在家里的事，说起嫂子的蛮横无理，说起希望丽琳不要认真；他说话时眼睛时时盯着丽琳。而她丝毫不介意地安慰了他一番，淦泉似乎释放了重荷。

淦泉似乎有更大的心事，他把指尖在桌子上画圈，而头则朝向地板上思索。他不能忍耐了，终于对丽琳说：

“这次来有几件事想和你商量。”

“什么事?”

“我株守在家乡，进益小还不算。把我生生地活埋了，这未免太无意义!”

“是你的职务吗?”

"是的，我很想换换空气；时代这样的前进，我也不能落伍呀！"

"你的计划怎样？"

"我想请何先生在这里谋一点事情，你看怎样？"

"这大概……"

"再则请何先生设法此间给我一个使命，回到本省去活动，本省方面我有相当的联络，可以参加事变。"

"很好，我去告诉一贯，他能想法当然给你想法的！"

"那么我盼望着的。"

"好，再告诉你罢，"

淦泉的来意，丽琳原曾猜过的，这一席话证实了丽琳的推测；她对淦泉十分厌恶，同时又甚怜悯他，她想，这类人将随旧的时代而倒溃了。但人情总要顾到的，在小市民习气未尽涤除的丽琳，她这么想。并且她很了解哥哥，他的资质不怎么坏的，他浴在萎靡的环境里成了一个病入膏肓的垂死人。如何以适当的方式使他断绝这宗梦想？她为了这个问题烦闷着！

两天，三天，不得到丽琳的回音，淦泉有些着急了。往访丽琳，他们又整天地不在寓中。从种种方面推测：一贯对他的冷漠，丽琳劝他的不实在，和上庙不见土地的种种情形，渐渐使他的热度低降而至于零。渐渐埋怨及妻的素日歧视妹妹的情事，甚至决计要和妻离异了。

事实上，一贯和丽琳几乎是夜以继日地忙碌着；尤其丽琳，她担负的事情太多了。淦泉所希冀于她的，她不但没有和一贯商量过，她简直忘记了有这回事，有一天，她记起了，在百忙中抽出了时间去访问淦泉；而淦泉已于早几日离开旅店的，她不由得怅然。

但是丽琳遇到这事不了而了的一种机会，她避免了为难，这倒使她引为无上的快慰。

四

这一年——一九二五年的秋天，从报纸上的记载看来。也许可以称做"苦迭鞑"的事件，就出现在这时。武汉政府打起烊来了，而南京政府也换了另一批反共有功的人主持，在人们记忆里的特别政府，便是这一回事。

西征讨赤军到达武汉的时候，一贯和丽琳已先期回到南京了，但报纸上一批通缉的名单中，一贯也占座了一席；当然一贯在武汉政府里做过重要的职司。他不赤而自赤的。他们虽则离开武汉，但住在南京，无异自投虎口；这有什么办法呢？他们已穷迫到不能移动了。

南京原是他们熟识的地方，他们得到三数个旧友的资助，付下房金和开办时低廉的必需，过下了一礼拜光景又告匮乏了。他们不愿意再向在欠薪的学校里教书的旧友们商量，便搜罗出几件夏天的衣服，一总典质了三块多钱，在南京这都城里，物价比往年增高几倍了，什么事非有钱不办；这回典质所得，仅仅支持了五天。虽说他们往常也曾经过屡次的窘困生涯，那时一贯还能生产；现在不然了，平白地不会有钱到手了；他们从未经过像这样的困厄。

躲在城脚根一家破老的家屋，外面围着泥墙，墙门上粘贴着一副"中国中山中正民族权民生"的红红的春联，在这门里进出的，都是些拉车的、小贩的、织草鞋的一班低贱的职业者。一贯和丽琳，就是和他们同住在这家屋里。薄暗的狭狭的一室里，一张床，靠床一张破桌子；此外只有从桌子到门口的一方五尺长二尺宽的空地，一贯坐在床沿上，两臂撑住桌子在看书，丽琳推进门来。

"什么，今天怎样？"一贯抬头问。

"还没有人要！"

"这真太麻烦了。"

"我想：南京人口增加，高官云集，总有一天找得出路的。"丽琳说了，取出手帕里包的三块三角形的大饼来。一贯站起来，倒了两杯开水，一杯递给丽琳；他们喝着，嚼着，这算是他们的丰盛的晚餐了。

丽琳白天坐在吉祥街的那爿刘老荐头店里，喝了四五天的西北风了。她要担负两个人的生存，不能不这样待价而雇于人！

一个阴沉的午后，刘老荐头店里来了一个灰色服装的勤务兵。他跨进门限，便喊着："这里有好的老妈子吗？"

"有，有，"五十来岁裹着套裤的小脚的老板娘忙的回答。

"这里是吗？"他指着丽琳和其他两个衣衫单薄的妇人问。

"是，是，尽你挑选罢？"

"我们是处长老爷的公馆，要一个能够烧小菜的人。"

"烧小菜的。"老板娘随说，随相视丽琳。"你能烧的吗？"她问她。

"可以烧的，"丽琳抖颤颤回答。

"乖乖，这个江南人吗？"勤务盯视丽琳问。

"是江南人。"老板娘娘回答。同时其他两个衣衫单薄的妇人的视线也聚在丽琳身上，似乎在艳羡她。

"我们的太太，要用个苏州、常州一带的家伙。"

"她是啊。"老板娘娘指点丽琳说。

"好好，同我一块儿去罢。"勤务兵托出手来，向丽琳做出似乎驱逐她的手势。

"那么去罢。"老板娘晓喻丽琳，当丽琳跟着勤务兵和老板娘娘走出门限的时候，两个衣衫单薄的伴侣，也冲出了几步送她。

时候已经傍晚了。由吉祥街走出，穿过一条汽车接连的马路，兜到狭狭的巷里，又穿过一条石皮街，绕过一泓死水的池塘。丽琳低头跟着他们走，她的知觉全失去了；她似乎被刽子手押赴刑场，走了二里路光景，就从一家住宅的后门里进去；勤务兵又领她们到灶间里。

"周妈，叫到了，你看！"勤务兵说了便退出。

"她会烧小菜吗？"在洗涤碗盏的周妈这老婆子问。

"会得烧的。"老板娘回答。

"好，就来做做看罢！"周妈喊了勤务兵付去送钱之后，老板娘便辞别出去。丽琳目送着她，心里一阵酸楚，几乎掉下泪滴。

周妈放下碗盏，拿了抹布一头揩手，一头审视丽琳。丽琳有点局促。随后，周妈交代了一番，丽琳开始工作了。

丽琳提了吊桶走到天井里，望见这住家是半新的中国式的建筑；玻璃窗中电灯莹然，从那些舶来品的窗帘看起来，还算精致；当然了不得的处长的住宅呀！她这样想。她吊了几桶水贮在水缸里，然后把各种备好了的菜料清理了一下，中间有的加以洗濯了一番。于是她把这些材料放到砧板上，斩的斩，切的切，批的批，划的划，削的削，一件一件地配置好，周妈坐在灶背后升火了，丽琳也准备着动手烹煮。这工作在丽琳是第一次，而有这样的熟练，她不得不感激她的哥嫂，往时她在家的时分，嫂子把这一切的事总是往她的身上推的。

两个锅虽然是掩盖了的，而边沿里冒上的蒸气，渐渐呵在赤颖颖的电灯的四围了，丽琳把配置好了的一碗三丝汤，一碗白渍蹄，一碗酱煨蛋，一碗火腿菜心汤，蒸在饭锅里的竹架上。转身端出两个盆来，斩了一盆盐水鸭，切了一盆松花蛋。又从另一碗里执了些香菜，点在这两个冷盆里。这时周妈在喊她了。她忙的递开锅盖，把猪油放到那个空锅里，锅中嗤嗤地叫着，丽琳调着山薯粉，把配好的材料倒入锅中，煮出一盆冬雪片，再调着山薯粉，把材料倒入，一忽儿又煮出一盆炒鸡杂。她一面烹煮，一头还命令周妈有时把火烧得旺，有时烧得幽。她把锅子揩干净后，再把猪油放下，她静了一歇，于是继续做下，煮出一盆虾仁炒蛋，和一盆虾子蹄筋，她把所有的材料都弄好了，最后，她切了些火腿的屑粒，散在那盆虾仁炒蛋上，她的工作算告一段落了。

周妈从灶背后探出来，理了四双筷子，四份匙碟，把它和冷盆热炒一起放在方盘里端了出去。丽琳递开饭锅的锅盖，把四碗蒸的东西搬了起来；周妈又把它放在盘里盛出去。丽琳再把饭碗揩拭了一下，盛了四碗饭：周妈端了二碗走，丽琳也端着二碗跟随周妈，穿过天井，跨入厅堂；便听得勤务兵站在左面侧厢的门口嚷着："快，快！"的那种声音。

丽琳低倒头，默默地蹈进侧厢，走近食桌，崩起眼皮，看见围着桌子的四个男男女女，枭一样的，鹰一样的，饿虎一样的，夜叉一样的在灯光如昼的明亮里，瞪出眼儿盯她，她惶急至于极点了，不由自主地退了几步，两手里端的饭碗嚓啷一声，前后呼应地碎在地板上了。她急急抱住了自己的头，冲上门去，越过厅堂、天井、灶间，开了后门逃出。

丽琳急得迸出浑身热汗了。她一手按住了跳跃的心房，穿过市街，兜出狭巷；寒风扫着地，在夹冷夹热的抖颤中，似乎还看见围着食桌的哥哥，嫂嫂，哥哥的小姨，哥哥的小舅们，瞪出眼儿毫不放松地盯视她。

十二月二日续完旧作

鹅蛋脸

离开医院十来丈就是植物园，那些探出在篱笆外的林木，嫩青青地像矜持的少女之姿，有条理地展媚着。一种仲春的吹息和着阳光，送到法桢养病房间里，使他松爽而平和。

法桢把穿的和服端正了一下，踱出房间，倚在楼栏上；听得远远地植物园里冒起的一片孩子们捉迷藏、赛踱子的喧声；他埋藏在胸条里的无名的兴会，也禁不住提了一提。随即，他呆下了。要是没有病，他想，这时候怕也是在植物园里吧，坐在草地上摊开 Note Book（笔记本）掏出削尖的铅笔，按住细方格子预备他的学年考试了。不，往时是学年考试，逢到学年考试他总是这么做的；看看孩子们的游戏，做做自己的功课何等舒适。今年是毕业考试了，并且日子是迫近了；有了病，他应该毕业的事就生问题。这什么好啊？他想到这里，有些不自觉的着急。

法桢凭靠楼栏移左移右地走动了一歇，清清楚楚地两个月来的病苦，显现在他的记忆里。他对学校像有些厌恶了，尤其考试一类的事，他觉得最麻烦不过的。要是不专习数理这一科的话，他想，这病或许不会牵长到两个月，甚至不见得会害出这种病来。他这么一想，略有点懊丧。

还是幸气，毕业不毕业去计较甚么，病总算是好了；法桢转念到这里，心的缠缚立即宽缓了下去。他回到房间里，照例翻出游记小说一类的书籍阅读；这是医生给他的指示，他虽然不大欢喜，但为早些痊愈的希望所攀住，他也顺从了。

法桢本来是一个拘谨的人，他忠于他的学业，为留学生中所罕见的。在物理学校里，他的成绩超过同班的日本人，得过学校的奖状。这学校里有四五个中国的同学，都尊他为数学大王；无论甚么难的问题，经他转了几个念头便解答出了。他另有个称号叫做牛角尖里的学者，因为他除了整天的心里集注在数学以外，从没有过像一般人所欢喜的或音乐，或电影，或体育上的游戏，或旅游，或玩女人一类的情事。他又是一个冰冷的人，除了稀少的同学们有时求教他关系学业上的事体之外，他简直不和人家来往的。

法桢的病全好了，他可以出医院了；医生叮嘱他暂时丢了他所侍奉的学业。他近来阅读小说游记，本已领略了些和他从前所栖息的不同的世界里的趣味，把学业搁置起来，他虽未全部同意，但似乎不十分固执了。

这是他第一天回到寓所，六席铺的房间里，一张短桌，一方坐褥，一个火钵，一顶书架，一盏吊在空间的电灯，还是像从前一样的简单，一样的和他客客气气。只有散在席上的几册小说随笔，是他新添的家私了。法桢盘坐在短桌之前阅读岛崎藤村的小说；他有与会地点子点头，随即拍了几声掌，那个使女上楼来了。

"Kimitchian，给我端水来！"

"Hai！"

使女端了一盘杯子茶壶，跪下来放在他的座旁。

"赵先生，你瘦得多了。"她斜看法桢带笑地说。

"是吗？你去借面镜子来给我照照。"他掩了书本，站起来默默地等候使女。

法桢接过镜子，放在短桌上，他弯下腰去照见自己的容颜了。什么这样瘦削得两颊和两太阳穴像被捺了一捺的样子，连自己几乎要不认识了，他意识地惊异起来，三十岁还未满啊，他想，枯憔替代了他的青春了，他禁不住起了些感伤。使女等候在纸窗外，格的笑了一声，他忙急直起腰来把镜子交还给她；而他脸上已涨得红红了。

女人，在他是讨厌的东西；尤其像这使女一股流俗的气品，活印在她的声音笑貌里。法桢又听见这使女在隔壁房间里，和姓何的寓客，醋声吊气地作出不雅洁的笑谈；他握紧拳头，哼出了一口沉重的叹息，他气愤得多么难受。

他的身体，跟着春天的健旺而亦日渐复元了；这在法桢自己，也可算得一件欣幸的事。他新添了几种杂志几种小说集，阅读得厌烦就休憩，感得冷寂了就阅读；这样的过下去：他觉得于他身体却是有益的。但老是关在寓所里，他也感到太单调。

他向日比谷公园，上野公园走动过了；这些地方他初来东京时，曾和同乡李君游过一回。记得在一个隆冬薄暗的午后，他跟着李君神不识鬼不知地匆匆兜了一个周转，所给予他的印象是荒落和陌生。此后四五年除了在报纸的广告或新闻里看见这些公园的名字外，在他意识里从没有提起过一回。可是最近，他真畅快啊，在池水里，在山坡上，在各色各样的花朵里，在高高低低的林木里，在成群的或散的游客们的气趣里，他认识出氾滥到无边无际的春天了！法桢几乎怀疑自己置身在另一境地里。

一个晚间，法桢从浅草看了伊本尼兹的"女人之敌"这影片回来，他很高兴。在电车里肚子觉得饿起来了，就在本乡赤门前下了车，走进近旁的一家洋食店。

白热的电灯光，铺满在餐室里，天面上的两个角落，横出两盏红罩的电灯，撒出赤颖颖的光辉，似乎有一重热勃勃的蒸气浮在上面。法桢一个人据住边角的一张桌子，另外空着一张；那三张各围着几个大学生，在吃、喝、叫闹。穿着纯白的西装的女侍二三人，穿进穿出地忙碌着，其中有个女侍来招待法桢了，他点了些菜饭吩咐女侍。

他把那张空桌子上的新闻纸、画报，拿了过来，有意无意地翻看了一阵，一个喝醉了的大学生走近他的桌子，咕哩哩咕哩哩地唱起歌来；法桢最讨厌这种所谓"谣曲"的声音，他蹙紧了眉头无可奈何着。

他一头吃一头看里面桌子的客人，喝的喝，斟的斟，歪斜着的，争吵着的，乱七八糟地毫无体统；桌子上不消说，狼藉的一塌糊涂。一个女侍被先前唱歌的那个醉汉，捉了骑在他的股上，她在推拒着。另一个女侍，盘旋在三个桌子的周遭，东侍奉，西侍奉；片刻不停地开瓶子，斟酒，送纸烟，拈柴火，法桢冷冷地似乎在看打架，他替那两个缠在重围中的女侍，十分焦急，连吃食都要忘掉的样子。

在法桢的对面，另一个女侍不作声地站着，他望见了她，便急急把那牛肉丝饭吃干净，让她收拾。

法桢付过了账，喝了几口白水，那女侍端出小盘把找头递给他。当她的脸儿靠近他时，忽地他的心儿垂荡了几寸，那个下颌紧俏的丰润无匹的鹅蛋脸，像是他早早熟识的面庞。

法桢一路走回去，稀疏的街灯，幽暗的狭巷，孤单单地曲着折着。那一手按着胸脯，而心的跳荡还隐约可闻，但他思想不出这里面的所以然。

二

　　樱花薄嫩嫩地吐放了，这算是东京的一个黄金的季节。法桢从前不曾注意过这些所谓"花见"，他仅仅晓得这名词而没有参与过。

　　他展开地图看了一下，飞鸟山太远了，他想，还是往上野去比较便捷一点罢。他打定了主意，把和服卸下，换上哔叽的制服，端正了一回，他便走出去。这时候，大约有午后二点钟了。

　　这天是礼拜日，街市上走动的人比平时要增加几倍呢。法桢跳上电车，客人已经满了。他站了一歇，就有人下车，他得到座位以后，便翻出新买的一册莫泊桑的译本《美貌之友》来默诵。翻过了五六页的光景，突然有一蓬脂粉的香气钻进他的鼻官，他抬头一望，是一个女人站在他的前面。他忙地站起来让她坐下，他和她对调了一下，他站在女人的前面了。女人仰起头向他道谢时，他的心儿又直荡下去。什么又是一个下颌包得光整整地印着一朵红的嘴唇，一颗端正的鼻子，一双流转得巧妙的眼，两撇修长的眉——这种种所凑合的一个鹅蛋脸！他不敢对她多望了。电车笨重地驶过去，他插在人丛里，脸上像在发烧，莽莽然有点进退失据的样子。

　　他连换车的地方都忘记了，等到他觉察，已经过了头几站了。他率性远兜转从另一交界的所在换车，那女人没有理会法桢的焦灼，先自钻出人丛了。

　　法桢排列在稀朗朗的游客的队伍里，向倾斜的山坡走上去；快要走上高原了，远近一树一树的樱花，另构成了一个世界。那些散在的红男绿女，起劲的，颓疲的，悠闲的，谑浪的，各种各样的风调。一面一面地显在他的眼前；但他总不能称心悦意下去。他走转了一下，所谓樱花，在他是觉得平淡无奇；他走近了一所建筑一望，门口有一块"法兰西绘画雕刻私藏展览会"的牌示。

这事情没有玩过。他想，于是花了五毛钱购券入场。这里右面一曲尺的三间房间，是陈列的绘画，法桢依了路线走进第一室，那些挂起的零屋小镜框，红红绿绿糊糊涂涂，简直莫名其妙，他似乎有些失望。走进第二室，有些比较光洁一点的风景画。倒还可以，他想，他略略看了一歇；但仍觉得于他是无所谓的。到了第三室，那里陈列着几件大镜框里的裸体画，他心里有些害怕，面上慢慢地热涨起来；那些断断续续的头颈、长发、臂膊、乳房、肚子、臀尖，涌现在他的眼前，使他蒙了一层俏皮的不安。他站停了，他站在一个半身女像之前，清了清神思观赏她；他把目录一对照，那是勒拿阿的作品。这个有一点道理啊，他想，似乎看的过分长久了，他自己觉察着。

法桢依了路线折回到左面的一曲尺里，这里三间安放的是雕刻。房间不十分透明，要是有了蜡烛火，他想，小时候跟着祖母进有十殿阎王的庙里烧香，也是这么一回事。他没有意思把一件一件的小雕刻品细看，转动了一过，一直跑进第三室，那里更不像样子了，那些缺脚断臂的大雕像，类乎一些残疾者大雕像；有几个凶猛的壮士的雕像，他想，也不过把山门里面的金刚神像涂了涂古铜色，他觉得没有什么意思。他退出去的时候，那件一手支撑头部而侧睡的一个女雕像，似乎对他笑了一笑，他不留神地细看下去。咦，这个有点意思，鼻头、嘴巴、脖颈、胸膛、乳房、两条腿拼成的一缝，一个活活的西洋女人。他惊异起来，再想玩下去，铃声响了，观览时间也就完了。

法桢走出展览会，呼吸着高爽的野气，像从地窟里走出来看见了天日，他清醒得多了。但他像有甚么事放心不下的样子，始终豁达不开来。他无目的地往动物园，往祠庙，往不忍池——勾留过来，天气渐渐沉入垂暮的模样。

街灯亮亮，通衢里穿进穿出的人们越发多了，拿东西的，徒手的，几人一组的，孤吊吊的，上车的，下车的，一切都在显现都市的权威。法桢是一个微小的寄生者，他看了人们这样地碌碌。自己也觉得快些回去的好。他上了电车，他在电车中打量了许久，决定再往赤门前的那爿洋食店里去吃晚饭，

法桢走进洋食店，客人似乎满座着，他心里免不得起了一阵沮丧；而里面还算俏静，这又使他放心了下去。他对面的一桌，坐着一个洋装打扮的绅士气度的人，他所记挂的鹅蛋脸的那位女侍，坐在他的旁边；声音不高不低地在互相蜜语，似乎在谈论人家的家常，又似乎在讨论甚么问题。法桢眈眈地看她的侧影，一蓬疏疏的头发垂在她的耳际，越显出脸蛋的匀整，她的眼像流水般的动着，她的笑多么娇媚而庄严，她的谈吐又多么婉曼而有弹力性的。他对于那个绅士气度的人，非常愤恨。他一头吃食一头听她讲话，在她笑声作出的时候，他的心儿也随着卷缩起来：他真是着急！他叫的菜饭差不多要吃完了，但她仍旧和那个绅士气度的人谈得起劲，她似乎没有意思要求亲近法桢。

法桢吃食完了，眼看鹅蛋脸的女侍对他还没有动静，她和我有什么关系？他想。不由得心里挤出一阵苦笑。于是他舒适了一回，无意识地向绅士气度的人瞅了一眼，走出这家洋食店。

走进了迷惘的街市，鹅蛋脸的影子显现到他的眼前了；带着娇媚的笑声，有弹力性的谈吐声，浮动在他的耳际了；法桢像是喝醉了酒，脚步摇荡得有些摆不着实。他尽力抵制，心里计较了一下，便决定拣一个不是礼拜日，再往那爿洋食店去。

当夜，法桢身体有些发热，在错杂的昏乱的似梦似醒的高度昂

奋中，他明明白白记得有一个鹅蛋脸的女人，抱住他的脖颈，和他偎着脸，和他吻香，和他交替舐吮舌尖。

法桢近来似乎得了一种离奇的病症，似乎是头晕病，但他不觉得身体上有怎么痛苦。或者有魔鬼附身，他这样想。不论在寓所中在街市上，偶然间眼前一闪，变了样子，就有一片一片的鹅蛋脸游泳上来，但仅仅是一瞬间，他又清醒了。这样刹那间的晕眩，每天一次二次三次不等的，这可奇怪了！因为他是学科学的人，后来也就不相信有什么魔鬼的话。

阅读小说也没什么恒心，走出去又恍恍惚惚，法桢一天一天地颓丧起来了。一种鹅蛋脸的隐秘，闪现在他的眼前，甚至蠕动在他的心里，他怀疑自己曾经有过这样的恋人。他推算上去，在日本五六年，不会和女人交接过。在国内学校里，在家庭里，生来就和女人不近情的他，从没有过这么一回事。亲戚当中，也找不出鹅蛋脸一类的女人。他推想到这里，眼前又暗起来，一片一片的鹅蛋脸迎上来玩弄他了；这真是使他不得要领的。

电灯亮着，他清清楚楚在寓所的房间里，四周一无所有。

法桢被幻象和隐秘时时牢笼着，他的气质渐渐转换到悒郁性的了。

三

这一年暑期法桢回国，打算在家里休养若干时日。

他在上海住了两天，便乘杭州车转坐小轮船回到老家，法桢的家，隐在比较繁盛的一个市镇里，是一家破老的从他祖上传下来的宽敞的住家，有五六个厅堂，有一所荒落了的家园，那些近房的族人分住在这所住家里。属于法桢一家的那个院子，有一座厅楼，有东西二面的厢房，和后面照样差不多形式的几间房子。他的父亲在北方做事，几年中难得回来一趟的。他的哥哥在铁路上做事，是另外有了家庭的。他的母亲早早故世了的。这院子里只有他的年老的母舅住在这里照管，还有两三个女佣人，一个收租的老账房，一个老仆人。法桢三年不回来了，他这次回来虽然没有抱怎么热望，但总算是有他的家的。

素来和家没有甚么感情的法桢，这次回来居然是主人的样子了。他对于空洞而零落房屋，和破碎残废的那些几世纪前的什器，禁不住起出一种追怀的感伤。假使他是一个文人，他想，他一定能够写一笔缠绵悱恻的文章来。他走到后园一看，一架袅着一半枯樵一半发着叶青子的葡萄棚，一泓干涸了的浅池，两畦佣人耕种的菜田，一片光光的场地；此外乱石、蔓草，一些不知名的野花。这个园，和从前还是一样的结构，不合时代。他想，法桢这样无目的地撞着冲着，而在迷蒙中却感到这家多少有些东西会给他的。他在潜意识里追求着。

一天午饭，法桢和母舅老账房同桌膳食，母舅还谈些家常给他听，老账房随时插进几句话。甚么和族人淘气咯，婚丧的应酬多咯，租米收不起咯，一类的琐屑。法帧不十分听得明白，他对于这类事情从未用心过。他们三人，显然是不同的三个时代里的人：母舅干瘪得随时有垂毙的可能；老账房虽说老，但看上去不过四十来岁的人，一股小城市的商人气派；而法桢是另一种形式里的人。他们虽然围着同一食桌，而他们的气味，则各各不同的。

膳食完毕，老账房被招去算账了。一个女仆进来收拾碗盏，法桢无意之间看了看她，心里不自主地撼颤起来，怎么有这样的朴质得异乎寻常的鹅蛋脸女子；他不敢再望她了。等到收拾舒齐，他问母舅：

"她是谁家的，新来的吗?"

"她是阿贵啊，难道你不认识的。"他的母舅一头装着翰烟，一头说。

"没有看见过!"

"哦，哦，她来了二年了，哦，二年里你没回来过。"

"是哟，没有回来过。"他替母舅擦上火柴。

"她就是阿姆的女儿啊!"母舅提高了声朗说。

"阿姆的……吗?"他抬头想了一想，阿姆是他的乳母啊;在他的印象中已很模糊了。

"阿贵倒很乖巧，活像阿姆。"母舅说。

"阿姆呢?"

"她早早死了，你不记得了吗?"母舅的话声里带些愁苦。

"早早……"他记起了，在他十一二岁的时候，曾有阿姆死的一回事。

"她就是死在这里的，因为她抚育你周到，你还替她披麻的。"

"阿姆家里还有人吗?"

"阿贵的父亲，就是那个制酒的人，常来走走的。"

母舅衔了长长的烟管。靠在比他年纪更老的太师椅上，一呼一吸用力地抽着;两眼陷得深深的合拢了，他似乎要入睡的样子。法桢不再追问下去，他只是在这厢房里轻轻踱步，一阵头晕，那些鹅蛋脸又追赶上来了。

法桢生出来的时候，母亲就产后死的，阿姆抚育他到她死的时候为止。阿姆像亲生母亲一样地宝贝他，他提起了这些事，他很记挂阿姆;阿姆隐隐地像还在他的左右，他流着眼泪。从阿姆死后觉得人世间不曾有过一个和他亲近过的人，在这无边无际的人海中，他是被遗忘了的孤零零的一个。

他回到家里过了一个礼拜了，一切事情阿贵给他照料得还好，他已习惯了些。平日不是和母舅谈话，便是阅读带回来的小说集和文艺杂志，勉强消遣得下；这还是表面的话头。法桢精神上无节制地紧着松着，有时一个人藏在房间里低泣，有时一个人做出手势像和人家谈话的样子；这证实了他患有悒郁病，或害着更奇怪的病症。

这几天天气非凡炎热，法桢更添了一层闷烦而颓唐起来；心里又这般那般地起伏不宁。他有时藏在房间里不想走动，有时无意识地去探望阿贵的操作。阿贵这个影子，印贴在他的头脑里，时时起出一种无可名状的纠缠。但是他看见了阿贵，又不怎么了。那天，金色的夕阳零落地铺在后园，阿贵坐在矮凳上，把市上买来的几条鲜鱼，摊在一方破席上剖挖漂洗。在她旁边，一个木制的水桶，一个铅皮的水盆，恰好显出这些什器是和她十分调和的。法桢走到园子里，在葡萄棚的近旁，低头盘转。他偶然流盼阿贵，她那些蓬松的头发，一尊半椭圆的丰润得毫不雕琢的鹅蛋脸，活奕奕地跃上来，和他心中隐秘的动弹合拍着；使他摇颤得脚踵不稳。他克制了后，再流盼她，她约莫有二十三四岁了，他想，她那一双露出的嫩嫩的臂膀，被印着小花的白布衫绷住的两颗微微隆起的乳房，是活活的一种乡土的美。当她一双水样的眼睛无邪地向他拂扫的时候，突有一股乳蜜的香气，荡漾在他的鼻际；他忍不住了，身体不自在地往葡萄棚上一靠，枯了的竹架就响出沙辣辣的一声。

"少爷，什么事哟？"阿贵站起来惊惶地问。

"没有什么，踏了一个空陷。"法桢清醒了，脸上不好意思地红映着。

"那个棚不好了，要教老司务来扎扎才好。"阿贵一壁把鱼收拾起来，一壁对自己说。

"这些东西毁掉了算了，用不到再扎……"法桢审视塌下了的一部说。他似乎还没有说完，阿贵就走进去了。

法桢绕到有乱石蔓草的一条小径上，独自欠伸了一回。他听得草丛中有促织一类野虫的叫声，他顿然忆起幼小时候，阿姆曾经劈了些高粱茎，编成笼子，捕了那些野虫关在笼子里给他玩弄。这多么值得贪恋的事啊！天气和他的心情一样的渐渐暗淡起来，他再不忍在这里盘桓了。

晚间天气还是异常闷热，法桢晚餐后，洗了一个澡，神志觉得清爽了一点。在庭院里和母舅老账房闲谈了一晌，他们各自去睡了。法桢一个人坐在庭院里，对天空的疏星，出神了一回，觉得这庭院，是密不通风的，他便端了凳子，移到后园的光场上，这里有些稀薄的凉风。

法桢枯坐了许久，躲在远处草丛里的野虫的叫喊越发喧闹了；使他生起撩乱蒙眬的感觉。他站起来踱了几个周转，月亮姗姗地涌现起来；这使他提了提兴会。他抬头望着那些挑石子的星，挑灯草的星，都移动得远一点了。他想起幼小时候，抱在阿姆的怀里，阿姆望着月亮指给他说：那是亮亮婆咯，又指着那些星说那是什么咯，那又是什么咯。虽然似乎离开很远的年代了，而这种景象在记忆里展开起来，使他刻骨地伤痛。他不住地流泪，他把脸没入在两掌里闷泣，他情愿缩小年纪蜷伏在阿姆的怀里。病苦孤寂种种不如意的事一起映现起了来，溶和在泪水中，许久许久才回复。

法桢揩干眼泪，觉着时候已甚迟了，端了凳子匆匆走进去，经过后厢房阿贵的房间，他不自觉地停住了足步倾听。门缝里的一撇灯光闪在他的眼间，一阵头晕，使他心儿直荡。凳子从他的手里嘭的一声掉下去，他吃了一惊醒过来，把凳子安放到厅堂里，懒懒地往楼上睡去。

法桢睡在床上有些发热，转来侧去总是不称意；胸腔里的跳跃一阵一阵地旺急了。离他一丈多远的那盏暗淡的洋灯，发着红光，慢慢地化大，化大，几乎满室通红了，还在化大，化大，而每一个火焰里映着一片鹅蛋脸，一个，两个，三个，无数个，一批一批的鹅蛋脸涌上前来。法桢褰开帐子，坐在床沿上，畏怖得身体像在发烧，而那些鹅蛋脸越发靠近他了，他跳起来，拔开房门奔出去，一直奔下楼去。他猛烈地在暗黑中踢脚抓手，摸到后厢房，闯进阿贵的房间，他在急促的呼喘声中倒了下去。

　　事情是第二天发现的，法桢歪斜地睡在阿贵的床上，在不省人事地喘息着，发着热病。而阿贵不知甚么时候出走的，在这住家里没有她的踪迹了。这事情引起满族人们的惊奇，甚至轰传到全镇，变成了街头巷里谈论揣测的一种好资料。

　　　　　　　　　　一九二九年十二月二十日续完

做　寿

李守德和他的弟弟守中在计议一桩什么事件。

"乖乖，杨监督的二小姐又要出阁了。"守中靠在账桌上，捏了一张粉红的喜帖一壁看一壁说。

"又要我们破钞一点了。"守德说的时候向守中看了一眼，依旧吸着卷烟，低头踱步。他的额际印着几条深沉老练的皱纹，似乎在表示他的年纪快要到四十岁了。

"我看不必多送吧。"守中把喜帖掷在桌子上。

"去年他的大小姐嫁的时候，送的东西果然不算少，可是，不好意思轻减呢。"

"他的态度怎样？"

"总之，要谋一官半职谈何容易！"守德轻叹了一声，把烟蒂丢到天井里，伸出双臂，打了一个呵欠。

"这样子下本钱，如何合得算呢？"

"时势真是变了，那些后生小子，谋个巴县缺啦，税差啦，倒很容易！"

"横竖在杨监督方面也没有什么把握，少送一些罢！你数一数，一年到头人情要送掉多少？"守中随身向账桌右面的一张椅子坐下，从袋里摸出一支卷皱了的纸烟，燃上了火。

"那是不得免的哟，去算他什么？"守德无力地往账桌左面的一座旧沙发靠坐下去，曲了左臂当做枕子。

"人家送出了的人情会有收还的日子，像我们家里在 这十年内不会有婚嫁事情的，送出去的东西，捞不回来的。"

"这一层我也想过的，我想给老头子做一次寿……"

"六十岁是过了，你打算等他到了七十岁吗？那还有六七年哩！"

"说六十岁就是了，有那个人来追问。"

"这也是个法儿，那未必需要叫老头子来一趟呢！"

"当然要来的。"

"那么日子定得近一点好，假使天一冷，他出进就不便当了。"守中扭转身来，两臂搁在账桌上，兴奋地面对他的哥哥。

他们计议定了，守德担任印发请帖和租借寿堂一类的事，守中往家乡去陪他的父亲到上海来。

离那次谈话约莫有二十天光景，守德所筹备的一切早已舒齐了。陆陆续续接到亲朋友们的贺礼、幛子、联对、绣品、银盾，满堆在一间小小的客室里。他天天望他的弟弟早些回来，可是超过必需的耽搁已有四五天了，还不见回来，他心里非常焦急。

刚巧做寿的前一天，守中陪了他的父亲回到上海了。守德满面欢笑，迎接他的父亲，而一个六十多岁的衣衫褴褛土头土脑的瘪老头子，送到他的眼前时，他的心儿就像被刺了一针有些难言之痛。

"老大，是叫我来看上海吗？"老头儿问守德。

"是的，是请你来看上海！"

"是吗。不会骗你呀!"守中插了一句。

"听说上海是顶好的地方,夷场上什么东西都是奇奇怪怪的。"老头儿点了点头,又顾向守中:"老二,你马上领我去看!"

"不,不,你须吃一点东西。天也不早了,明天领你去吧。"守德向他父亲说了。又附在守中的耳上说了些甚么。

佣妇端了水来,守德就请他的父亲洗脸,守中转身出外,室中便沉默了。老头儿洗好了脸,向搁几上和桌子上满堆着的礼物,捏尖了眼儿。相视了一番,问守德:

"这些是甚么。"

"那是字画挂对!"

"哦,哦,上海的东西是异样的。"

"你坐呀!"

"什么,凳子里有活鬼的,坐了下去它会松上来的?"老头儿往旧沙发上坐了,又复站起来。

"你来坐在此地!"守德指着那把藤椅子对他说。

"喤,这个椅子确是适意的!"老头儿倚在背靠上,抚摸他的胡须,似乎是满意的表示。

他们父子俩文不对题地又谈了些话,守德心里非常焦烦,他简直没有耐心和父亲谈话了。他蜷坐在靠窗的一角,薄暗的天色衬托上来,正像替他分肩了一部分的重荷。

电灯嚓的亮了,满室生白。

"哟,自来火吗,真的自己来的火啊!"老头子说了。守德哎哎唔唔地答应了一声,愈觉乏味,好在他的父亲眯缝了眼儿只管看那电灯,似乎并不要守德作详尽的回答。

在这个时候,守德偷偷地相视他的父亲,父亲头顶上盘着的一条辫子,立刻使他难过。真是天作孽,还有这么一条宝贝呢,他的心里便浮起一阵俏皮的苦笑。

晚饭过后，守中挟了一大包东西回来！守德接过包来放在桌子上解开，簇新的袍子、马褂、袄、裤、鞋、帽，色色俱全，守德检点了一过，默不作声。老头儿也凑了上来，在一样一样辨认。

"这些东西明天给你穿到身上。"守中向父亲说。

"这么好的东西！你们兄弟俩总算好的，虽然向你们讨钱你们没得寄来，替我买的衣裳倒是不坏。"

"爹爹，你的辫子剪掉了好吗？"守德柔顺地征求父亲的意思。

"不，我是大清一品老百姓，哪里好剪掉它呢？"老头儿说了，举起手来向额上一掠，那条干瘪的鲚鱼似的辫儿便拖了下来。

"上海人都没有辫子的，巡捕看见了有辫子的人要拉进去剪的……"守中略带恐吓的语调说。

"什么巡捕？"

"就是红头洋鬼子。"守德说。

"那不在乎的，前年我到罗汉桥去，听说警察也要剪辫子的，我把辫儿袅了一围，塞在帽儿里，有那个看得出来。"

"剪了去，反而清爽呀！"守中说。

"你们管你们的新法，我们老头儿还是老法的好！"

守德对他的弟弟使了一个眼色，守中也不作声了。过了一歇，兄弟俩怂恿老头儿进去睡了。他们俩依旧留在室中，似乎还有些事情要商酌。

"总有点不像样子？"守中攒紧了眉儿说。

"是啊，疯疯癫癫，劝都劝不好的。"守德说时齿舌间啄了一声。

二人对坐在账桌的两边，无聊地抽着卷烟。

"那么明天怎么办呢？"守中忍不住问了。

"明天么？只要他不动就好了。"

"那也不是办法，总得和拜寿的客人们略略敷衍；至少他们对他说的客套，他会得应酬。"

"应酬是弄不来的吧！"

"可是，不能不敷衍过面子。"

"让我明天教他一下看吧！"

"怕讨不出好来的。"守中吸了一回将烟灰弹去，吸了又弹。似乎急急要把那支卷烟吸完。

"……"

守德没有作声。他站起来绕室踱步，一种难题盘在他的心坎里，使他没法宽解。守中把桌子上的一些零星物件整理了一下，又把买来的一套衣裳鞋帽收拾起来，拿了进去。室中只留守德一人，他还在踱步。

第二天，老头儿起身的时候，守德守中都不在家了。只有个佣妇给他端水，端早餐。他在室中等待了好久，还不见儿子们回来，他十分焦急。随后他独自开了大门，穿出了胡同，到街市上闲逛。行人、车马、各式各样的店铺，渐渐地展开到他的眼前来，他被吸引得沉沉如醉。他兴奋地沿着街道，无目的的折着弯着，一路观望一路摇摆过去。他觉得生平从未逛过如此稀罕的市场，看见过如此稀罕的物事。

午饭的时候守中匆匆忙忙地回到家来，没有看见父亲的影踪。佣妇告诉他说："老爷独自出去了好一歇辰光了！"他急得几乎要跳起来。他一转念间便走去往街上找寻，他附近的几条街上都兜了一转，一头挥汗一头张望仍然不见父亲的影踪。最后到了那家军乐洋洋廉价大拍卖的洋货店门口，才看见父亲木木地站在那儿。他招呼了父亲，父亲很高兴的对他说："老二，这真好看！你为什么一早就出去，不领我来看，简直害得我不认识路了。"

"好，现在我领你回去，吃了饭再领你去看更好的地方。"

"还有比这里更好的吗？"

"有，有的！"

他们父子俩一头讲话一头走，不久辰光，便回到了家里。

午饭后，守中把昨晚买来的一套衣裳鞋帽，一一请父亲换上，从头上到脚上焕然一新的了。玄色贡缎的马褂，品蓝湖绉的夹袍，略觉宽大一些，勉强还算称身，一顶西瓜帽儿似乎太大，但是把辫子缠了一团塞进帽儿以后，头枕骨的那方虽则壳起了一块，而帽儿却是不宽不紧的了，老头儿端正了衣冠之后，回旋地踱了几步，他俨然是个老乡绅了。守中仔细地窥望他，在默默不言中似乎也有些满意了。于是守中雇了两部黄包车，一直到黄浦滩下车，他陪住父亲看那些高大的洋楼，壮伟的船舶，他的父亲愈益兴高采烈的了。

大约下午四点钟光景，守中陪同父亲往三马路的一家旅馆里。旅馆的客厅，已布置成一个寿堂了。壁上已张着许多金字的寿幛和联对，还没有完全。中央供了一座寿星，祭桌上满装着寿面和寿桃一类的东西。有四五个执事人员，忙着收受礼物，张挂幛联，和吩咐使力；守德在旁指挥着。老头儿一进寿堂，看见寿星和闻到沉檀，便嘻开了嘴巴说："那家做佛事呀？"

"是呀，你莫多响，你尽看看好了。"守德对父亲说。

"这是切面吗？堆得这么高干甚么？"老头儿在祭桌的周围盘认了一回，自言自语地说。

"你陪住他吧！"守德轻轻地叮咛守中。一忽儿老头儿又在张望四壁悬挂的寿幛，看看摸摸，似乎不胜惊喜；守中在旁陪住他。

"你看了一歇，就到那儿去坐吧！"守中指着祭台的一边对父亲说。

"哦，哦，确是不差，这些真金的还是假金的？"父亲指着那些金字问守中。

"金纸做的。"

"哦，金子做的，那非几万块钱不办吧？"

"哦哦，哎哎！"

"好了，看得够了，你再领我去看别的地方吧！"

"不，他们要请酒了，你可以吃一顿酒。"

"是请酒，不是做佛事？"

"是……"

"怪道不看见和尚来念经！"

"哦哦，哎哎。"守中忍耐不住了，便走近守德，低声对守德说："你快去教他一番，他还是无头无脑的……"

"好的，你招他来吧！"守德点头说。

父子三人坐在寿堂的角落里，天色虽未黄昏，而室中却渐渐地阴暗起来了。

"爹爹，今天客人很多，他们如果来对你这样恭手……"守德一头做恭手的姿势，一头对父亲说：你也这样对他们恭一恭手！"

"教我接客吗？"老头儿问。

"是的……"守中说。

"这个我弄不来的，还是你们读书人来去干吧。"

"那么他们招呼你，你怎样？"守德问。

"他们招呼我，我自然也招呼他们。"

"那么你不要多说话！"守中对父亲说。

"自然不多说话，我只要吃一席道道地地的酒水好了，是吗？酒水总是不差的。"

灯光亮了，天面的正中，挂着一盏圆圆的大灯罩，周围生出花瓣似的一盏一盏的小灯罩，辉煌得像白天一样。堂上陈设了许多筵席，银的杯碟匀整地盘在每一桌子上，似乎一种巧妙的图案。老头儿东钻西钻，此张彼望，几乎手足无所措了。他有时扯起袍裾，有时翻上袖口，有时呆呆地看盏花瓣缤纷的电灯。有时抚弄桌上的银皿；他满脸，不，满身现出乐不可支的神气。守中看了这个情形，急得脸也变青的了，他扯了扯哥哥的肩膀说：

"怎么办呢？客人马上要来了。"

"随他去吧，我想来想去没有办法，我看，当他是个客人，不必强他应酬了。"

"真是糟糕……"

"好在客人中没有人认识他的。"

天井里笙箫的声音，奏出了悠扬的曲调；客人们，一批一批地进来了。守德守中守在寿星的祭坛旁边，接受道贺，答客贺拜；他们俩在昏乱的忙碌中，虽然不能照顾老头儿，心里却非常担忧，有些贺客要向老太爷道喜，守德守中总是再三称谢地回答他们说：因为路途遥远；赶不及到上海来！客人们也以为这是情理中的事，绝不有所置疑。

从六点到八点钟的时间里，来客络绎不绝，有的来了就去，有的盘旋在这里；堂上非常热闹。敲过了八点，客人们入席，于是丝竹清唱和啮咬瓜子的声音遥相和应，换了一个情景了。守德守中依旧守在祭坛旁边，答谢后到的客人。

筵席上的人声渐渐嘈杂起来，过了好久，又有猜拳行令的呼声，全堂又复紧张的了。忽然在左面壁角落里的一桌上，异乎寻常地哄笑了起来；附近几桌上的客人，都站了起来探望，守德颠起脚踵一看，清清楚楚是老头儿辫子拖了下来，两手捧着西瓜帽，帽子里满盛瓜果，他心里急得直荡下来，忙的扯了弟弟的衣裾，教弟弟去探察一下。

　　守中偷偷地走近那张桌子一看，大约父亲被客人灌醉了，任客人们当他猴子般的教他演戏。守中心里虽是十分难过，但是绝不露出局促的神态；装出笑容，从旁看了一歇，他觉得不至于出毛病，便踱了回来。他一头走一头高声说："乡下客人真有趣！"

　　那张桌子上一阵一阵地哄笑不休，每一阵哄笑，不但引起了其他客人们的注目，并且动荡了守德兄弟俩的心坎，他们俩虽在尽力按捺下去，但总是有不能不关心的苦衷。等到一阵哄笑袭击上来，他们俩的脸上也涌起一阵红热，他们俩拘谨得无以复加了，他们俩像刑场上待绞的罪犯。

　　过了好一晌，客人们参差地走了。守德守中揖送客人，彬彬有礼，而心的紧压亦复宽放了些。客人们走完了，空洞的寿堂上，只有仆役们在收拾碗盏，响着铿锵的声音。

　　守德守中回到寿堂，省视父亲，他蜷坐在壁落里，靠住茶几，头儿横在右臂上，昏睡的了。一身簇新的马褂袍子上，狼藉着酒菜的吐渍。守中咋着舌尖呆望守德，而守德虽然站在父亲的前面，他的一双瞳子却转在别地方。在这个怪诞的瞬间，兄弟俩像被魔棒所触，只是急急在舒畅他们的喘息，尤其守德的铜青色的脸上，还留着几点冷汗的汗珠，似乎不久以前曾害过一场重病。

十九年四月二十日